Vecinos

Danielle STEEL

Vecinos

Traducción de
José Serra Marín

PLAZA JANÉS

Papel certificado por el Forest Stewardship Council®

Título original: *Neighbors*
Primera edición: noviembre de 2021

© 2021, Danielle Steel
© 2021, Penguin Random House Grupo Editorial, S. A. U.
Travessera de Gràcia, 47-49. 08021 Barcelona
© 2021, José Serra Marín, por la traducción

Printed in Spain – Impreso en España

ISBN: 978-84-01-02730-7
Depósito legal: B-15.149-2021

Compuesto en Comptex & Ass., S. L.

Impreso en Liberdúplex
Sant Llorenç d'Hortons (Barcelona)

L027307

Para mis maravillosos y adorados hijos,
Beatrix, Trevor, Todd, Nick,
Sam, Victoria, Vanessa,
Maxx y Zara,
con mis mejores deseos para vosotros:
gente buena que os quiera,
gente buena a la que queráis,
sabiduría para hacer buenas elecciones,
valor para afrontar los desafíos de la vida,
y felicidad y suerte.
Que seáis por siempre bendecidos.
Os amo con toda mi alma,

MAMÁ/D. S.

1

Dentro de la impresionante mansión de piedra hacía calor incluso en el sótano, donde Debbie Speck se afanaba en la amplia y eficiente cocina guardando la compra que su marido, Jack, acababa de traer. El hombre sudaba copiosamente. Tenía algo más de cuarenta años, y un poco de sobrepeso. El pelo oscuro le empezaba a clarear y siempre olía a la loción para el afeitado con la que trataba de disimular el olor al whisky barato que bebía por las noches y que guardaba en su habitación. Al día siguiente, cuando hacía algún esfuerzo, exudaba el alcohol por los poros. Debbie solía unírsele para tomar una copa o dos. Ella prefería el gin-tonic o el vodka, que mantenía frío en la nevera del apartamento del sótano, al que su señora, Meredith White, nunca bajaba. Respetaba su privacidad, algo que les parecía perfecto a los dos. Debbie también era un tanto corpulenta y se teñía ella misma de rubio.

Jack y Debbie llevaban quince años trabajando como interinos cuidando de la casa de Meredith White, célebre estrella de cine que había escogido una vida de reclusión. Cuando les contrató todavía estaba en activo, rodando una película tras otra, a menudo fuera de la ciudad, y su marido, el actor y productor Scott Price, hacía lo mismo. En ocasiones pasaban meses separados trabajando en rodajes distintos.

Era el empleo ideal para Jack y Debbie: una inmensa y lujosa mansión cuyos señores estaban fuera casi todo el tiempo y, cuando se encontraban en casa, siempre se hallaban muy ocupados. No tenían tiempo para controlarlos estrechamente y confiaban en ellos. Cuando entraron a trabajar eran jóvenes, apenas tenían veintinueve años, pero ya conocían las ventajas y los beneficios ocultos que conllevaba ese tipo de empleo. Era como recoger fruta madura de los árboles. Las tiendas en las que compraban o los trabajadores a los que contrataban les ofrecían sustanciosas comisiones o les proporcionaban servicios que a ellos les salían gratis pero que sus jefes pagaban sin saberlo, ya que los proveedores poco honrados inflaban las facturas de manera considerable. Y había mucha gente que se apuntaba al juego. A los pocos meses, ya habían establecido toda una red de fructíferas relaciones comerciales. Era una práctica habitual, y ellos no tenían ningún reparo en aprovecharse de sus señores. Ya lo habían hecho antes. Seleccionaban a la gente para la que trabajaban en función de lo ocupados, distraídos o ausentes que estaban.

Cuando les contrató, Meredith era una de las actrices mejor pagadas de la industria del cine y fue muy generosa con ellos. Al principio, de vez en cuando hacían de chófer para su hijo Justin, de trece años, pero siempre había tutores para supervisarlo, y también un joven universitario que se alojaba en la mansión y lo llevaba a la escuela cuando ambos padres se encontraban fuera rodando. Pero cuando estaban en casa, se encargaban de hacerlo ellos mismos. Tenían también una hija, Kendall, que a los dieciocho años se había marchado a la universidad en Nueva York y ya no había vuelto a vivir en San Francisco. Cuando Jack y Debbie entraron a trabajar, Kendall tenía ya veinticinco años, se había casado y era madre de una niña, Julia, y solo regresaba por Navidad. Y Meredith y Scott estaban tan atareados con sus carreras que casi nunca disponían de tiempo libre y no podían ir a verlas tanto como querrían.

Era el trabajo ideal para Jack y Debbie. Tenían su propio apartamento dentro de la residencia, que contaba con una entrada independiente y estaba amueblado con muy buen gusto. La mansión, la más grande de todo San Francisco, se encontraba en Pacific Heights, el mejor barrio residencial de la ciudad. Trabajar para dos grandes estrellas de cine no solo les confería prestigio, sino que también resultaba muy provechoso para ambos. Meredith y Scott se habían trasladado cuando Justin nació y Kendall tenía ya doce años. No querían criar a otro hijo en Los Ángeles, les había explicado Meredith. San Francisco era una ciudad más pequeña y conservadora, con un ambiente más saludable, excelentes escuelas para los niños y buen tiempo todo el año. El terreno en el que se alzaba la mansión les proporcionaba el espacio y la privacidad que necesitaban, sobre todo gracias al altísimo seto que mandaron plantar cuando se mudaron.

Con el tiempo, Debbie y Jack habían sacado grandes beneficios de las ventajas que conllevaba su empleo. Después de muchos años de comisiones bajo mano, habían logrado un importante colchón económico. También se habían hecho con algunos tesoros procedentes de la casa principal, en especial dos pequeñas pinturas francesas muy valiosas que desde hacía más de una década estaban colgadas en su dormitorio. Meredith nunca había reparado en su desaparición. A Debbie le gustaban tanto que había decidido «reubicarlas» en sus aposentos. Meredith tenía además una cuenta bancaria destinada al pago de los gastos de la casa. Unos años antes, Debbie se había ofrecido a encargarse del pago de esas facturas para aliviarla de ese tedio. Y de vez en cuando desviaba pequeñas cantidades a su propia cuenta, tan exiguas que ni siquiera el contable de Meredith las había cuestionado. Debbie y Jack eran unos ladrones muy astutos.

Pero también sabían que debían permanecer muy atentos a las necesidades de sus señores, y catorce años atrás se mostraron de lo más compasivos y afectuosos cuando la vida de Meredith se derrumbó por completo. Solo un año después de que entraran a trabajar en la casa, el mundo dorado de la actriz se desmoronó de repente, dejando solamente cenizas a sus pies. Y eso hizo que Meredith se volviera todavía menos cautelosa con las cuentas y pudieran engañarla con mayor facilidad.

Catorce años antes, Scott mantuvo un romance muy sonado con una joven actriz italiana con la que había rodado una película. Ella tenía veintisiete años, y él, a sus cincuenta y cinco, le doblaba con creces la edad. Cuando Jack y Debbie entraron a trabajar en la casa, el matrimonio parecía muy sólido y estable, algo poco habitual en el mundo del espectáculo. Por lo que observaron, estaban enamorados y sentían devoción por sus hijos. Pero entonces Scott se marchó a rodar a Bangkok y, cuando volvió, el matrimonio ya estaba hecho pedazos. En cuanto llegó a casa, dejó a Meredith por Silvana Rossi y se fue a vivir con ella a Nueva York.

Meredith se sintió profundamente herida por la traición, pero mantuvo el tipo ante sus hijos. A los encargados de la casa les sorprendió que nunca hablara mal a Justin de su padre, pero Debbie la encontró más de una vez llorando a solas en su habitación y la consoló abrazándola con cariño.

Humillada por las noticias sobre la nueva pareja que aparecían en los tabloides, Meredith cortó de raíz todo tipo de vida social. Apenas salía de casa y centró toda su atención en Justin. Lo llevaba a la escuela y a los entrenamientos, pasaba tiempo con él y cenaban juntos todas las noches. Debbie la oyó rechazar una película que le habían ofrecido. Meredith quería quedarse en casa con su hijo hasta que amainara la tormenta provocada por el escándalo de la separación. Justin estaba muy afectado y viajó en varias ocasiones a Nueva York para visitar a su padre. Cuando volvía, siempre decía lo mucho que odiaba a su futura madrastra. Scott planeaba casarse con ella en cuanto consiguiera el divorcio. A los catorce años, Justin había llamado «puta barata» a Silvana cuando hablaba en confianza con Jack, que a su vez se lo había contado a Debbie. El chico le había confesado que a su hermana, a la que Jack y Debbie apenas conocían, tampoco le gustaba aquella mujer.

Meredith nunca hablaba de Silvana con Debbie. Era una mujer muy digna, discreta y respetuosa, aunque no cabía duda de que debía odiar a la joven estrella italiana. Y Scott estaba empecinado en conseguir el divorcio cuanto antes. Su matrimonio, aparentemente feliz, había saltado por los aires. Meredith aparcó su impresionante carrera para pasar más tiempo con su hijo, y aunque por entonces aún no la conocía mucho, Debbie la admiró por ello.

Jack y Debbie no tenían hijos. Tiempo atrás habían trabajado en Palm Springs para una pareja de ancianos, que murieron con escasos meses de diferencia. Se habían conocido en un programa de rehabilitación en San Diego dos años antes de conseguir ese empleo. Aunque ambos habían crecido en el sur de California, no habían coincidido hasta entonces. A Jack lo habían arrestado varias veces por delitos menores, sobre todo fraude con tarjetas de crédito para costear su drogadicción. Debbie había sido acusada de hurto menor, sustracción de tarjetas y posesión de marihuana con fines de tráfico. El juez les había enviado al mismo programa de rehabilitación. Ambos tenían veintidós años y pasaron seis meses allí. Durante ese tiempo urdieron un plan para trabajar juntos, lo cual acabó convirtiéndose en amor, o aunó sus ambiciones en un proyecto de vida común. Se casaron porque así podrían conseguir mejores empleos, como encargados en casas de familias ricas. Jack había sugerido que trabajar para los ricos podría ser muy lucrativo y una buena oportunidad para maquinar planes más ambiciosos para el futuro. Debbie se mostró bastante reacia, pues no quería ser una criada, limpiar lavabos ni llevar uniforme, pero Jack la convenció diciéndole que podrían hacer lo que quisieran. Contratarían a otra gente para que se ocupara del mantenimiento y el trabajo sucio, mientras ellos se llevaban la mejor parte. Incluso podrían afanar dinero o algunos objetos valiosos mientras sus jefes estaban fuera, culpando a otros de los robos, al tiempo que ganaban un buen sueldo y vivían a sus anchas en casa ajena. Jack logró que el plan sonara tan atractivo que, cuando salieron de rehabilitación, decidieron llevarlo a la práctica. Fueron a una respetable agencia de empleo en Los Ángeles. Presentaron referencias escritas por el mismo Jack en un papel de correspondencia también falsificado, y que supuestamente habían sido escritas por una pareja mayor que había fallecido sin dejar herederos que pudieran confirmar su historia. La agencia ni siquiera se molestó en comprobar las referencias ni tampoco sus antecedentes penales, algo que solo hacía si lo solicitaba el cliente.

Les despidieron de su primer empleo por incompetencia general, por no tener ni idea de lo que hacían. Pronto aprendieron lo que se esperaba de ellos, y entonces entraron a trabajar para la pareja de ancianos de Palm Springs, la que acabó muriendo de verdad. Eran tan mayores que apenas prestaban atención a lo que hacían sus empleados. Los hijos de la pareja se mostraron agradecidos de que sus padres estuvieran tan bien cuidados por gente afectuosa y responsable, y la pareja incluso les dejó una pequeña suma al morir. Más adelante, cuando entraron a trabajar para Scott y Meredith en San Francisco, sus referencias eran auténticas. Los actores estaban buscando a alguien para ocuparse de su casa a través de una agencia de confianza de Los Ángeles. Jack y Debbie no tenían ninguna prisa, pues podían ir tirando con el dinero que les había dejado la pareja de ancianos. Sin embargo, cuando les ofrecieron trabajar para Scott y Meredith, no pudieron resistirse. Supondría un gran avance en su carrera, y para entonces ya sabían lo que se esperaba de ellos, lo serviciales y obsequiosos que debían mostrarse para adaptarse sin problemas a la vida de sus señores. A Scott no le gustó mucho la pareja. Le dijo a Meredith que creía que eran demasiado serviles, pero al final sus recelos no importaron, ya que al cabo de un año se fue a rodar a Bangkok y, a su regreso, se marchó para siempre. Meredith no mostró tantos reparos a la hora de confiar en ellos.

Tras quince años trabajando para la actriz, esta había llegado a depender por completo de ellos para protegerla del mundo exterior y atender todas sus necesidades, que eran mínimas. No era una persona exigente, y se pasaba la mayor parte del tiempo leyendo en el estudio que había junto a su dormitorio o sentada en el jardín. Ya no recibía a nadie en casa. Durante los últimos catorce años, se había retirado del mundo y prefería llevar una vida más tranquila que la que había llevado como estrella de cine. Sin embargo, el mundo no se había olvidado de ella, y su reclusión voluntaria la había convertido en una leyenda.

Seis meses después de que Scott se marchara a Nueva York con Silvana, y de que solicitara el divorcio para poder casarse con ella, Justin fue a visitarles a la casa que la pareja había alquilado en Maine durante el mes de agosto. Kendall, su marido y su hija Julia también irían a pasar las dos últimas semanas allí. A Kendall, como a Justin, no le gustaba nada Silvana, pero adoraba a su padre y a su hermano pequeño. No estaba feliz por la separación, pero se sentía más unida a Scott que a Meredith y se alegraba de que su padre viviera cerca de ella. Kendall estaba casada con un próspero banquero de inversiones y disfrutaban de una vida magnífica en Nueva York.

En la casa de Maine había una lancha motora que Scott estaba deseando usar, y también un pequeño velero que sabía que a Justin le encantaría, ya que los dos últimos veranos había ido a un campamento náutico en el estado de Washington. Con solo catorce años, era un entusiasta de la navegación. Meredith había advertido a Scott de que no quería que su hijo saliera a navegar solo en las aguas desconocidas e impredecibles de la costa de Maine. Scott la tranquilizó diciéndole que siempre le acompañaría, aunque añadió que Justin era mejor patrón que muchos hombres que le doblaban la edad. Era un deporte que le fascinaba y siempre decía que de mayor se compraría un velero y navegaría por todo el mundo.

Acordaron que Justin pasaría el mes de agosto con su padre, así que el muchacho lo estaba deseando. El divorcio también le había afectado mucho y echaba de menos a su padre. Le encantaba la idea de pasar un mes entero con él, y también compartir un par de semanas con su hermana mayor, a la que idolatraba, pese a la presencia de Silvana. Decía que era muy tonta y que siempre se estaba enroscando alrededor del cuerpo de su padre como si fuera una serpiente, lo cual le hacía sentir vergüenza. Justin hacía todo lo posible por ignorarla. Y como el inglés de Silvana no era muy bueno, tenía una excusa para no hablar con ella.

Diez días después de que Justin llegara a Maine, Scott se despertó una soleada mañana de domingo con una resaca espantosa. La noche anterior habían ido a una fiesta en casa de unos nuevos amigos que habían hecho por la zona. Tenía un terrible dolor de cabeza y no quería levantarse de la cama, así que dio permiso a Justin para que saliera a navegar solo en el pequeño velero. Era poco más que un bote, y el chico le prometió que no se alejaría de la orilla y que volvería para la hora del almuerzo.

Una hora después se desató una fuerte tempestad y el océano se encabritó inesperadamente. El velero de Justin se alejó de la costa más de lo previsto, arrastrado por las corrientes y zarandeado por las enormes olas. Cuando Scott se despertó a mediodía, al ver el fuerte oleaje que se había levantado y descubrir que Justin aún no había regresado, llamó a la Guardia Costera. Bajó al muelle con un nudo en el estómago que se iba haciendo cada vez más grande: su hijo seguía sin aparecer y era demasiado peligroso salir con la lancha motora para intentar buscarlo.

Por la tarde, la Guardia Costera encontró el bote volcado. No había ni rastro de Justin. Dos días después, su cuerpo apareció varado en la playa de una de las islitas cercanas. Para entonces Kendall ya había volado a Maine para esperar noticias junto a su padre, mientras que Meredith se había quedado en San Francisco, sentada junto al teléfono, rezando. Sus peores temores se hicieron realidad. Scott la había llamado llorando el día que desapareció, y también cuando encontraron su cuerpo. Kendall estaba destrozada cuando habló con su madre. Todos lo estaban. Scott se veía totalmente desolado cuando Kendall y él volaron a San Francisco con el cuerpo de Justin para el funeral que Meredith había preparado para su hijo. Kendall estuvo en todo momento pendiente de su padre, pues sabía lo culpable que se sentía. Creía que su madre era más fuerte y que podría sobrellevarlo mejor.

Catorce años más tarde, aquellos borrosos recuerdos seguían atormentándolos a todos. Después de la tragedia, Meredith apenas había vuelto a hablar con Scott. Kendall sentía mucha lástima por su padre y eso la unió más a él. Tras la muerte de Justin, fue a visitar diligentemente a su madre una o dos veces al año, pero la culpaba por lo dura que se había mostrado con Scott, algo que había acabado pasándole una terrible factura: el sentimiento de culpa estuvo a punto de destruirle.

Durante un par de años, Scott se sumió en una espiral de drogas y alcohol de la que solo logró salir gracias a la ayuda de Kendall y de Silvana. Meredith le había echado toda la culpa de la muerte de Justin, algo que a Kendall le parecía cruel. Había sido un accidente. Él no lo había matado. Sin embargo, había actuado de forma estúpida y negligente, y había faltado a la promesa que le hizo a Meredith, y como resultado Justin había muerto. Ella no tardó en firmar los papeles del divorcio.

Scott y Silvana se casaron finalmente. En aquellos momentos la necesitaba más que nunca. Y dos años después de la muerte de Justin, de nuevo sobrio, retomó su carrera. En esos momentos, con sesenta y nueve años, apenas actuaba y se dedicaba sobre todo a dirigir y a producir, con más éxito que antes si cabía.

La incipiente carrera de Silvana fracasó de manera estrepitosa y cayó en el olvido antes incluso de que Scott volviera a trabajar. Ya tenía cuarenta y un años, y llevaba la vida de la esposa de una celebridad de Hollywood, lo cual ya le iba bien. Ya no quedaba rastro de su belleza, había ganado peso y se había convertido en una persona cargante, sin talento ni personalidad. Era una de esas mujeres que habían sido deslumbrantes en su juventud y que se esforzaban por continuar pareciéndolo a golpe de bótox y bisturí, aunque lo único que conseguían era resultar vulgares. Pero después de trece años de matrimonio continuaban juntos, y ella estaba encantada con su papel de esposa de un actor y productor famoso. Seguían viviendo en Nueva York, donde Scott podía pasar más tiempo con su hija y con su nieta. Meredith dudaba de que le fuera fiel a Silvana, aunque lo que hiciera con su vida le traía sin cuidado. Kendall había crecido y Justin ya no estaba, de modo que no tenían razón alguna para hablarse. No habían vuelto a verse desde el funeral de Justin, un recuerdo que resultaba desgarrador para todos. Scott nunca se había perdonado por su muerte y no había tenido más hijos con Silvana. Ella tampoco quería tenerlos. Era veintiocho años más joven que él y se contentaba con seguir siendo su niña. Continuaba comportándose como si fuera su muñequita, aunque ya no lo pareciera en absoluto.

Kendall nunca había perdonado a su madre por lo dura que había sido con su padre a causa del accidente, y rara vez iba a visitarla a San Francisco, algo que a Meredith le causaba una enorme aflicción. La deprimía ver la casa donde ella y su hermano habían crecido. Su madre mantenía la habitación de Justin intacta, como si fuera un santuario, y ella misma se había recluido y vivía como un espectro. Los dos encargados de la casa, Jack y Debbie, le producían escalofríos. Se comportaban como si fueran los dueños del lugar, algo de lo que su madre ni siquiera parecía darse cuenta. Y, como resultado de su distanciamiento con Kendall, Meredith había llegado a tratar a Debbie casi como a una hija. Solo era cuatro años mayor que Kendall, y Meredith podría haber sido perfectamente su madre. Además, vivían en la misma casa y se veían a diario.

La exitosa carrera cinematográfica de Meredith llegó a su fin cuando Justin murió. Tras su muerte se pasó dos años encerrada en la mansión, llorando la pérdida de su hijo. Le costó otros tres años volver a sentirse remotamente ella misma. Tuvo pesadillas durante años, hasta que por fin, de forma lenta y dolorosa, llegó a aceptarlo.

Para entonces, rodar películas ya no le interesaba. Ella y Scott habían invertido su dinero de forma inteligente. Meredith no tenía grandes gastos y no necesitaba trabajar. Intentar recuperar su categoría de estrella le parecía una farsa absurda después de la pérdida de su hijo, así que, sin siquiera pretenderlo, se recluyó en la mansión. Se pasaba días sin hablar con nadie, salvo unas pocas palabras con sus empleados, quienes de manera eficiente, tal como ella les había ordenado, mantenían el mundo exterior a raya. Ellos la protegían de una vida pública de la que ya no quería formar parte.

Durante aquellos cinco primeros años tras la muerte de Justin, Meredith permaneció ajena por completo a cuanto la rodeaba. No se dio cuenta de que habían desaparecido cuadros de las paredes del salón, ya que rara vez entraba en la estancia y no prestaba atención a lo que contenía. Cuando Debbie le contó que una sirvienta a la que había contratado había robado algunos abrigos de pieles, ella no le dio ninguna importancia y dejó que la despidiera. No se imaginaba volviendo a lucir nada tan glamuroso. En esa etapa de su vida se vestía con vaqueros, y con parkas viejas cuando hacía frío, y se limitaba a sentarse en el jardín. Llevaba zapatillas deportivas o botas de jardinería. Cuando salía a dar sus largos paseos, nadie la reconocía. La gente de la zona solo sabía que la legendaria actriz vivía en aquella mansión. Sabía lo que le había sucedido y que casi nunca salía de su propiedad. Era una de aquellas tragedias que ocurren en la vida y de la que algunas personas jamás se recuperan. Al parecer, Meredith era una de ellas.

Su carrera cinematográfica había llegado a un abrupto final cuando tenía cuarenta y nueve años. Y, con ella, el resto de su vida. Meredith dejó de ver a todas sus amistades. No le quedaba más familia que Kendall, que vivía a cinco mil kilómetros con su marido y su hija, tenía su propia vida y casi nunca iba a San Francisco. Kendall había permanecido unida a su padre y la había excluido a ella de su vida. La traición de su marido, la muerte de su hijo y el hecho de que su hija se pusiera de parte de su padre y la abandonara habían sido unos mazazos terribles que habían sumido a Meredith en la soledad.

Catorce años después de la muerte de Justin, a la edad de sesenta y tres, Meredith llevaba una vida tranquila. Durante todo ese tiempo se había negado a recibir a su agente, que había fallecido antes de que llegaran a hablar siquiera. No tenía el menor interés en retomar su carrera o volver a convertirse en la gran estrella que había sido.

Ya no se sentía atormentada por la pérdida de su hijo. Había aprendido a vivir con ello, a aceptarlo, y creía firmemente que volvería a encontrarse con él algún día. Tampoco viajaba. No le gustaba salir de San Francisco, prefería quedarse en la casa donde Justin había vivido toda su corta vida. Su habitación, en la planta superior, permanecía intacta. Ya apenas entraba, salvo para buscar una fotografía o algún objeto suyo. Se conformaba con saber que estaba allí y que seguía igual que cuando él vivía. Nada había cambiado en la casa desde hacía catorce años. Eso le hacía sentir que, después de la muerte de Justin, el tiempo se había detenido. Pero los años siguieron pasando...

Jack y Debbie se habían convertido en los guardianes de Meredith, su escudo contra las miradas indiscretas del mundo exterior, y se aprovechaban de la situación a su antojo sin que ella cuestionara ni reparara siquiera en lo que hacían. Habían dejado que el seto creciera aún más para que nadie viera lo que se ocultaba tras aquellos muros. Durante los primeros cinco años, Meredith había sufrido una depresión enfermiza. Para entonces su vida podría definirse como apacible, era una mujer con un pasado conocido y una historia trágica, que se conformaba con pasear por el jardín o, en los días tempestuosos, conducir hasta la playa para plantarse frente al mar y dejar que el viento le azotara la cara. No sentía necesidad de compañía ni le apetecía volver a ver a sus viejas amistades. Sus vidas eran muy diferentes de la suya.

Meredith había visto algunas de las películas que Scott había dirigido últimamente. Le sorprendió lo buenas que eran y la alivió que él no saliera en ellas. No tenía ganas de volver a verle la cara. Hacía tiempo que todas sus fotografías habían desaparecido de la casa. En cambio, había retratos de Justin por todas partes, en todas las etapas de su corta vida, y también de Kendall, aunque bastantes menos. Debbie hablaba a Meredith de su hijo en tono reverente y supo convertirse en alguien esencial a la hora de reconfortarla. Sabía qué le apetecía comer y cuándo y cómo le gustaba que le sirvieran. Sabía el tipo de libros que le gustaba leer y se encargaba de conseguírselos. Le dio a conocer algunas series nuevas de televisión y las veían juntas. Debbie se convirtió en una especie de filtro para ella, evitándole todo aquello con lo que no quería lidiar y haciéndole la vida más fácil. Por su parte, Jack la tranquilizaba diciéndole que él la mantenía a salvo, y ella le creía. El mundo exterior se le antojaba extraño y peligroso, y, casi sin darse cuenta, Meredith se volvió dependiente de la pareja. Ellos le facilitaban la existencia, y ella les estaba agradecida por ello. No la habían abandonado, como habían hecho Scott y Kendall. Incluso habían colocado una malla tupida entre los barrotes de la verja principal para que los curiosos no pudieran atisbar en el interior de la propiedad. Meredith era una especie de leyenda en el vecindario, la famosa estrella de cine cuyo hijo había muerto y que se había retirado del mundo.

—A estas alturas seguro que piensan que soy una especie de bruja —comentaba a veces riendo.

Continuaba siendo hermosa, con aquellos enormes ojos azules que sus admiradores adoraban y seguían recordando, con el cabello rubio claro y aquellas facciones finas y delicadas. Todavía era una mujer atractiva y enérgica. Se mantenía en forma y no aparentaba la edad que tenía. Cuando no estaba leyendo, se pasaba el día trabajando en el jardín, una tarea que le encantaba.

Esa misma mañana había estado podando los rosales, a

pesar de las altas temperaturas. Las olas de calor eran poco habituales en San Francisco, y Meredith había disfrutado del sol, protegida con un sombrero de paja de ala ancha. Cuando entró en la cocina para beber algo, sonrió a Debbie, que estaba preparando su ensalada en juliana favorita. Meredith había conservado la figura, aunque en los primeros años de reclusión había adelgazado mucho y Debbie tenía que animarla para que comiera algo. Todo lo que hacía la abnegada pareja para cuidarla le demostraba una y otra vez lo bondadosos que eran y lo mucho que se preocupaban por ella. Mucho más que su hija, que llegaba a pasarse meses sin llamarla. Y Meredith sentía terriblemente su ausencia.

—¡Uau, menudo calor hace fuera! —exclamó sonriendo a Debbie. Había sido un verano muy brumoso, y septiembre suponía un cambio de lo más agradable—. Esto sí que es un auténtico veranillo de San Martín —añadió al tiempo que cogía una botella de agua fría de la nevera y daba un largo trago.

—Hace un clima de terremoto —dijo Debbie, y le ofreció un vaso.

Meredith meneó la cabeza. No lo necesitaba.

—Espero que no —dijo, dejando la botella—. Llevo veintiocho años viviendo aquí y, gracias a Dios, nunca se ha producido ningún gran terremoto. Nos perdimos el del ochenta y nueve por solo cuatro años, aunque no quede muy bien decirlo así.

Seguía impactándole el hecho de que Justin hubiera faltado de su vida la mitad del tiempo que llevaba viviendo en San Francisco. En este momento tendría veintiocho años, algo que le costaba mucho imaginar. En su mente sería siempre un muchacho de catorce años. Lo recordaba sonriendo, riendo y gastándole bromas. Había sido un chico juguetón, alegre y divertido. La consolaba pensar que Scott y ella le habían dado una infancia feliz, sin momentos tristes hasta que llegó el divorcio. Sus recuerdos de él habían pasado a ser agradables, no el horror de cuando lo imaginaba ahogándose.

—Esta casa no se movería un milímetro aunque hubiera un terremoto —dijo Jack, que entró en la cocina para servirse también un vaso de agua.

Él y Debbie tenían ya cuarenta y cuatro años, y el paso del tiempo no les había tratado tan bien como a Meredith. La actriz no parecía mucho mayor que ellos. Tenía menos arrugas en la cara y alrededor de los ojos que Debbie, cuya expresión era un tanto rígida, se teñía el pelo de un rubio estridente y siempre esperaba a que se le vieran varios centímetros de raíces negras antes de volver a teñírselo. Jack se estaba quedando calvo y tenía barriga cervecera. Era algo que extrañaba a Meredith; que ella supiera, no bebía. Debbie también había cogido algunos kilos de más. Meredith era delgada por naturaleza y mantenía su buena figura porque, aparte de sus paseos diarios, iba a una clase de yoga en el vecindario en la que nadie la reconocía. Se sentía a gusto con su soledad, la abrazaba. Por las noches leía con voracidad y al día siguiente comentaba las lecturas con Debbie. Esta nunca había sido una gran lectora, pero sabía que era una manera de estrechar la relación entre ambas, así que también leía los libros que le gustaban. Por extraño que pareciera, se habían convertido en buenas amigas.

La mansión, de un siglo de antigüedad y construida en piedra, era la mayor de todo San Francisco y se alzaba en una parcela que abarcaba media manzana. La gente de fuera del vecindario, al ver la impresionante construcción y sus terrenos, la gran verja y el altísimo seto, se preguntaba quién viviría allí dentro. El comentario de Jack acerca de la casa hizo que Meredith se acordara de algo.

—Hablando de terremotos, ¿tenemos todavía el equipo

de emergencia que preparamos por si se producía alguno? Cuando nos mudamos aquí, nos preocupaban mucho los temblores, así que nos aprovisionamos de varios artículos, tiendas de campaña, cuerdas, palancas, latas de comida, botellas de agua y un botiquín de primeros auxilios, y lo almacenamos todo en el cobertizo del jardín. ¿Todavía lo tenemos al día? —También había guardado allí ropa para Justin, de cuando era pequeño, pero al cabo de unos años de vivir allí dejaron de preocuparse por los terremotos y se olvidaron de poner al día los suministros. No había vuelto a pensar en ello en años—. También teníamos linternas a pilas.

Recordó que Scott había querido incluir una pistola por si alguien intentaba saquear la casa, pero ella no le había dejado. También guardaron un sobre con dinero en la caja fuerte para situaciones de emergencia. Todavía lo conservaba, por si tenía que dar algún dinerillo extra a Jack y a Debbie.

—Aún están el botiquín de primeros auxilios y las herramientas —contestó Jack—, pero hace años doné las tiendas de campaña a un refugio para indigentes. De todos modos, no querríamos tener a gente acampando en la propiedad. Y también tiré la ropa. —Ella asintió, consciente de que parte de ella había pertenecido a Justin—. Y aunque se produzca un terremoto, en la casa tenemos toda la comida y el agua que necesitamos. Estamos bien aprovisionados. —Debbie almacenaba abundantes cantidades de carne congelada y latas de conservas—. Además, tampoco tenemos que alimentar a todo el vecindario —añadió Jack con expresión seria, implicando que la estaba protegiendo de fisgones y desconocidos—. Tenemos todo lo que necesitamos para nosotros, para aguantar mucho tiempo. La casa está asentada sobre terreno granítico, por lo que apenas se notarán los temblores, y además tenemos un generador de emergencia por si se corta el suministro eléctrico —concluyó en tono confiado. Scott había mandado instalarlo cuando compraron la propiedad.

El resto de las viviendas de la manzana eran hermosas casas victorianas, todas de madera. Eran pintorescas y encantadoras, aunque bastante menos sólidas, quizá no aguantasen tan bien las sacudidas. Meredith no conocía a ningún vecino y tampoco quería relacionarse con ellos. Cuando se mudaron, era Scott quien se había mostrado más agradable con el resto del vecindario, y también más preocupado por la posibilidad de que el barrio sufriera un terremoto, pero desde entonces la vida de Meredith había cambiado de manera radical. No tenía ni idea de quién vivía en aquellas hileras de casas victorianas, y sospechaba que Jack y Debbie tampoco. Eran incluso más reservados que ella y siempre recelaban de los vecinos y transeúntes que trataban de echar un vistazo a través de la verja. Ellos se encargaban de custodiar y proteger a su señora.

Como todos los días, Meredith se sentó a la mesa de la cocina para almorzar con ellos. Llevaba muchos años haciéndolo. No le parecía justo que Debbie tuviera que trabajar el doble, sirviendo la comida en el comedor para ella sola. Además, no quería mostrarse desagradecida con ellos, después de todo el afecto y el consuelo que le habían proporcionado durante la etapa más difícil de su vida, tras el divorcio y la muerte de Justin. Y su presencia compensaba el hecho de que ya nunca veía a su hija. Al principio, Debbie le llevaba la comida al estudio en una bandeja, pero desde hacía años almorzaban y cenaban juntos, a pesar de que ella y Jack tenían un pasado y un bagaje distintos de los de Meredith. Ambos habían crecido en familias pobres y no tenían estudios superiores. Debbie acabó el instituto, pero Jack lo dejó en décimo curso. Además, eran casi veinte años más jóvenes que Meredith. Aun así, eran sus únicos amigos.

A veces, Debbie veía alguna de sus series favoritas con ella en el estudio. Era más divertido que verlas sola, y después podían comentarlas. A Jack no le gustaban las series que ellas veían. Soltaba algún comentario despectivo y se iba al apartamento a ver programas deportivos, que Debbie detestaba. Ella y Meredith veían las mismas series y también leían los mismos libros, aunque solo porque Debbie se esforzaba en hacerlo. En el plano intelectual, era más ambiciosa que Jack. En muchos sentidos, era como una hija para Meredith o como una hermana o una amiga. Jack era más taciturno, un hombre de pocas palabras. Debbie se mostraba más locuaz, daba conversación a Meredith y era mejor compañía. Él era un hombre inteligente, pero poco hablador.

Después de almorzar, Meredith salió de nuevo para continuar trabajando en el jardín. No le importaba que hiciera calor; al contrario, le gustaba. Hacia las cuatro, Debbie fue a ver cómo estaba y le llevó un vaso de limonada helada. Meredith lo aceptó agradecida y sonrió. Se bebió la mitad de un largo trago.

—Dios, qué buena. Me estaba muriendo de sed, pero no quería parar para entrar a beber.

Había dejado el sombrero de paja en una silla del jardín para disfrutar del sol en la cara.

—Las rosas están preciosas —la felicitó Debbie, y ella se mostró complacida.

—Nunca pensé que me pasaría los días cuidando del jardín, pero la verdad es que me encanta.

Cortó una de las rosas rojas más esplendorosas y se la entregó a Debbie. Las dos mujeres intercambiaron una cálida sonrisa. Eran como la noche y el día. Meredith procedía de una familia distinguida, aunque sin opulencia, y poseía un aire aristocrático y un encanto natural. Debbie había crecido en la pobreza más abyecta. Se crio en un parque de caravanas y su aspecto vulgar seguía dando fe de ello, con el pelo burdamente teñido y las raíces negras. Aun así, Meredith creía que ambas se entendían a la perfección y que eran amigas.

—He estado pensando en tomar algunas clases para

aprender a preparar comida china. A los tres nos gusta mucho, y no hay razón para que tengas que cocinar todas las noches —le dijo Meredith con generosidad.

Solo que sí había una razón de peso: Debbie era su empleada y ella le pagaba para que cocinara. Sin embargo, pasaban tanto tiempo juntas que resultaba fácil olvidarlo. Cuando vivías en una intimidad tan estrecha y no te relacionabas con nadie más, los límites se volvían borrosos.

Al cabo de unos minutos, Debbie entró de nuevo en la casa. Hacía demasiado calor para ella, y el aire se había vuelto húmedo y pegajoso. Sí que estaba haciendo eso que la gente llamaba «clima de terremoto», aunque Meredith sabía que aquello no era más que un mito. No tenía ninguna constancia de que el tiempo fuera especialmente bochornoso durante el terremoto de 1906, el más devastador de todos. El del 89 se había producido durante la celebración de las Series Mundiales, así que aquel día quizá sí que hubiera sido húmedo y caluroso. Pero Meredith no daba la menor importancia a nada de aquello. No era más que cháchara intrascendente, comentarios triviales acerca del tiempo.

A las cinco, mientras recogía la cesta con las herramientas de jardinería, pensó que esa noche llamaría a Kendall. Meredith seguía esforzándose en mantener la relación. Su hija rara vez la llamaba y ahora hacía mucho que no hablaban. La última vez, Kendall estaba intentando que su hija de diecinueve años no abandonara la carrera después del penúltimo año, que cursaba en el extranjero. Julia odiaba la universidad, aunque se estaba especializando en Artes Escénicas en la Tisch School de la Universidad de Nueva York.

Si finalmente había dejado los estudios, Julia habría estado siguiendo los pasos de su madre. Kendall había cursado su penúltimo año en Florencia. Tenía veinte años, y allí coincidió con George Holbrook, el hijo mayor de una importante y acaudalada familia de banqueros de Nueva York. Después de aquel año en Florencia, se negó a acabar la carrera en Columbia. Kendall y George se comprometieron en Navidad y se casaron unos meses más tarde. Ella era muy tozuda y nunca retomó sus estudios. Los padres de ambos pensaban que eran demasiado jóvenes para contraer matrimonio y tenían miedo de que no durase. Pero veinte años después seguían juntos y, según Kendall, felizmente casados. Tuvieron a su hija diez meses después de la boda, algo que a Meredith tampoco le pareció muy sensato, convertirse en padres siendo tan jóvenes. Pero Kendall siempre hacía lo que quería, y al final resultó que los dos estaban hechos el uno para el otro. Tenían una gran actividad social, ambos eran conservadores y, en opinión de Meredith, algo estirados.

Kendall formaba parte de todos los comités de beneficencia importantes de Nueva York. A los padres de George nunca les había hecho mucha gracia que su nuera procediera de una familia de actores, y además Kendall no había acabado los estudios y nunca había trabajado. Se convirtió en la clásica esposa de alta sociedad, algo que Julia detestaba. Ella quería seguir los pasos de sus abuelos, mudarse a Los Ángeles para intentar ser actriz. Quería desplegar las alas y volar, y sus padres se oponían. Al pensar en ello, Meredith sonrió. Le tocaba a Kendall lidiar con una hija rebelde que quería emanciparse y que rechazaba todo lo que sus padres representaban y habían conseguido en la vida.

A Kendall nunca le había gustado la carrera cinematográfica de sus padres, sobre todo porque, cuando era pequeña, el trabajo les obligaba a pasar mucho tiempo fuera de casa. Tampoco le gustaba que fueran tan famosos. No soportaba que la gente les parara por la calle para pedirles autógrafos. Meredith no podía negar que había pasado mucho tiempo rodando fuera. Kendall había nacido justo cuando empezaba a convertirse en una gran estrella. Justin nació doce años más tarde, cuando ya era más madura y manejaba mejor la situación. Había seguido trabajando mucho, pero a Justin no parecieron afectarle tanto sus ausencias, tampoco la fama. Incluso le gustaba, y a menudo les decía a sus padres que estaba orgulloso de ellos. Todo lo contrario que Kendall. Ella se avergonzaba y tenía celos de su madre, aunque Meredith era una mujer muy discreta y nunca hacía alarde de la impresionante notoriedad que le confería su estatus de gran estrella.

Cuando nació Justin, Scott y ella trataron de alternar los rodajes para que al menos uno de los dos se quedara en casa con él. Cuando Kendall era pequeña, con frecuencia los dos estaban fuera al mismo tiempo, algo que les reprocharía más adelante, sobre todo a su madre. La culpaba de todos los males de su infancia y su juventud.

Justin había sido un chico más tranquilo, mientras que Kendall siempre parecía estar enfadada y menospreciaba la carrera de su madre, aunque en casa Meredith siempre se había comportado como una madre normal. En cambio, no parecía resentida por la fama de su padre. Incluso tantos años después, cuando hablaban, Kendall hacía comentarios cáusticos sobre la época en que Meredith había sido una gran estrella. Se sentía orgullosa de la carrera de su padre, pero seguía sin reconocer los méritos de la impresionante trayectoria de su madre. Lo único que recordaba era lo dura y cruel que había sido con su padre cuando murió Justin. Kendall había volcado todo su afecto y su compasión en él. Decidió pasar por alto que su padre pudiera tener parte de la culpa en la muerte de Justin, que hubiera cometido una negligencia al dejar que saliera a navegar solo. Kendall había adorado a su hermano, pero no soportaba la idea de que su padre pudiera tener alguna responsabilidad en lo ocurrido. Había sido un accidente trágico, obra del destino o de Dios. Su padre era su héroe, le gustaba creer que era un santo. Y Kendall nunca hablaba de cómo Scott había traicionado y abandonado a su madre para tener una aventura con una joven actriz italiana que ocupó las portadas de la prensa sensacionalista de todo el mundo. Para entonces ya estaba casada y era lo bastante mayor para comprender la situación, pero optó por no hacerlo.

Meredith pensó en Julia y se preguntó qué aspecto tendría entonces. Por sorprendente que pareciera, no había visto a su nieta desde que esta tenía diez años. En aquella época aún no se había recuperado por completo de la muerte de Justin, y Kendall había preferido mantenerla alejada de su hija y siempre había puesto trabas para que la viera. Nunca era un buen momento para que Meredith las visitara, y Kendall nunca la llevaba a San Francisco para ver a su abuela. Solo había ido una vez, y de eso hacía ya nueve años.

Meredith no había vuelto a viajar, y hacía mucho que Kendall pasaba las vacaciones con la familia de su marido. Ella y George habían comprado una casa en Aspen y todos los años celebraban allí las Navidades, pero nunca habían invitado a Meredith. Ella no forzó la situación y tampoco quería suplicarle que fuera a visitarla. Sabía que Kendall no tenía ningunas ganas de verla y que el recuerdo de su hermano le resultaba demasiado doloroso. Siempre alegaba que estaba «muy ocupada» para viajar. Para Meredith, el mundo exterior había perdido parte de su realidad, como una serie que llevara mucho tiempo sin ver y cuyo hilo argumental le fuera imposible seguir. Los personajes le resultaban desconocidos y tenía la sensación de haberse perdido demasiados episodios para poder reengancharse a la trama.

Acababa de encender el televisor para disfrutar de un nuevo capítulo de una de sus series favoritas, que veía religiosamente todas las semanas. Iba ya por el tercer año de emisión y no se había perdido un solo episodio, y cuando terminaba la temporada volvía a visionarla entera. Estaba cómodamente apoltronada en un sillón de su dormitorio cuando, de repente, retumbó un extraño sonido gutural, como un rugido procedente de las entrañas de la tierra. El televisor empezó a sacudirse y la pantalla se quedó en negro. La lámpara de araña se balanceó con violencia en el techo y, al levantar la vista, Meredith comprendió lo que estaba pasando. Todo lo que había encima de la mesita que tenía delante se deslizó y cayó al suelo, y un cuadro de la pared se desplomó con gran estrépito. Al principio no supo bien qué hacer. El rugido fue haciéndose cada vez más fuerte, al tiempo que oía el estruendo de cristales que se hacían añicos y de objetos que se caían y se rompían por toda la casa. Recordó lo que había que hacer en caso de terremoto y corrió a refugiarse bajo el dintel de la puerta, donde se quedó temblando mientras otros dos grandes cuadros se estrellaban contra el suelo. Iba descalza y se había cortado el pie con un trozo de cristal al cruzar la habitación. Ni siquiera lo había notado. Se habían apagado todas las luces y, al mirar por la ventana, vio que el vecindario entero estaba a oscuras. Daba la sensación de que los violentos temblores no acabarían nunca. Y, después de lo que pareció una eternidad, el rugido cesó y se produjo una breve sacudida final. Meredith permaneció de pie en la oscuridad, rodeada por un mar de cristales rotos, y entonces oyó que Debbie la llamaba. Poco después la oyó subir corriendo las escaleras y cuando llegó arriba, casi sin resuello, la encontró en el umbral del dormitorio. Las dos se quedaron mirándose un momento. Debbie llevaba una potente linterna a pilas y la enfocó hacia el interior de la habitación, iluminando los cuadros caídos y los añicos que cubrían el suelo.

—Santo Dios, este ha sido de los fuertes —dijo Meredith sonando más calmada de lo que en realidad se sentía—. Supongo que sí que era lo que llaman clima de terremoto.

—¿Estás bien? —le preguntó Debbie, muy alterada.

—Eso creo —respondió Meredith—. ¿Tú estás bien? ¿Dónde está Jack?

—En la parte de atrás de la casa, en el cuarto de contadores, tratando de cortar el gas. —Como siempre, Jack sabía lo que había que hacer, y Meredith se sintió agradecida por tenerlos con ella—. Subir hasta aquí ha sido como montar en una montaña rusa —añadió Debbie, tratando aún de recuperar el aliento tras la conmoción.

—Gracias por venir a buscarme.

—Jack dice que deberíamos salir al patio, por si siguen cayendo cosas dentro de la casa.

Oyeron un fuerte estruendo abajo, y cuando Debbie enfocó la linterna hacia la lámpara del techo, vieron que todavía se balanceaba. Le entregó una linterna a Meredith, que la encendió y la usó para buscar sus zapatos. Al ponérselos, vio que le sangraba el pie.

—¿Estás bien? —repitió Debbie.

Meredith respondió que sí y la siguió escaleras abajo. Al apuntar con las luces hacia la gran lámpara de araña del salón principal, vieron que seguía oscilando de lado a lado. Las lágrimas de cristal tintineaban al entrechocar unas con otras.

—¡No pases por debajo! —le advirtió Debbie, mientras descendían los escalones con cuidado.

Vieron los cuadros tirados por el suelo. Los grandes marcos de varios de ellos estaban destrozados. Caminaron tratando de no pisar nada hasta llegar a la puerta principal. La abrieron y, tal como había visto Meredith desde la ventana de su dormitorio, todo el vecindario estaba a oscuras.

—¿De qué magnitud habrá sido? —preguntó mientras permanecían plantadas en el umbral.

Debbie alzó la linterna para iluminar el exterior.

—Ha sido muy potente —respondió, y avanzaron con cautela hasta situarse en medio del patio.

Jack llegó al cabo de unos minutos.

—¿Estáis bien las dos? Ya he cortado el gas de la casa —dijo en tono tranquilizador.

—Estamos bien —contestó Meredith, que empezaba a sentirse más calmada.

Oyó voces de gente en la calle y se preguntó si deberían abrir la verja.

—No salgáis —les advirtió Jack—. Han caído algunos cables del tendido eléctrico, y uno está soltando chispas. Lo he visto cuando he apartado un trozo de la malla para echar un vistazo.

Mientras hablaba, los tres notaron una leve réplica. Debbie pareció presa del pánico.

—¿Y si se produce otro de los grandes? —preguntó agarrándose con fuerza al brazo de Jack—. ¿Y si este solo ha sido el primero, como una especie de aviso?

—No va a haber más —repuso él, en un tono que transmitía más optimismo que certeza.

Meredith se preguntó qué otras sorpresas les depararía el resto de la noche, y también qué otros desperfectos habría sufrido la casa.

—Tenemos que comprobar cómo están los vecinos —dijo muy preocupada—. Alguno podría haber quedado atrapado, tal vez haya heridos. ¿Dónde está el botiquín de primeros auxilios? —le preguntó a Jack.

Él lanzó una rápida mirada a Debbie antes de responder.

—No podemos salir ahí, Meredith. Todo el mundo sabe quién eres y que vives aquí. No queremos que la gente irrumpa por la fuerza en la casa. Y tampoco sabemos cómo está la situación ahí fuera. Puede que haya saqueadores —añadió, funesto, como si la calle estuviera llena de gente esperando a invadir la propiedad.

Meredith no le hizo caso.

—Ve a buscar el botiquín, Jack —le ordenó con una voz que nunca le había oído, una voz de autoridad incuestionable—. Vamos a abrir la verja.

Él vaciló un momento y luego desapareció en el interior de la casa. Debbie estaba aterrorizada.

—No abras la verja. No sabemos lo que hay ahí fuera.

—No, no lo sabemos. Pero vamos a averiguarlo —afirmó en un tono firme y tranquilo que no dejaba lugar a dudas.

Jack volvió al cabo de cinco minutos. Llevaba el botiquín, y su expresión era obstinada y sombría. Meredith sacó la llave y abrió la cerradura. Al principio la verja se resistió, pero luego, lentamente, acabó cediendo. Meredith cruzó el umbral de la propiedad y salió a la calle. Debbie y Jack la siguieron. Aunque era lo último que hubieran querido que sucediera, por primera vez en muchos años, Meredith estaba a cargo de la situación. Y le brillaban los ojos, llenos de vida.

2

Tyla Johnson acababa de sacar un pastel de carne del horno cuando Andrew llegó a casa del trabajo. Sabía que a él no le gustaba, pero se lo había prometido a los niños. Era una receta de su abuela y uno de los platos favoritos de los críos, que servía acompañado de puré de patatas y mazorcas. Si Andrew lo prefería, guardaba para él un filete en la nevera.

—Llega uno a casa harto de trabajar y le ponen rancho para cenar —masculló mientras iba a lavarse las manos con gesto hosco.

Tyla odiaba cuando llegaba a casa de ese humor. Se preguntó si habría ido algo mal en el hospital. Normalmente lo intuía. Había trabajado para él durante tres años como enfermera quirúrgica antes de que empezaran a salir juntos y se casaran. Había conseguido el puesto justo después de la escuela de Enfermería. Tyla tenía ya treinta y ocho años, y Andrew, cuarenta y siete. Él era cirujano ortopédico en uno de los mejores hospitales de la ciudad y siempre estaba trabajando.

Andrew era un hombre atractivo: alto y rubio, de porte atlético y espaldas poderosas. Había crecido en el sur de California, en un barrio obrero de Los Ángeles, y durante un tiempo vivió en Venice, que consideraba la ciudad costera perfecta para él, con montones de universitarias que caerían rendidas ante sus encantos. Incluso entonces, convertido ya en un atareado doctor, corría cinco kilómetros diarios antes de ir al hospital para mantenerse en forma.

Tenían dos hijos: Daphne, de siete años, y Will, de once. Ambos iban a colegios privados, y Andrew nunca dejaba que Tyla olvidara lo mucho que tenía que trabajar para pagarlos. Sus padres habían sido pobres y hubieron de apretarse el cinturón, ahorrar y pedir dinero prestado para conseguir que su único hijo fuera a la facultad de Medicina. Se había convertido en uno de los mejores cirujanos ortopédicos de la ciudad, lo cual constituía todo un logro personal, teniendo en cuenta sus orígenes humildes.

Tyla procedía de una familia pobre de Boston, de origen irlandés, y había estudiado en la escuela de Enfermería gracias a una beca completa. Después de graduarse, se trasladó a San Francisco y, cuando se casó, su vida entera cambió. Andrew estaba obsesionado con el dinero y el éxito, y trabajaba mucho para conseguirlo.

Daphne tenía dos años cuando compraron la casa de Washington Street. Tyla había dejado de trabajar en el momento en que nació Will, y Andrew siempre le estaba recordando lo afortunada que era de tener un marido como él, que la había retirado y le proporcionaba una vida estupenda. Estaba muy orgulloso del dinero que ganaba y de tener una casa como aquella, aunque seguía pagando una cuantiosa hipoteca. Andrew controlaba hasta el último centavo que gastaba su mujer, pero Tyla no era derrochadora. Le encantaba su hogar, y también la posibilidad de ofrecer a sus hijos todo lo que ella no había tenido de pequeña. Su madre se había visto obligada a estirar cada dólar que ganaba, le cosía la ropa y ponía comida en la mesa trabajando como asistenta en una de las mejores casas de Boston. Uno de sus hermanos era fontanero, y el otro, electricista. Sus dos hermanas trabajaban también limpiando casas. Tyla era el orgullo de la familia, casada con un doctor y viviendo en una gran mansión en San Francisco. Ella habría seguido trabajando para ayudar a pagarla, pero Andrew no había querido. Decía que ganaba dinero suficiente para mantenerlos a todos, de lo cual se sentía también muy orgulloso.

Después de lavarse las manos, volvió a la cocina. Se quitó la americana, se aflojó la corbata y se enrolló las mangas de la camisa blanca, mientras los niños se sentaban a la mesa para cenar, vestidos todavía con el uniforme escolar. Daphne, con el pelo recogido en unas trenzas, miró a su padre esbozando una amplia sonrisa en la que faltaban varios dientes. Will estaba más serio. Tyla sirvió los platos y los puso en la mesa delante de ellos.

—¿Pastel de carne o filete? —le ofreció a Andrew.

—El pastel está bien —contestó, sin sonreír a sus hijos.

No había besado a Tyla al llegar, lo cual no era buena señal. Ella tampoco le había preguntado cómo le había ido el día: era más que evidente. En otras ocasiones, en cuanto entraba en casa, Andrew la giraba alegremente hacia sí y le daba un beso, pero esa noche no. Después de ponerle su plato y servirse el suyo, Tyla se sentó a la mesa. Los niños ya habían empezado a comer. El pastel de carne estaba caliente y sabroso, y los pequeños estaban disfrutando de lo lindo cuando su padre estampó el puño en la mesa, asustándolos a los tres.

—¿Cómo podéis ser tan maleducados? Nosotros aún no hemos empezado. ¿Dónde están vuestros modales?

—Perdón, papá —dijo Will en voz baja, paralizado durante un momento, mientras su hermana parecía a punto de romper a llorar.

Después continuaron cenando en silencio. Tyla intentó aliviar la tensión con un poco de charla intrascendente. Daphne empezó a comerse el puré de patatas sin apartar la vista del plato. Estaban acostumbrados a sus estallidos de ira, aunque siempre hacían que las cenas resultaran más desagradables. Y últimamente ocurría cada vez más a menudo.

—¿Cómo os ha ido la escuela? —preguntó, mirando a su hijo con fijeza.

Daphne todavía iba a segundo curso y no tendría mucho que contar acerca de sus logros académicos.

—Bien —respondió Will por los dos, evitando la mirada de su padre.

—¿Y cómo ha ido el examen de matemáticas? —recordó.

Will vaciló. Sabía que no podría escapar al interrogatorio de su padre y que si le mentía sería aún peor. Tyla odiaba cuando ponía al chico en aquellos aprietos. Últimamente había desarrollado un pequeño tartamudeo, y su profesor había sugerido que fuera a un logopeda.

—No muy bien —contestó con un hilo de voz.

Will se parecía a su padre, tan guapo y tan rubito. Daphne tenía el pelo oscuro y los ojos verdes, como su madre.

—¿Qué significa «no muy bien»? ¿Qué has sacado?

—Un insuficiente, papá —respondió Will con lágrimas en los ojos—. No entendía bien el examen. Mañana tengo que ir a ver al señor Joppla después de clase.

—¿Es que no lo preparaste con él? —le preguntó a Tyla, dirigiendo su mirada fulminante hacia ella—. ¿Qué diablos haces con ellos? Will ya está en sexto. Esto es muy grave.

—Lo intenté, pero es que tampoco entiendo las matemáticas de ahora —dijo en voz baja—. De verdad que preparamos el examen. Tal vez necesite un tutor —añadió en tono cauteloso.

De pronto se sintió demasiado angustiada para continuar comiendo. Si bien el entorno de la cocina era alegre y luminoso, y la comida estaba deliciosa, cuando Andrew se ponía de esa manera se las arreglaba para quitarles el apetito a todos. Por lo visto, esa noche tenía ganas de bronca.

—Nosotros también hemos tenido hoy matemáticas —intervino Daphne, en un intento de desviar la atención de su padre y darle un poco de tregua a su hermano—. Y lectura.

Andrew no se molestó en contestarle. Siguió reprendiendo a su esposa por ser tan irresponsable, y le dijo que, si era tan tonta, tal vez fuera ella la que necesitara un tutor. Luego continuó diciéndole a Will que lo único que debía hacer era prestar más atención en clase. Era lo bastante inteligente para dominar la materia, así que tal vez solo estuviera haciendo el vago.

—Will no es ningún vago, Andy —trató de defenderle Tyla—. Es el primero de la clase en lengua. La semana pasada sacó un sobresaliente en redacción. Lo que pasa es que las matemáticas no se le dan bien.

—¿Y de qué va a servirle sacar un sobresaliente en redacción? ¿Para convertirse en maestro de escuela? Tiene que aplicarse en matemáticas y ciencias. No estoy pagando un colegio privado para que encima vaya y catee las mates.

Se hizo un silencio sepulcral en la mesa. Sabían muy bien que no debían decir nada cuando le daban los ataques de ira, y en ese momento estaba teniendo uno.

Los platos seguían medio llenos cuando Tyla los retiró. De postre había hecho brownies, que sirvió con helado. Durante la cena, el móvil de Andrew no había parado de vibrar señalando la entrada de mensajes. Él les echó un vistazo, pero nunca respondía cuando estaban comiendo, a menos que se tratara de una urgencia del hospital, lo cual no parecía el caso. Will casi deseó que lo llamaran para que tuviera que marcharse. Sabía que su padre no dejaría de hostigarle en toda la noche por lo del examen.

Los niños pidieron permiso para levantarse de la mesa. Su madre se lo concedió y subieron las escaleras a toda prisa, cuchicheando entre ellos. Tyla vio cómo Daphne daba un besito a su hermano para que se sintiera mejor.

Después de recoger los platos del postre, se sentó junto a Andrew.

—Tienes que dejar de ser tan duro con ellos —le dijo con delicadeza.

—¿Por qué? ¿Es que quieres tener un hijo idiota? ¿Quieres que acabe siendo fontanero, como tu hermano? —añadió con desdén.

—Ya sabes que es disléxico, y además se gana muy bien la vida —replicó ella en defensa de su hermano menor.

Andrew no sentía más que desprecio por su familia política.

—Tu trabajo es hacer que Will estudie y saque buenas notas —repuso él en tono acusador, al tiempo que volvía a echar un vistazo a los mensajes.

—Intento ayudarle, pero las matemáticas no son su fuerte. Es muy bueno en lengua, y también le encanta la historia.

Andrew la ignoró mientras respondía a un mensaje. Cuando levantó la vista, pareció más calmado durante un momento, aunque había un brillo en sus ojos que a Tyla no le gustó. Sabía adónde solía llevar aquello.

—Mi trabajo consiste en conseguir que vayan a buenas escuelas. El tuyo es hacer que aprendan algo.

Tyla era consciente de que no valía la pena discutir. Lo único que quería decirle era que no debería mostrarse tan duro con Will. En la última semana había llegado dos veces a casa con dolor de estómago, y Daphne había empezado a morderse las uñas. Los tres sabían que Andrew tenía un carácter muy agresivo. Se controlaba en el hospital con sus pacientes, pero se desfogaba con su familia. Toda la ira acumulada a lo largo del día se desataba en cuanto llegaba a casa.

Tyla se disponía a hablar cuando, de repente, toda la casa empezó a temblar. Era como si la hubieran agarrado y la estuvieran zarandeando de un lado para otro, luego de arriba abajo. Las luces parpadearon y se apagaron. Se oyó un rugido espantoso, atronador, como si una bestia gigante fuera a devorarlos, y luego Tyla oyó los chillidos de terror de Daphne.

Echó a correr hacia las escaleras, pero Andrew la aferró con fuerza del brazo y tiró de ella hacia atrás, haciéndole daño.

—¡Métete debajo de la mesa! —le gritó.

Tyla se zafó de él y corrió escaleras arriba para ir a buscar a sus hijos. Mientras subía, toda la casa seguía sacudiéndose a su alrededor. Al llegar arriba, vio a Will abrazando a Daphne en el umbral de su cuarto, mientras la niña seguía chillando. Tyla se precipitó hacia ellos y los estrechó entre sus brazos, hasta que el temblor finalmente cesó. Daphne no paraba de llorar, y Will tenía los ojos llenos de lágrimas. Parecía como si la casa fuera a derrumbarse en cualquier momento. Oyeron el estrépito de los platos cayendo de los armarios y estrellándose contra el suelo de la cocina.

—¡Bajad aquí! —les gritó Andrew, y los tres descendieron las escaleras con cautela.

El edificio había dejado de temblar, y el rugido atronador empezaba a atenuarse, aunque todavía podían oírlo.

—Huele a gas —dijo Tyla al entrar en la cocina.

Todo estaba a oscuras. Andrew cogió una linterna y los enfocó con su haz. Fuera reinaba la oscuridad más absoluta, y la vieja casa de madera crujió de manera sonora mientras se asentaba tras el seísmo.

—Necesito una llave inglesa para cerrar el gas. ¿Dónde están las herramientas? —preguntó a su mujer. Andrew parecía alterado, pero no asustado—. Deja de llorar —le espetó a Daphne.

Tyla la estrechó más fuerte. La pequeña estaba temblando.

—No lo sé. Creo que están en el garaje, donde las pones siempre.

Andrew abrió la puerta principal. Vieron cables eléctricos retorciéndose y soltando chispas sobre el asfalto, y a gente con linternas agrupándose en la calle. Le dijo a Will que le acompañara al garaje, mientras Tyla tomaba a Daphne de la mano y salían afuera. Todos hablaban conmocionados sobre la fuerza del terremoto, y el pánico volvió a apoderarse de ellos cuando una réplica hizo caer otro cable en medio de la calzada.

—¿Dónde diablos has puesto la llave inglesa? —preguntó Andrew entre dientes cuando volvió, seguido por Will. El chico parecía muy asustado. No sabía qué era peor, si su padre, el terremoto, la oscuridad o los cables que se retorcían en la calle—. No puedo cortar el gas sin una llave.

—Yo no uso esas cosas —dijo Tyla en voz baja, tratando de calmar a Daphne—. Puede que no tengamos.

—Maldita sea —masculló Andrew—, más vale que encontremos una antes de que la casa explote o se incendie.

Iba saliendo cada vez más gente de sus casas y plantándose en medio de la calle.

En ese momento Daphne empezó a gimotear:

—Nuestra casa va a quemarse y he dejado a Martha dentro.

Martha era su muñeca favorita, pero Tyla no se atrevía a entrar a buscarla. Tenía miedo de que le cayera algo encima o de que el edificio explotara por culpa de un escape de gas.

—Enseguida iremos a buscarla —tranquilizó a su hija, abrazándola más fuerte—. Y la casa no va a arder. Papá va a cortar el gas.

—Papá necesita una llave inglesa y no tenemos ninguna —continuó llorando la niña.

Tyla vio que Andrew se dirigía a la casa de al lado y llamaba a la puerta. Nadie respondió. Quizá ya habían salido o estaban heridos o demasiado asustados para abrir. Will se acercó a su madre. Al abrazarlo, notó cómo le temblaba todo el cuerpo. Andrew seguía aporreando la puerta. No pensaba marcharse hasta que alguien abriera para pedirle una llave inglesa.

Peter Stern estaba encorvado sobre su vieja máquina de escribir, tecleando como de costumbre en su pequeño cuarto del desván. Durante el día trabajaba en el departamento de publicidad de una revista local y por las noches, desde hacía un año, ejercía como cuidador de Arthur Harriman. Para Peter era un auténtico honor trabajar para él, y aquel empleo nocturno le había salvado la vida. En la revista cobraba un salario bajísimo y tenía que vivir de las comisiones que sacaba de vender anuncios. Sin embargo, los dos ingresos combinados no le daban para pagar ni un estudio en un barrio decente, y ya estaba harto de compartir casa con media docena de desconocidos, sobre todo porque quería poder escribir por las noches. Llevaba dos años trabajando en una novela. A los treinta y dos, aún no tenía un empleo que le llenara, pero le apasionaba escribir. Su sueño era acabar la novela, verla publicada y llegar a convertirse en un gran escritor.

Había estado viviendo en un sórdido apartamento en Haight-Ashbury con cinco compañeros de piso que había encontrado a través de Craigslist, y con todo el movimiento de idas y venidas que había en la casa le había resultado prácticamente imposible escribir.

Encontró el empleo como cuidador nocturno de Arthur Harriman por un anuncio del *Chronicle*. El anciano necesitaba a alguien que durmiera en su casa por las noches y le ofreciera asistencia ocasional. La mujer que se encargaba de atender la casa desde hacía muchos años, Frieda, llegaba a las siete de la mañana y se marchaba a las ocho de la noche, después de dejar la cena preparada. Un hombre se encargaba de asistirle los fines de semana, y necesitaban a alguien que durmiera en la casa los siete días de la semana a cambio de una habitación y un pequeño salario. Arthur Harriman era un concertista de piano de fama mundial. Se había quedado ciego en un accidente de coche a los dieciocho años. Para entonces tenía ochenta y dos, aunque seguía manejándose bastante bien por sí mismo. Solo necesitaba saber que había alguien en casa, pero era muy independiente y sumamente autosuficiente. Cuando acudió a la entrevista, Peter había esperado encontrarse a un frágil anciano y le sorprendió verle moviéndose sin problemas por todas partes, subiendo y bajando las escaleras con soltura, y con más energía que muchas personas a las que doblaba la edad.

Peter no era más que una presencia en la casa por si se producía alguna emergencia, algo que hasta el momento no había sucedido nunca. Ambos mantenían largas conversaciones filosóficas, y Arthur solía ensayar por las noches. Le interesaba la novela de Peter, y era un hombre vitalista y muy culto. Contaba con alguien que le llevaba en coche cuando tenía que ir a alguna parte, y que también le acompañaba cuando daba algún concierto en otra ciudad. En esas ocasiones, Peter disponía de tiempo libre, pero apenas salía. Prefería concentrarse en acabar la novela.

Cuando empezaron los temblores, Peter dejó de teclear durante un momento prolongado, preguntándose qué estaba ocurriendo. En cuanto comprendió que se trataba de un terremoto, se precipitó tambaleante hacia las escaleras, notando cómo el suelo parecía ondular bajo sus pies, al tiempo que gritaba a pleno pulmón:

—¡Ya voy, señor Harriman! ¡Ya voy!

Descendió a toda prisa y, en cuestión de segundos, llegó a la planta de abajo, donde encontró al anciano sentado debajo del piano de cola, con aspecto sorprendentemente calmado.

—Ya estoy aquí, señor Harrison, ya estoy aquí. ¿Se encuentra bien?

—Estoy bien. Está siendo uno de los fuertes. ¡Corre, métete aquí debajo conmigo! —El terremoto le había pillado ensayando—. ¿Estás herido?

—No, estoy bien.

—¿Llevas los zapatos puestos? Habrá cristales rotos por todas partes.

El bramido del seísmo al desgarrar la tierra bajo sus pies resultaba aterrador y, de forma inconsciente, Peter se agarró del brazo del pianista. Nunca había vivido un terremoto. Había llegado a San Francisco hacía dos años procedente del Medio Oeste. Era un hombre atractivo, con el pelo oscuro y los ojos marrones, cierto aire juvenil y actitud afable. Le había tomado mucho cariño al anciano. Le recordaba a su abuelo, un caballero de los de antaño, muy digno y distinguido, que había ejercido como abogado en la pequeña población donde vivían. Peter había estudiado en la Universidad del Noroeste, y durante años había soñado con trasladarse a San Francisco. Se había criado en un entorno de lo más apacible y tranquilo. Su padre dirigía el periódico local, y su madre trabajaba como maestra, pero la vida en la pequeña ciudad era monótona y aburrida. Su hermano y su hermana se habían mudado a Chicago cuando acabaron la universidad, y Peter siempre había soñado con vivir en el Oeste.

—Los llevo puestos —tranquilizó al anciano—. En el lugar de donde vengo tenemos tornados, que son incluso peores. Levantan las casas por los aires y se las llevan volando.

—Esto habrá pasado en un minuto, hijo. No te asustes —dijo Arthur en tono calmado, escuchando con atención y aguardando a que acabara—. ¿Sigue habiendo electricidad?

—No, está todo a oscuras, la casa y la calle.

—Está siendo de los grandes —confirmó el pianista. Oían cómo se desplomaban objetos pesados por toda la casa y la estructura de madera victoriana crujía de forma estremecedora, pero el edificio había sobrevivido al terremoto de 1906 y a Arthur no le preocupaba—. Debes tener mucho cuidado con los objetos que caen y con los cristales rotos. Las réplicas harán que acabe de desprenderse todo lo que haya quedado suelto. ¿Sabes cómo cerrar el gas?

—No estoy seguro. ¿Qué tengo que hacer? —preguntó Peter, mientras la tierra y la casa dejaban de sacudirse y el rugido atronador se atenuaba, como una bestia herida que retrocediera hacia su guarida.

—La válvula está en un lateral de la casa. Necesitarás una llave inglesa. Tenemos una en el armario de las herramientas. Pero primero salgamos para ver cómo está la situación ahí fuera. Quizá encontremos a alguien que pueda enseñarte a hacerlo.

Era justamente para ayudarle en situaciones como aquella para lo que había contratado a Peter. Su último asistente nocturno había trabajado para él durante cuatro años y había dejado el empleo para casarse. Arthur necesitaba a alguien para aquel tipo de emergencias, y de vez en cuando para que le ayudara a acostarse si llegaba muy cansado después de un concierto. Pero casi siempre prefería desenvolverse por sí mismo. Le bastaba con saber que Peter estaba en el cuarto de arriba y tenía un intercomunicador para llamarlo. No era muy exigente, y a Peter le encantaba trabajar para él y vivir en aquella magnífica residencia. Mudarse allí había sido una bendición, y en ocasiones le recordaba a la casa de su infancia en Illinois. Todavía echaba de menos su hogar, aunque ya rara vez iba de visita. No quería dejar solo a Arthur. Tras un año trabajando para el anciano, se sentía responsable de él.

—Salgamos afuera —volvió a decir Arthur—. Pero habrá que tener mucho cuidado con los cables que hayan caído. ¡Sobre todo no los pises! —le advirtió.

Peter le ayudó a salir de debajo del piano y lo condujo con cuidado por las escaleras hasta llegar a la puerta principal. Cuando abrió, vio a un hombre de pie ante la entrada y a una mujer con dos niños delante de la casa de al lado. Peter comprendió de pronto que aquel tipo había estado aporreando la puerta y que, con todo el nerviosismo vivido y con el ruido que había seguido a la estela del terremoto, no le habían oído.

—¿Por qué habéis tardado tanto? —casi le gritó Andrew a Peter.

—Estábamos ocupados —le respondió.

Luego condujo al señor Harriman hacia un grupo de personas que estaban fuera de sus casas, hablando. El pianista era un hombre sociable y extrovertido, y Peter sabía que querría conversar con ellos.

—Necesitamos una llave inglesa para cortar el gas —dijo Andrew, quien al darse cuenta de que el anciano era ciego bajó ligeramente el volumen.

—Nosotros también —contestó Peter—. Creo que tenemos una en el armario de las herramientas. En cuanto pueda, entro a buscarla. Puedes venir conmigo, porque no estoy muy seguro de cómo es. Si la encontramos, te dejamos usar la nuestra.

Poco después Andrew le siguió al interior de la casa, mientras Arthur se quedaba charlando con los vecinos y Tyla y los niños se acercaban al grupo. El anciano les estaba hablando sobre el terremoto de 1989.

Andrew usó una linterna para guiar a Peter por el interior de la casa del pianista. Enseguida encontraron el armario de las herramientas. Le señaló la llave inglesa que necesitaban y Peter la cogió. Entonces Andrew se lo quedó mirando con aire inquisitivo.

—¿Ese es Arthur Harriman, el concertista de piano? No sabía que viviera en la casa de al lado. —Se le veía impresionado—. ¿O es que se le parece mucho?

—No, es él. Es un hombre muy discreto y viaja mucho por los conciertos. Además, la casa está insonorizada para que los vecinos no le oigan ensayar.

—¿Eres su hijo? —le preguntó Andrew, lleno de curiosidad.

Le habló en tono simpático y sonriendo afablemente. Andrew podía ser encantador cuando quería. No lo había sido antes, cuando se mostró tan brusco después de que Peter le abriera la puerta.

—Trabajo para él —repuso este con una sonrisa—. Soy su cuidador nocturno. Duermo en la casa por si necesita algo por la noche. Pero por lo general se las arregla bastante bien solo, salvo en situaciones como esta.

—Supongo que nuestra otra vecina famosa no se dignará aparecer esta noche. La verja de su mansión casi nunca se abre y tengo entendido que apenas sale de casa —dijo Andrew misteriosamente.

—¿Quién es? El señor Harriman nunca habla de los vecinos.

A Andrew pareció sorprenderle que Peter no lo supiera. Se trataba de una leyenda no solo en el vecindario, sino en toda la ciudad. Era un nombre conocido a nivel mundial.

—Meredith White, la famosa estrella de cine —respondió Andrew—. Lleva recluida en su casa desde hace diez o quince años. Nadie la ha visto. Es como un ovni. Todo el mundo espera avistarla en algún momento, pero es una mujer muy esquiva. Mi esposa dice que la vio una vez en clase de yoga, aunque lo dudo mucho. No creo que salga nunca a menos que su casa se venga abajo, lo cual no va a suceder.

Señaló la mansión de piedra de la esquina, rodeada por el alto seto, y Peter pareció sorprendido. Arthur nunca había mencionado a la actriz. Tal vez no supiera que vivía allí, y él tampoco se había preguntado nunca quiénes eran sus vecinos.

—No sabía que viviera ahí. Mi madre ha visto todas sus películas. Tengo que contárselo —añadió Peter, sonriendo ante la idea.

Los dos hombres salieron juntos de la casa y se dirigieron a la de Andrew para cerrar el gas. Luego volvieron para hacer lo propio en la del pianista. Empezaban a oírse los primeros helicópteros, que sobrevolaban la ciudad a baja altura para controlar los daños.

—Parece una zona de guerra —comentó Andrew.

—¿Dónde vamos a dormir esta noche? —preguntó Peter—. No creo que nuestras casas sean muy seguras, aunque hayamos cortado el gas.

—Yo tendré que presentarme dentro de nada en el hospital. Es el protocolo para emergencias a nivel municipal. Antes tengo que dejar a mi mujer y a mis hijos en algún lugar seguro. —Se quedó un momento pensativo—. Supongo que instalarán refugios en las escuelas públicas. Y es probable que hagan lo mismo en el auditorio del hospital.

Siempre tendría la posibilidad de llevarlos allí. Los dos hombres seguían hablando del tema cuando se unieron a Arthur, Tyla y los niños.

Joel Fine y Ava Bates estaban haciendo el amor cuando empezó el terremoto. Por un momento, Joel creyó que habían alcanzado nuevas cotas de placer, hasta que ambos comprendieron lo que estaba ocurriendo. Saltaron de la cama y se precipitaron hasta el umbral de la puerta, donde se quedaron plantados desnudos y él volvió a besarla.

—Ha sido de los buenos, ¿eh? —bromeó Joel, al tiempo que Ava se aferraba a él, presa del pánico.

A su alrededor, el rugido del seísmo cobraba intensidad, y los libros caían de las estanterías y se estampaban contra el suelo.

Joel había fundado dos innovadoras empresas tecnológicas que habían tenido un éxito impresionante y le habían hecho ganar una inmensa fortuna. Su casa había sido decorada por un famoso interiorista, y tenía un Bentley y un Ferrari en el garaje. Ava llevaba dos años viviendo con él. Joel tenía cuarenta y dos, y ella, veintinueve. Ava trabajaba como modelo y azafata en eventos promocionales. La habían contratado para los anuncios de la última empresa creada por Joel, quien se fijó en ella durante una sesión de fotos. La invitó a pasar un fin de semana en Las Vegas, y desde entonces habían estado juntos. Ella cursaba estudios universitarios online y quería ser diseñadora gráfica. Cuando la conoció, Joel pensó que era una chica preciosa y utilizó con ella las tácticas que solía utilizar con todas: darles una buena vida, concentrarse en pasarlo bien y mantener la relación mientras resultara fácil y divertido estar con ellas, sin ningún plan de futuro. Las relaciones terminaban cuando Joel dejaba de divertirse, pero con Ava había durado más que con la mayoría. Él estaba divorciado y no tenía ningún interés en volver a casarse. Lo dejaba muy claro desde el principio. Su primer matrimonio le había servido de escarmiento, y además tenía el precedente del agrio divorcio de sus padres. Había crecido en Filadelfia como hijo único, utilizado como arma arrojadiza en la lucha constante de unos padres que se odiaban, hasta que consiguió huir a la Universidad de Berkeley. Se casó después de graduarse en el programa empresarial de la escuela de negocios. Y cuando pilló a su mujer engañándole, decidió divorciarse antes de que su vida conyugal siguiera los pasos de la de sus padres. Había aprendido pronto la lección. El matrimonio no era para él y no tenía la menor intención de volver a intentarlo.

Siempre había sido honesto sobre lo que podía ofrecer a sus parejas. Solo les prometía buena vida y buen sexo. No tenía hijos y tampoco quería tenerlos. Su madre procedía de una vieja familia de la Main Line de Filadelfia y su padre trabajaba en inversiones. Había crecido en un entorno de dinero y privilegios, pero se había mudado a California para labrarse una fortuna por sí mismo. Al final había superado todas sus expectativas, y sus padres estaban asombrados por todo lo que había conseguido.

Cuando los temblores cesaron, Joel fue hasta el cuarto de baño con Ava pegada a los talones. Le entregó un albornoz, se puso otro él, y ambos se calzaron unas zapatillas. Había cristales rotos por todas partes.

—Más vale que salgamos cagando leches antes de que todo estalle por los aires. No tengo ni idea de cómo cortar el gas —dijo Joel, que ya notaba el olor característico que flotaba en el ambiente.

Ava se ajustó el cinturón del albornoz. No llevaba nada más, ya que no había podido encontrar su ropa interior. La casa estaba sumida en la oscuridad más absoluta y no tenían linterna.

Avanzaron a tientas por el dormitorio y bajaron con cuidado las escaleras. Era la típica vivienda de soltero rico, llena de obras de arte carísimas y mobiliario de líneas elegantes, escogido por su decorador. Se abrieron paso hasta la puerta principal y, una vez fuera, se dirigieron hacia un grupito de gente plantada en medio de la calle: un anciano que se parecía a Einstein, con una larga cabellera blanca, dos hombres, una mujer y dos niños. Los hombres se quedaron mirando embobados a Ava mientras se acercaba. Resultaba fácil intuir que no llevaba nada debajo del albornoz. Joel era un tipo atractivo que exudaba confianza, como si el mundo le perteneciera. Peter se preguntó si se encontrarían en la ducha antes de que empezara el terremoto. Ella se veía muy nerviosa y alterada por la experiencia, mientras que él parecía estar disfrutando. Poseía cierto aire intrépido y temerario que a Peter le causaba envidia. Él había sido un niño muy reservado, aquejado de asma, por lo que no había podido practicar deportes. Se había refugiado en los libros, y su vida cobró sentido cuando empezó a escribir. Intercambió una tímida sonrisa con Ava. Joel se puso a hablar con los demás y pareció olvidarse de ella. Se comportaba como si fuera de su propiedad.

—Podríamos pedir que nos sirvieran unas copas aquí fuera —propuso Joel, y Andrew sonrió.

Tras las presentaciones de rigor, charlaron durante un rato

sobre lo que había ocurrido en sus casas y lo que estaban haciendo cuando empezó el terremoto. Después del día de calor bochornoso, había quedado una noche cálida. Estaban hablando de forma animada cuando se acercó a ellos una mujer rubia, con una camisa blanca, vaqueros y zapatillas deportivas, que sonrió al verlos. Ninguno de ellos había visto que se abría la verja de la mansión ni que salía la mujer. Una pareja de mediana edad la seguía a una prudente distancia. La mujer llevaba un botiquín de primeros auxilios y una potente linterna.

—Hola, ¿estáis bien todos? ¿Alguien está herido o necesita ayuda? —Todos se quedaron callados durante un momento para mirarla, y Tyla respondió que se encontraban bien, solo un poco alterados. Nadie había resultado herido—. ¿Necesitáis comida o agua?

Andrew la observó con más atención y entonces cayó en la cuenta de quién era. Nunca la había visto en persona y no podía apartar los ojos de ella. La mujer se puso a hablar con Arthur, que reía de buen humor. Andrew susurró a Peter, que estaba de pie junto a él:

—Meredith White.

Peter abrió los ojos de par en par y trató de no mirarla de manera directa, aunque no pudo evitarlo.

—¡Oh! —exclamó por lo bajo, completamente alucinado.

Tyla también la observó con más atención y entonces la reconoció. Era la mujer a la que había visto en clase de yoga, aunque Andrew no la hubiera creído.

—Me llamo Meredith —se presentó ella con total naturalidad—. ¿Tenéis las herramientas necesarias para cerrar el gas?

—Yo no —respondió Joel—. ¿Tiene alguien un porro o una copa? Ahora mismo me vendrían mejor que una llave inglesa.

Todos se echaron a reír, aunque Ava parecía un tanto avergonzada. No se traslucía nada a través de la tela de toalla, pero ella era consciente de su desnudez, y Joel estaba disfrutando de la situación. Meredith se puso a hablar con los niños, y Daphne le contó que su muñeca Martha seguía en su cama dentro de la casa. La niña parecía muy preocupada, con el pequeño entrecejo fruncido y las dos largas trenzas oscuras recogidas con lacitos.

—Si está acostada en tu cama, estoy convencida de que se encontrará bien —la tranquilizó Meredith con una dulce sonrisa—. Seguro que está dormida.

Debbie y Jack observaban al grupo a cierta distancia, con expresión de desagrado. Se les veía muy incómodos y fuera de lugar, sin ganas de mezclarse con los demás. No quitaban ojo a Meredith, mirándola como si se hubiera fugado de la cárcel. Estaban ansiosos por volver a ponerla bajo su custodia, aunque no sabían bien cómo hacerlo sin montar una escenita. Solo Arthur, que no podía verla, así como Joel y Ava, parecían no tener ni idea de quién era. Andrew, Tyla y Peter estaban alucinados de poder hablar con Meredith White, allí plantados en la acera, como si fuera una simple mortal. No se comportaba como una ermitaña. Parecía una mujer muy normal, y Daphne no paraba de sonreírle. Andrew dijo que, lamentablemente, pronto tendría que irse al hospital. Se lo estaba pasando muy bien hablando con los otros dos hombres y también había reconocido a Joel, el nuevo rey Midas de las empresas tecnológicas. Y Ava resultaba una visión de lo más agradable. Tenía una larga melena oscura que le caía en cascada por la espalda, y ni siquiera la gruesa tela de toalla podía ocultar su hermosa figura. No paraba de ceñirse el cinturón para impedir que el albornoz se abriera y revelara más de lo necesario. Peter era incapaz de apartar los ojos de ella. Se hallaba más fascinado por Ava que por la famosa estrella de cine. La noche se estaba volviendo de lo más excitante.

—No puedo ofrecerte un porro —respondió Meredith a

la pregunta que había hecho antes Joel—, pero sí una copa y algo de comer en mi casa. Y si queréis quedaros a pasar la noche, disponemos de muchas habitaciones. Todavía pueden seguir cayendo objetos por culpa de las réplicas, y mi casa fue construida como una fortaleza. —Era la única de piedra de la manzana—. Seréis más que bienvenidos. También contamos con un generador de emergencia, así que tendremos un poco de luz.

—Nos encantaría —dijo Joel, contestando por él y por Ava.

Tenía la sensación de que sería como una fiesta improvisada y también estaba intrigado por saber cómo sería el interior de aquella mansión. A Andrew también le gustó la idea. Daphne agarraba la mano de Meredith, y Tyla sonreía con timidez. Debbie y Jack intercambiaron una mirada horrorizada. Lo último que querían era que una horda de desconocidos invadiera la casa y tener que controlarlos para que no robaran nada o tomaran fotografías, lo cual estaba prohibido. Hasta los proveedores debían firmar un acuerdo de confidencialidad cuando iban a entregar las mercancías. Y en ese momento Meredith estaba invitando a toda aquella gente a pasar la noche en la casa. Debbie miró a Jack y puso los ojos en blanco. La actriz no parecía en absoluto preocupada, se la veía encantada de charlar con los vecinos.

Joel y Ava se apresuraron a ir a su casa para coger algo de ropa. Tyla también entró en la suya, y al cabo de un rato apareció con aire triunfal cargada con Martha, la muñeca de Daphne, y unos iPad para los niños. Andrew pareció irritado, pero no hizo ningún comentario. Todos cerraron las puertas de sus respectivas casas, esperando que por la noche no se produjeran saqueos ni actos vandálicos. Luego se dirigieron hacia la mansión. Jack y Debbie se habían adelantado. Meredith abrió la verja con su llave, y todos entraron en la propiedad con expresión sobrecogida. Peter le explicó a Arthur adónde iban. Al mencionar el nombre de la actriz, el anciano se quedó estupefacto.

Se volvió hacia Meredith al instante y, cuando se presentó, ella se mostró igual de impresionada.

—Llevo deseando conocerla desde que me mudé aquí, pero no quería parecer un entrometido —le dijo Arthur calurosamente—. Es todo un honor conocerla por fin, y es muy amable por su parte acogernos en su casa. Empiezo a pensar que este terremoto ha sido un golpe de buena fortuna —añadió entusiasmado, y ella se echó a reír.

Meredith los condujo al interior de la mansión. Los invitados admiraron lo poco que se veía gracias a la linterna, y después los llevó hasta la cocina, donde había algunas luces encendidas. El generador de emergencia se había activado, con lo que suministraba electricidad a los electrodomésticos y a unas pocas lámparas distribuidas por toda la casa.

Meredith pidió a Jack y a Debbie que prepararan algo sencillo para comer.

—Bastará con unos sándwiches y unas galletas —les sugirió en voz baja.

Podía ver que aquello no les hacía ninguna gracia. Sabía lo protectores que eran con respecto a ella y a la casa, y desconfiaban profundamente de los desconocidos, pero todos sus vecinos eran gente muy respetable. Uno de ellos era un concertista famoso, y los demás parecían bastante majos. Resultaba evidente que Peter era un joven encantador, las dos mujeres eran muy agradables y los niños eran adorables. Meredith y la pequeña se habían hecho amigas enseguida.

—Tengo una misión especial para vosotros —les dijo a Will y a Daphne—. Como no podemos malgastar mucha electricidad, esta semana vamos a tener que comernos todo lo que haya en nuestro enorme frigorífico. ¿Qué os parece si empezáis comiéndoos todo el helado que podáis? Creo que tenemos de cinco o seis sabores.

Will esbozó una enorme sonrisa y Daphne soltó un gritito de placer. Meredith la subió a un taburete y les sirvió dos grandes copas de helado de los sabores que habían pedido. Y puso al lado un platito con galletas, mientras Debbie seguía preparando los sándwiches con gesto malhumorado. Después pidió a Jack que les sirviera unas bebidas a los invitados. Joel pidió un whisky con hielo, Arthur un brandy y las dos mujeres una copa de vino blanco. Andrew dijo que no podía beber porque en un rato entraría de servicio. Lo cierto era que ya debería estar allí, pero no quería perderse aquella reunión en la mansión de la legendaria actriz. Peter también pidió vino blanco, y la propia Meredith se sirvió un poco. Dio un sorbo y luego brindó para darles la bienvenida a su casa. Era la primera vez en muchos años que tenía invitados.

Poco después, Debbie dejó encima de la mesa una enorme bandeja llena de sándwiches. El día anterior había hecho un gran pedido, así que estaban bien provistos de comida. Para no tener que salir tan a menudo, Debbie compraba siempre en grandes cantidades, salvo la leche y los productos perecederos, aunque en ese momento tenían también en abundancia.

Mientras tanto, Jack estaba preparando las bebidas como el camarero del *Titanic*: cuando nadie le veía, se tomaba un trago rápido. Los invitados estaban pasando un buen rato, sentados en torno a la mesa de la cocina, charlando. Andrew tuvo que marcharse finalmente al hospital, que se encontraba a solo unas manzanas. Tras conversar y dar buena cuenta de los sándwiches, Meredith los condujo a los dormitorios que les había ofrecido. Todos tenían miedo de volver a sus casas, así que aceptaron encantados.

Asignó a Peter una espaciosa habitación junto a la de Arthur. Pidió a Debbie que instalara una cama plegable para Will, a fin de que pudiera dormir en el mismo cuarto que su madre. Daphne compartiría con Tyla, y con Martha, una gran cama con dosel, ya que Andrew pasaría la noche en el hospital. La pequeña le dijo a Meredith que Martha le daba las gracias por la hermosa habitación y por una cama tan bonita. Los dormitorios estaban en la misma planta que el de la actriz. Su suite se encontraba en la otra punta de la casa y contaba también con una pequeña antesala, donde estuvo charlando unos minutos con Tyla y Ava, mientras esperaban a que Peter y Joel fueran a casa de este último para cerrar el gas. A Joel y a Ava les había asignado una magnífica habitación de invitados.

Meredith estaba encantada de tenerlos allí. De pronto el lugar parecía haber vuelto a la vida, lleno de risas, charlas y gente encantadora. Parecía una de aquellas veladas festivas a la antigua usanza. El terremoto les había hecho sentirse a todos como viejos amigos.

Hacia medianoche, Meredith se retiró por fin a sus aposentos, después de asegurarse de que todos tenían lo que necesitaban. Para entonces hacía rato que los niños dormían. Daphne descansaba plácidamente, abrazada a su querida muñeca. Ava estaba aún más deslumbrante si cabía, con una camiseta blanca corta que dejaba a la vista su torneado vientre y unos vaqueros ceñidos. Ella y Joel se habían cambiado en cuanto llegaron a la casa.

Unos minutos después de que Meredith entrara en su dormitorio, Debbie fue a verla con la excusa de comprobar si necesitaba algo. Su rostro reflejaba contrariedad, y resultó evidente que no era lo único que había ido a decirle.

—Estoy bien. Y gracias por los deliciosos sándwiches.

Meredith le sonrió, tratando de levantarle el ánimo. Supuso que Jack ya se habría acostado. El personal del servicio de seguridad nocturno estaría vigilando la propiedad, asegurándose de que nadie intentara forzar la entrada, saltar el muro exterior o colarse por una ventana. Una noche sin suministro eléctrico era una invitación abierta para intrusos y saqueadores. Y gracias al generador de emergencia, su casa era la única que no se hallaba a oscuras en el vecindario, lo cual la hacía destacar aún más entre el resto.

—No puedes dejar que esa gente se quede otra noche —le dijo Debbie sin rodeos.

Aquello pilló a Meredith por sorpresa. Pensaba que la mujer estaría preocupada por el terremoto, no por los invitados.

—¿Por qué no? Pues claro que puedo. Sus casas no resultan seguras y tendrán que pasar una revisión antes de que puedan volver. Podrían caerles objetos pesados encima, o puede que la estructura de los edificios haya resultado seriamente dañada. En ninguna de sus casas hay electricidad. Aquí al menos tenemos luz y, por lo que dice Jack, funcionan la mayoría de los electrodomésticos.

—Pero no sabes quién es esa gente, Meredith. Podrían robarte durante la noche, o incluso hacerte daño.

—No me imagino a un famoso pianista ciego apuntándome con una pistola, ni tampoco a ninguno de los demás: el joven empleado con vocación de novelista, un doctor con su esposa y sus hijos, y el conocidísimo fundador de varias empresas tecnológicas y su novia. —Joel se había asegurado de que todo el mundo supiera quién era—. La verdad, no me parecen nada peligrosos y quiero que se queden todo el tiempo que necesiten —concluyó, dejando las cosas claras.

Meredith había tomado el mando de la situación. Disfrutaba de la compañía de aquella gente e incluso del sonido de sus voces por el pasillo. La casa ya no resultaba un lugar silencioso. Estaba llena de vida. Se preguntó un momento si Jack y Debbie estarían celosos. Durante muchos años habían disfrutado exclusivamente de su atención, casi como si fueran niños, y tal vez les disgustara tener que compartirla con unos desconocidos. Pero Meredith estaba disfrutando de cada momento de aquella situación inesperada. De repente, el terremoto había insuflado una nueva vibración a la casa y había hecho que ella se sintiera necesitada. Sin embargo, tenía la impresión de que le costaría convencer a Jack y a Debbie de que trataran mejor a sus invitados. Se sentían amenazados por ellos, lo cual le parecía absurdo e incluso poco compasivo. Meredith, en cambio, estaba encantada. Su presencia le había dado un nuevo propósito a su vida, aunque fuera solo unos días o durante todo el tiempo que necesitaran. Se alegraba de que estuvieran allí y de poder ayudarles, sin importarle lo que pudieran decir sus empleados.

Cuando por fin se acostó, Meredith pensó en Daphne y en su muñeca, en el fabuloso pianista que le había emocionado tanto conocer, y en los demás invitados. Había algo enternecedor y vulnerable en Tyla, algo que la atraía y que despertaba su instinto maternal. La pareja de atractivos jóvenes en albornoz también le resultaba muy curiosa. Ava le parecía una chica brillante, pero podía ver que Joel no la valoraba plenamente como persona y solo la quería como una muñequita con la que divertirse. Peter parecía fascinado por Ava y no podía apartar los ojos de ella. Eran un grupo de lo más intrigante.

A medida que la vencía el sueño, Meredith sintió que estaba deseando verlos a todos en el desayuno a la mañana siguiente. Seguro que querrían ir a comprobar cómo estaban sus casas, y pensaba pedirle a Jack que les ayudara.

De vuelta en la cocina, Debbie le estaba diciendo a su marido que le habría gustado poder envenenar a toda aquella gente. Y también le contó que Meredith estaba empecinada en seguir acogiéndolos en la casa. Se tomaron una última copa del mueble bar de la actriz, mucho mejor surtido que el suyo, y se fueron a su apartamento. Estaban convencidos de que aquellos invitados imprevistos iban a causarles problemas y estaban decididos a deshacerse de ellos lo antes posible.

Lo que aún no habían entendido era que, por primera vez

en quince años, Meredith estaba disfrutando muchísimo y no pensaba dejar que nadie se lo impidiera. Su casa volvía a estar llena de vida, de gente que la necesitaba. Reinaba un ambiente de comunidad, de protección mutua, que hacía que todos se sintieran más fuertes y valientes frente a la adversidad. Que Meredith les hubiera acogido en su casa les había transmitido a todos una sensación de seguridad y había convertido una situación traumática en una oportunidad de hacer nuevos amigos. Meredith pensaba aferrarse a ello todo el tiempo que pudiera. Y no pensaba dejar que nadie se lo estropeara.

3

A la mañana siguiente, los invitados de Meredith salieron de sus habitaciones un tanto cohibidos. Algunos se habían despertado más tarde de lo que pretendían. Los acontecimientos de la víspera, la conmoción del terremoto y las réplicas de magnitud media que se habían sucedido de forma constante los habían dejado a todos muy alterados. No obstante, sus dormitorios eran tan confortables que finalmente lograron conciliar el sueño y habían dormido durante horas.

El día había amanecido más fresco, con un cielo gris brumoso. El ruido incesante de los helicópteros por encima de sus cabezas y el ulular de las sirenas de los bomberos a lo lejos eran un recordatorio constante del caótico estado de emergencia en que se hallaba sumida la ciudad. La noche anterior, el gobernador del estado había visitado la zona para comprobar los daños sobre el terreno, y el presidente había prometido acudir al cabo de unos días. En esos momentos se hallaba de visita oficial en el sudeste asiático. La ciudad se encontraba paralizada por completo, y todos los comercios, escuelas y oficinas estaban cerrados.

Cuando Meredith salió a primera hora de su habitación, vestida con unos vaqueros, una camiseta y un par de botas viejas de jardinería que había rescatado del fondo del armario, encontró a Daphne en el pasillo. Estaba sentada de forma recatada en una silla con su muñeca en brazos, como si esperara a alguien. Parecía que tuviera miedo de moverse. La casa era demasiado grande e intimidante para ella, y se alegró mucho al ver a Meredith, que le sonrió.

—Mi mamá y Will están durmiendo todavía —susurró la niña—. Martha y yo ya nos hemos despertado.

Se había vestido sola. Llevaba unos vaqueros rosas con corazoncitos y un jersey gris del revés. Era lo primero que había cogido su madre de un cajón cuando fue a su casa a buscarles algo de ropa. Iba calzada con las mismas zapatillas de color rosa que la noche anterior. Meredith le había dicho que eran muy bonitas.

—¿Martha y tú habéis dormido bien? —le preguntó con una cálida sonrisa, deteniéndose para hablar con ella.

Daphne, que se había cepillado el pelo revuelto sin demasiada maña, asintió sonriendo.

—Tu casa es muy grande. ¿Tienes niños? —Meredith le despertaba curiosidad.

—Tengo una hija. Ya es mayor y vive en Nueva York.

Daphne volvió a asentir con la cabeza, asimilando la información.

—¿Y vives aquí sola?

—Jack y Debbie también viven aquí y me ayudan. Los viste anoche en la cocina.

—Antes de conocerte, mi papá decía que eras una bruja. Como la de Hansel y Gretel. —Meredith se quedó algo sorprendida, luego se echó a reír. A saber lo que dirían de ella por ahí. Apenas salía de casa y, cuando la veían, nadie la reconocía—. Pero yo creo que eres una bruja buena —añadió Daphne—. Y Martha, también. Me lo dijo anoche.

—Gracias —contestó Meredith con una amplia sonrisa, y tendió una mano hacia la niña—. ¿Queréis algo de desayunar Martha y tú?

Daphne se apresuró a asentir con la cabeza. Llevaba una

hora sentada en el pasillo, esperando a que se levantara alguien.

—Martha tiene mucha hambre.

—Yo también —dijo Meredith.

La pequeña la tomó de la mano y bajaron juntas la gran escalinata, y luego otra más pequeña hasta la cocina del sótano. El generador suministraba electricidad suficiente para que funcionara el equipamiento básico para preparar comidas sencillas, y Jack también mantenía encendido uno de los frigoríficos. Debbie ya estaba en la cocina, mirando en el móvil las noticias sobre el seísmo que había asolado la ciudad.

—Los dos puentes están cerrados —anunció cuando entraron Meredith y Daphne—. El terremoto ha sido de magnitud 8,2 y ha provocado numerosos daños en el centro. El caos es total. Todavía queda mucha gente atrapada en ascensores. La mitad de las calles están impracticables y se han producido abundantes saqueos en South of Market. Los hospitales están abarrotados.

Por lo que Meredith había oído, el balance provisional ascendía a más de trescientos muertos, miles de heridos e infinidad de gente atrapada aún bajo los escombros. Los servicios de emergencia se veían sobrepasados. Había llegado personal de refuerzo de otros estados, y civiles y voluntarios estaban ayudando a desenterrar a los supervivientes.

—Han desplegado a la Guardia Nacional para controlar a los saqueadores. Jack dice que debemos mantener la verja cerrada —añadió Debbie, muy seria.

Los dos temían que, debido a aquel súbito arranque de generosidad hacia los vecinos, Meredith quisiera acoger a más gente o incluso dejar abiertas las puertas de la finca.

—Mi papá no vino anoche del hospital —contó Daphne abriendo unos ojos muy grandes—. Mi mamá tiene miedo de que nuestra casa se derrumbe. Y Will dice que, si papá no hubiera cortado el gas, podría haber explotado.

Según las noticias, había multitud de incendios por toda

la ciudad y, debido a la rotura de las canalizaciones de agua, los bomberos no conseguían apagarlos. El fuego descontrolado fue lo que provocó la mayor destrucción durante el terremoto de 1906, y era algo que podría volver a ocurrir.

—Tu padre debe de estar muy ocupado en el hospital —trató de tranquilizarla Meredith.

—Mi papá arregla piernas y brazos rotos —respondió la niña, muy orgullosa, justo cuando su madre y su hermano entraban en la cocina.

Los dos tenían aspecto somnoliento y llevaban el cabello alborotado. Iban vestidos con prendas bastante disparejas, pero al menos era ropa limpia. Con los nervios y las prisas, Tyla no se había dado cuenta de que las camisas que se había llevado para ella eran todas de manga corta, cuando siempre solía vestir con manga larga. Y también sin pensar, había cogido la equipación de fútbol de Will, que era lo que el chico se había puesto para bajar a desayunar.

—Debbie, ¿crees que podrías hacernos unas tortitas? —le preguntó Meredith.

—Claro —respondió ella, y colocó cuatro cubiertos en la mesa.

Meredith y Tyla se pusieron a hablar. Tyla llevaba una camisa de cuadros de manga corta, y Meredith se fijó en que tenía un feo moratón en la parte superior del brazo.

—Uyyy, eso tiene muy mala pinta. —Era un cardenal del tamaño de un platillo pequeño—. ¿Te lo hiciste anoche? —le preguntó Meredith, aunque por su aspecto no parecía tan reciente.

—Esto... no sé... —contestó con vaguedad—. Me caí hace unos días en el garaje. Me resbalé con una mancha de aceite en el suelo y supongo que me lo haría entonces.

En ese momento entró Ava, vestida con ropa de deporte de color fucsia. Se la veía muy fresca y despierta. El top parecía más bien un sujetador deportivo y llevaba el vientre al des-

cubierto. Se notaba que estaba muy en forma, con unos músculos definidos.

—¿Podría tomar una taza de café? —preguntó en tono
prudente, con el cabello oscuro recogido sobre la cabeza. Estaba increíblemente sexy—. Hoy es el día en que suelo ir a
clase de spinning, aunque supongo que todo permanecerá cerrado un tiempo.

Debbie le puso una taza, y Meredith sirvió otras dos para
Tyla y para ella. Tyla era una mujer guapa, aunque su estilo
era convencional.

Debbie les había servido zumo de naranja a los niños.
Will apuró su vaso en un momento, pero Daphne le ofreció a
Martha antes de beberse el suyo. Meredith sonrió mientras la
observaba. Luego se sentaron todos a la mesa. Ava se sirvió
un tazón de muesli después de que Meredith le indicara dónde estaba, mientras que Tyla se conformó con una tostada y
su taza de café. Debbie estaba usando una placa eléctrica para
preparar las tortitas, ya que los fogones y el horno a gas no
funcionaban.

Mientras los niños se comían las tortitas, las mujeres hablaron sobre los destrozos causados por el terremoto. Seguían desayunando cuando Andrew entró en la cocina, vestido aún con la bata del hospital. Se le veía exhausto.

—Llevo toda la noche en pie —dijo mientras se sentaba a
la mesa con los demás y Debbie le servía una taza de café.

—¿Desayuno? —le preguntó, y Andrew negó con la cabeza.

—He comido algo en la cafetería del hospital antes de venir. Me he pasado un momento por casa. Una de las vigas del
comedor se ha desplomado. Creo que no queda ni un plato
intacto en la cocina, y hay una grieta en el techo del cuarto de
Will. He llamado al perito de la aseguradora, pero salta el buzón de voz todo el rato —dijo estirando sus largas piernas.
Entonces, al ver el moratón en el brazo de Tyla, se la quedó

mirando fijamente. Luego preguntó a su hijo—: ¿Por qué llevas la equipación de fútbol? Hoy no habrá partido.

—Es la ropa que me trajo mamá —contestó Will con un hilo de voz.

Su padre no parecía de buen humor. Se le veía muy cansado después de haber trabajado en el hospital.

—Tengo que volver a las tres de la tarde. Estamos doblando turnos. Por lo visto, la mitad de los habitantes de la ciudad se fracturó algún miembro durante el terremoto. —Y muchos seguían sepultados bajo los escombros. Un edificio de apartamentos del Sunset se había derrumbado y los servicios de emergencia seguían desenterrando a gente. Multitud de empleados que se habían quedado trabajando hasta tarde en el distrito financiero continuaban atrapados en los ascensores—. Se calcula que tardarán cinco o seis días en rescatar a todo el mundo en el centro de la ciudad. Uno de los puentes del sur de la Bahía se ha derrumbado y todavía están sacando a gente del agua, pero los están llevando al hospital Stanford de Palo Alto y al Alan Bates de Oakland. Ahora mismo estamos sobrepasados. —Llevaban años haciendo simulacros de emergencia para situaciones como esa, pero una vez que se producía la crisis real, nada parecía funcionar como debía o como habían previsto. Luego se dirigió a su esposa en voz baja—: No creo que los niños y tú podáis volver a casa hasta que se limpien los destrozos y se arreglen los daños estructurales. Yo no tengo tiempo de encargarme, y me imagino que los contratistas de obras no darán abasto. La mayoría de los hoteles están abarrotados y muchos siguen sin electricidad.

El hospital contaba con generadores de emergencia, pero incluso allí había áreas que continuaban a oscuras y no podían utilizarse. Debían transferir a los nuevos pacientes que iban llegando al Hospital General y al centro médico universitario. Se hallaban al límite de su capacidad y no paraban de llegar heridos. Iban a ser unas semanas muy difíciles para los profesionales sanitarios de toda el Área de la Bahía. Estaba llegando personal de refuerzo desde los estados vecinos y también habían enviado un contingente de médicos desde Los Ángeles.

Andrew seguía describiéndoles la situación cuando Joel Fine entró en la cocina. Los dos hombres intercambiaron una mirada de admiración. Se habían caído bien desde el primer momento. Joel no saludó ni a las mujeres ni a los niños y en cuanto se sentó a la mesa se puso a hablar con Andrew, mientras Meredith los observaba y Jack entraba para ayudar a su esposa con la faena. Los dos empleados tenían expresión malhumorada. No les hacía ninguna gracia tener la casa llena de invitados gracias a la generosidad de su señora, que había acogido a unos vecinos a los que ni siquiera conocía. Para más inri, ninguna de sus casas estaba en condiciones para regresar pronto a ellas, una situación que podría prolongarse.

Peter y Arthur Harriman se presentaron en la cocina cuando los demás estaban acabando de desayunar. Debbie recogió los platos y los puso en el fregadero antes de meterlos en el lavavajillas, agradecida por que siguiera funcionando gracias al generador. Se sentía como un servicio de catering de una sola persona, teniendo que cocinar para toda aquella gente. Y si se quedaban mucho tiempo, también tendría que prepararles el almuerzo y la cena. Todos los restaurantes de la ciudad estaban cerrados, así como las tiendas y los supermercados. Por suerte, la despensa estaba llena, y desde muy pequeña había aprendido a estirar la comida. Calculó que con todas las latas de conservas, los productos congelados y frescos, y las abundantes provisiones de pasta, podría alimentar a todo aquel grupo durante semanas. No es que quisiera hacerlo, pero si se quedaban mucho tiempo podría ponerles un plato en la mesa. Todos los restaurantes de la ciudad estaban regalando la comida que tenían almacenada antes de que se estropeara, y también algunas tiendas y supermercados estaban donando sus productos congelados y perecederos.

En cuanto oyó la voz de Meredith, Arthur caminó hacia ella con su bastón blanco para agradecerle su hospitalidad.

—Hacía años que no dormía tan bien. Gracias por acogernos de forma tan generosa. ¿Qué puedo hacer hoy para ayudar?

—Nada, señor Harriman —respondió ella sonriendo—. Es un honor tenerle aquí.

Se sentaron a la mesa, y Debbie les llevó el desayuno con expresión sombría. En ese momento llamaron a la puerta trasera, y Jack fue a ver quién era. El timbre de la entrada principal no funcionaba y la verja tenía que abrirse manualmente, con la llave. Cuando volvió, lo seguía un hombre alto y erguido con el pelo entrecano. Iba de uniforme y tenía un aspecto muy serio y formal, aunque sonrió al ver a los dos niños. Los demás se quedaron muy sorprendidos al verlo allí. Meredith se apresuró a acercarse al hombre y se presentó. Se fijó en que los galones de su uniforme lucían una serie de franjas y estrellas, pero no estaba segura de lo que significaban. Se preguntó si la ciudad se encontraba bajo la ley marcial y, si era así, cómo les afectaría.

—Siento interrumpirles a estas horas —dijo en tono afable—. Soy el coronel Charles Chapman, oficial retirado de las Fuerzas Aéreas. Estoy agregado a la Guardia Nacional y ejerzo como enlace con la Oficina de Servicios de Emergencia. Soy uno de los oficiales en la reserva que están recorriendo el vecindario casa por casa para ver si necesitan alguna ayuda. Las tropas de la Guardia Nacional se han desplegado por el centro de la ciudad para impedir los saqueos y los servicios de emergencia aún tardarán en acudir al rescate, pero estamos intentando valorar los daños que se han producido en los barrios residenciales. ¿Viven todos ustedes en esta casa?

Miró al grupo sentado a la mesa y se preguntó si se trataría de una gran familia que vivía en aquella enorme mansión.

Todos parecían sanos y salvos, y se fijó también en la ropa de hospital que llevaba Andrew. Y, aparte de dos grandes maceteros rotos en la parte de atrás, al entrar en la casa no había visto ningún desperfecto significativo. Se habían roto algunas ventanas y había cristales desperdigados por todas partes, pero Jack y Debbie lo habían limpiado todo antes de que se levantaran los demás. Los habían metido en grandes bolsas que habían sacado fuera para que se las llevara el servicio de recogida de basuras, pero aún no habían pasado y probablemente no lo harían en varios días.

—Gracias, coronel —dijo Meredith con gentileza, y se adelantó unos pasos para estrecharle la mano—. Yo soy quien vive aquí, y estos son mis vecinos de las tres casas contiguas. Sus viviendas están bastante afectadas, así que les he invitado a quedarse conmigo.

—¿Son muy graves los daños? —preguntó dirigiéndose a los demás. Peter, Joel y Andrew le informaron de lo que habían observado hasta el momento, aunque reconocieron que la noche anterior no habían podido valorar a fondo la gravedad de la situación—. Espero que todos hayan cerrado el gas —añadió el coronel, y los tres asintieron.

—Aquí contamos con un generador de emergencia —le explicó Meredith—, aunque solo disponemos de una cantidad limitada de electricidad. —Por fortuna, contaban con la placa eléctrica en la que Debbie había preparado las tortitas, ya que era probable que estuviesen semanas sin gas—. Anoche el resto del vecindario se quedó totalmente a oscuras —agregó, aunque el coronel ya lo sabía.

—Y seguirá así durante semanas o incluso meses. —Sus palabras fueron recibidas con una exclamación de desaliento general. El hombre sonrió, luego se volvió hacia Meredith—. Es usted muy amable de acoger a sus vecinos. Hasta ahora he estado en varias casas donde también están alojando a gente que se ha quedado incomunicada por el cierre de los puentes o cuyas viviendas están demasiado afectadas. ¿Resultó alguien herido anoche?

—Algunos cortes y magulladuras, coronel, pero nada grave —respondió Meredith—. Hemos tenido mucha suerte. Aunque se rompieron muchos cristales, lo más importante es que un ingeniero inspeccione el estado de las casas antes de que la gente pueda regresar. —No obstante, la suya era una construcción muy sólida y había resistido muy bien. En una revisión más a fondo, Jack había descubierto una grieta en la fachada, pero era más estética que estructural. La mansión no corría ningún peligro—. ¿Le apetece una taza de café? —le ofreció.

El coronel vaciló. Tenía aún muchas casas que visitar esa mañana, pero el ofrecimiento resultaba tentador. Parecía un grupo muy agradable, y la anfitriona era una mujer atractiva con un encanto al que costaba resistirse.

—Bueno, un café rapidito —respondió sonriendo. Llevaba muchas horas recorriendo las casas del barrio y le iría muy bien un pequeño descanso. Tras sentarse a la mesa, preguntó a Andrew—: ¿Es usted médico?

Este asintió con una afable sonrisa, aunque su familia era la única que sabía la verdad: que su carácter afable y luminoso podía dar paso en un instante a una frialdad glacial o una ira volcánica. Ante los demás, Andrew era una persona sociable y daba la impresión de ser un gran tipo. Sus demonios acechaban bajo la superficie, cuidadosamente ocultos a la vista.

—Sí, soy cirujano ortopédico. Estamos en estado de emergencia en el hospital, haciendo turnos dobles y hasta triples. Tengo que volver dentro de unas horas. Y esta noche ha sido de lo más ajetreada.

—El número de víctimas ha sido mayor de lo que se preveía —explicó el coronel, y tomó un sorbo del humeante café—, pero no ha habido que lamentar tantas como nos temíamos con un terremoto de este calibre. —El seísmo había alcanzado una magnitud de 8,2 en la escala de Richter, una intensidad realmente destructora, y había sido mucho más potente que el de 1906. Sin embargo, la normativa municipal de construcción antisísmica había ayudado a proteger a mucha gente y a reducir los daños potenciales. En los barrios más pobres, con edificaciones precarias construidas sobre terreno de relleno inestable, se habían derrumbado muchas casas—. El ejército ha recurrido a gente de la vieja guardia para recorrer los vecindarios. Yo vivo cerca de aquí, así que me han asignado este. Llevo horas llamando a las puertas de las casas. —No se le veía muy cansado y mostraba una actitud relajada que los tranquilizaba a todos—. Me retiré hace dos años, pero seguí en la reserva de la Guardia Nacional para ayudar en situaciones como esta. Durante mis años de servicio activo, viví algunos terremotos terribles en zonas de guerra y países subdesarrollados que no tenían regulación de construcción contra seísmos. La devastación tras un terremoto como este es algo que te rompe el corazón.

El coronel Chapman se mostró muy tranquilo y agradable, y se interesó por todos ellos. A Will le preguntó por la equipación de fútbol, y a Daphne si el Ratoncito Pérez había ido a visitarla por todos los dientes que se le habían caído. La niña respondió que sí, que le había dejado un dólar por cada diente. Cuando se levantó para marcharse, Meredith lo acompañó hasta la planta baja y luego salieron por la puerta delantera hasta la verja, que ella abrió con su llave. Él le entregó una tarjeta con su nombre y un número de móvil de la Oficina de Servicios de Emergencia.

—Llevo el teléfono encima en todo momento. Si tiene algún problema con el que podamos ayudarle, no dude en llamarme. Ha sido muy amable acogiendo a sus vecinos —le repitió.

—No sería muy buena persona si no lo hiciera, teniendo una casa tan grande —repuso ella con modestia.

—Aun así, supongo que no los conocía de antes y tengo la

impresión de que le gusta mantener su privacidad. —Señaló la verja, el muro que rodeaba la propiedad y el altísimo seto que casi impedía ver la casa desde la calle.

—Los conocí ayer, pero en situaciones como esta no existe la privacidad. Son gente muy agradable.

Él pareció vacilar un momento antes de despedirse.

—Sé que le parecerá absurdo, pero tengo la sensación de que nos conocemos de antes. —Había algo en el rostro de aquella mujer que le intrigaba y le resultaba muy familiar desde que la había visto, aunque no sabría decir de qué se trataba—. Estuve destinado en el Pentágono, en Washington, durante los últimos diez años de mi carrera antes de retirarme de las Fuerzas Aéreas. Y hace dos años, cuando murió mi esposa, me trasladé aquí. Necesitaba un cambio de aires, y supuse que también era el momento. No sé si nos conocemos de aquí o de Washington, pero estoy convencido de que nuestros caminos se han cruzado antes.

—No salgo desde hace mucho tiempo —se limitó a decir ella en tono cauteloso.

No quería contarle su vida a un completo desconocido. Se preguntó si el hombre habría visto alguna de sus películas y aún no había caído en la cuenta de quién era, pero no pensaba decírselo.

—Bueno, no dude en llamar si hay algo que podamos hacer por usted.

—Creo que lo tenemos todo bajo control —dijo ella sonriendo—, pero gracias de todos modos.

El coronel salió por la verja, se despidió alzando la mano y se alejó a buen paso. Cruzó la calle en la esquina y lo vio llamar a la puerta de una casa grande y hermosa. Respondió una anciana, que lo dejó entrar. Entonces Meredith dio media vuelta y regresó con los demás. Seguían en la cocina, tratando de decidir qué hacer a continuación. Todos querían ir a sus casas para comprobar los daños a la luz del día. Cuando

Tyla y Andrew Johnson subían las escaleras para ir a buscar el bolso de ella, oyó que él mascullaba por lo bajo con una voz apenas audible:

—¿Y con cuál de esos hombres has estado flirteando mientras yo estaba en el hospital?

Al principio Meredith pensó que bromeaba, pero la agresividad de su tono no dejaba lugar a dudas. Vio que la cogía del brazo y ella daba un respingo de dolor. La había agarrado por donde tenía el feo moratón violáceo. Tyla no había coqueteado en ningún momento y no había razón alguna para decirle lo que le había dicho.

—No digas tonterías, no he estado con ninguno. Estaba con los niños —repuso ella justo antes de entrar en su habitación.

Meredith se fue a su dormitorio. Debbie se presentó al cabo de unos minutos.

—¿Y qué se supone que voy a darles de comer, ahora que llevo un restaurante?

Era consciente de que debía estirar las reservas de que disponían para intentar que duraran el máximo tiempo posible, ya que no se sabía cuándo volverían a abrir las tiendas o si se agotarían las provisiones. Lo dijo con expresión amarga y enojada, pero Meredith no iba a permitir que su descontento le impidiera dar cobijo en su casa a unos vecinos durante una situación tan crítica.

—Pues sándwiches, ensaladas, pasta, cualquier cosa fácil de preparar. Y puedes sacar unos pollos del congelador para la cena de esta noche. No tiene que ser nada sofisticado. Comida sencilla para alimentarlos a todos.

Por lo general, Debbie se mostraba mucho más complaciente, y Meredith estaba muy sorprendida por su actitud. La de Jack tampoco había sido mucho mejor. Cuando alguno de los invitados le hablaba, él respondía con sequedad, casi con grosería. Era algo impropio de ellos. Aquella hostilidad era una faceta de su carácter que Meredith no había visto hasta ese momento.

—No esperaba tener que regentar un hotel después del terremoto. Esa gente no tiene por qué estar aquí. Hay refugios a los que podrían ir. Se están aprovechando de ti.

Debbie trataba de instigarle miedo y desconfianza, pero no iba a funcionarle. Meredith no respondió.

Entonces se le ocurrió una idea y fue a llamar a la puerta de Tyla y de Andrew. La mujer pareció sobresaltada y nerviosa al abrir. Su marido estaba justo detrás de ella.

—Me preguntaba si os gustaría que me quedara con los niños mientras vais a inspeccionar vuestra casa —se ofreció Meredith.

Tyla se giró hacia Andrew para que él respondiera.

—No, vendrán con nosotros. Will puede ayudarme a limpiar y a Daphne le gusta estar cerca de su madre.

Era como si no quisiera que Meredith estuviera a solas con ellos, aunque también resultaba comprensible. Apenas la conocían.

—Bueno, hacedme saber si puedo ayudaros en algo o si queréis que os acompañe Jack —dijo con amabilidad.

—Estaremos bien —contestó Andrew, y cerró la puerta antes de que Tyla pudiera hacerlo.

Desde el pasillo, Meredith le oyó decir con brusquedad:

—¿Qué le has contado?

—No le he dicho nada. Tan solo intenta ser agradable —respondió Tyla en tono suplicante.

—Tú mantenla al margen de nuestros asuntos y de nuestros hijos —le espetó él alzando la voz, y Meredith se alejó tratando de hacer el menor ruido posible.

Unos minutos más tarde, vio a Peter y a Arthur Harriman bajando las escaleras. Se acercó para hablar con ellos, todavía alterada por lo que Andrew le había dicho a su esposa. ¿Qué estarían ocultando?

—Vamos a ir a comprobar cómo está mi piano —le explicó el anciano—. Quiero asegurarme de que no ha sufrido daños con las réplicas —comentó preocupado, mientras descendía los escalones a buen ritmo seguido de cerca por Peter. A pesar de su edad, aún estaba muy ágil y despierto, y tenía más energía que cualquiera del resto del grupo—. Peter cree que no debería ensayar en casa, por si cae algún objeto por los temblores —añadió con aire enojado.

Estaba claro que a aquel hombre no había nada que pudiera impedirle seguir tocando.

—Tengo un piano en el salón. Si quiere, puede ir a echarle un vistazo —le ofreció Meredith—. Probablemente no esté a la altura de su talento. Es un piano de media cola, un Steinway.

—Seguro que es un instrumento magnífico, pero estoy acostumbrado al mío. Mantenemos una larga relación desde hace mucho tiempo. Lo tengo desde hace treinta años. Mi mujer y yo solíamos tocar duetos en él. También era una pianista excelente. Nos conocimos a los diecisiete años, cuando estudiábamos en Juilliard, y estuvimos casados cincuenta y siete años.

—¿Tiene hijos, señor Harriman? —le preguntó Meredith cuando llegaron a la puerta, conmovida por todo lo que le había contado.

—No. Nos teníamos el uno al otro y teníamos nuestro trabajo. Para nosotros era suficiente. Nunca nos sentimos preparados para incluir a unos hijos en nuestras vidas. Estábamos entregados por completo el uno al otro.

—Me parece una historia de amor preciosa —dijo Meredith con dulzura.

—Y usted, ¿tiene hijos? —le preguntó él, pues también sentía curiosidad por ella—. Peter dice que esta casa es muy grande, y dudo de que haya vivido siempre sola aquí.

—Tengo una hija que vive en Nueva York. Ya es mayor y está casada, y también tiene una hija. —No le habló de Justin.

La historia era demasiado triste y personal para compartirla con gente a la que acababa de conocer, prácticamente unos desconocidos—. Me encanta esta casa, y sí, es grande, pero apenas salgo. Tengo mi mundo privado aquí dentro.

Arthur frunció el ceño y la miró fijamente, casi como si pudiera verla.

—Eso nunca es una buena idea, tener su propio mundo encerrada entre cuatro paredes. El mundo la necesita, señora White. Mírenos. Ahora todos nosotros la necesitamos. No prive a los demás de su compañía, y tampoco de su talento. La vida se ha vuelto muy complicada en los últimos tiempos, razón de más para que se implique en ella. Aún tiene mucho que ofrecer.

Eso él no podía saberlo, pero sabía quién había sido Meredith White. Arthur Harriman no llevaba en absoluto una vida de reclusión. Seguía teniendo una agenda de conciertos apretada, viajaba sin parar y nunca había sido un anciano solitario. Meredith se sintió un tanto avergonzada al admitir que ella había tomado un rumbo totalmente opuesto.

Poco después acompañó a Arthur, a Peter y a los Johnson hasta la verja, y al volver adentro notó la casa muy silenciosa. Subió a su dormitorio y se puso a revisar algunos papeles del banco que había tenido intención de mirar el día anterior.

Cuando volvió a salir de su habitación, vio a Joel y a Ava.

—Venga, nena —le estaba diciendo él—, vámonos a casa a acabar lo que habíamos empezado antes del terremoto. —Y se echó a reír.

—¿Y si se produce una réplica y se nos cae la casa encima?

A Meredith la incomodó oír sin querer su conversación.

—¿No sería una manera fantástica de morir, practicando sexo? —dijo él, sin importarle quién pudiera escucharle.

Actuaba como si fuera lo único que quisiera de ella, y Meredith sintió lástima por Ava. Estaba claro que para Joel no era más que un objeto sexual. Apenas podía apartar las manos de la joven y siempre estaba rozándole alguna parte del cuerpo, la espalda, la cintura, el cuello, las nalgas, de una forma sensual, casi lasciva. Meredith se sentía como una *voyeur* cuando se encontraba cerca de ellos. Ya no le extrañaba que, después del terremoto, hubieran salido a la calle prácticamente desnudos, solo con los albornoces. Era como si Joel quisiera que todo el mundo supiera que mantenía relaciones sexuales a todas horas, y eso era más de lo que Meredith necesitaba saber. Estaba convencida de que en Ava había mucho más de lo que Joel Fine veía en ella. Era una chica inteligente y con aspiraciones. Estaba orgullosa de cursar estudios universitarios por internet, tal como había comentado la noche anterior durante la cena. No podía permitirse ir a una prestigiosa escuela de diseño, pero se aplicaba con diligencia en las clases online. También había mencionado de pasada que sus padres habían fallecido cuando era pequeña y que la habían criado unos tíos muy estrictos en Salt Lake City. Y en cuanto pudo, después de acabar el instituto, se marchó a San Francisco. Encontró empleo como azafata y modelo publicitaria, y trabajó muy duro durante nueve años, hasta que su vida dio un giro inimaginable al conocer a Joel. Él la introdujo en un mundo totalmente nuevo de lujo y placeres. La inmensa fortuna que había cosechado gracias al éxito de sus empresas le permitía hacer y tener todo aquello que se le antojara. Y trataba a Ava como si fuera de su propiedad, sin importarle lo brillante que fuera ni los sueños que tuviera.

Joel quería contar con la presencia y el cuerpo de Ava en todo momento, a su entera disposición. Por su parte, ella empezaba a darse cuenta de que se había acomodado demasiado en ese estilo de vida, incluso se había vuelto adicta a él. Se sentía a salvo en ese mundo, aun sabiendo que algún día Joel se cansaría de ella y todo acabaría, como había ocurrido con todas las mujeres anteriores. No dejaba de recordarse que Joel era un callejón sin salida pavimentado en oro, pero nunca encontraba el valor para dejarle. Resultaba más fácil quedarse, aunque él no le ofreciera ningún futuro. Después de todo, Joel era un hombre agradable, divertido y generoso.

Si pudieran verla entonces, todos aquellos que la habían conocido de joven le tendrían envidia, pero Ava siempre había aspirado a mucho más para sí misma y seguía queriéndolo: una carrera de la que sentirse orgullosa y un hombre que la valorara como algo más que un objeto decorativo o meramente sexual. Quería tener marido e hijos, y sabía que Joel no iba a darle nada de eso, como le había dejado muy claro desde el principio. La vida de lujo y placeres que él le ofrecía era un tren que avanzaba demasiado deprisa y del que Ava no sabía cómo saltar, así que le resultaba más sencillo continuar a bordo y dejarse llevar.

Ava aspiraba a ser una persona más plena de lo que era en ese momento. Se negaba a renunciar a sus sueños, pero no podría conseguirlos mientras estuviera con él. Sabía que estaba con un hombre que nunca sería capaz de amarla de verdad, ni a ella ni a nadie. Ella solo formaba parte de la vida de fantasía que Joel se había creado, pero no era alguien real para él. Había algunas cualidades suyas que a Ava le encantaban, y se sentía muy agradecida por la vida que compartían juntos, aunque sabía que la única persona a la que querría de verdad en la vida era a sí mismo. Ava era muy consciente de ello, pero siempre había albergado la esperanza de que eso cambiara algún día, de que llegara a verla como a una persona y no como un objeto, y de que se enamorara de ella, incluso.

Al rato, Joel y Ava salieron de la casa. Jack, que estaba recogiendo algunos maceteros rotos del jardín, les abrió la verja. Meredith fue a comprobar cómo estaban los rosales. Algunos se veían bastante maltrechos, y uno había sido literalmente arrancado de la tierra. Seguía tratando de arreglar un poco las plantas cuando, sobre la una, empezaron a regresar los demás. Daphne iba dando saltitos. Llevaba otras dos muñecas aparte de Martha, y Will cargaba con una mochila llena de libros de la escuela. Su padre quería que continuara haciendo deberes todos los días, aunque el colegio estuviera cerrado. Tyla parecía exhausta y lucía un vendaje en una mano. Se había cortado mientras recogía los montones de cristales y platos rotos. Llevaba una maleta con ropa limpia para los cuatro. Andrew llevaba el maletín médico, por si alguno se hacía daño. Él mismo le había vendado la mano a su esposa. Tyla tenía una expresión vacía en la mirada y se puso muy nerviosa cuando Meredith la observó fijamente, como si ocultara algún secreto.

Arthur dijo que había podido practicar en su piano, pero Peter le había advertido de que había numerosas grietas en las paredes y los techos, y de que gran parte del yeso se había desprendido. Tendrían que hacer que un ingeniero revisara la estructura antes de poder volver a instalarse. Y Peter llevaba con él su manuscrito, para que no se perdiera si se declaraba un incendio en la casa.

Joel explicó que su lujosa residencia recién decorada estaba hecha un auténtico desastre. Se habían caído muchos cuadros, una valiosa pieza artística de neón había quedado reducida a añicos, y prácticamente la mitad del mobiliario había quedado destrozado. Ava estaba muy triste porque su portátil se había estropeado al caer de la mesa y había perdido todo su material de estudio. No habían podido recoger la gran cantidad de cristales y platos rotos, y Joel pensaba contratar un servicio de limpieza para que se encargara de hacerlo. Meredith se fijó en que ambos se habían cambiado de ropa y se preguntó si habrían vuelto a tener relaciones sexuales mientras estaban en la casa. Ava llevaba un modelo distinto para hacer ejercicio, de color turquesa.

Fueron todos a la cocina, donde Debbie había dispuesto un bufet a base de ensaladas, sándwiches, patatas fritas y galletas, un almuerzo más que decente. Pero, en un aparte, comentó a Meredith que, si los invitados seguían en la casa mucho más tiempo, acabarían quedándose sin comida. Meredith sabía que no era verdad: la despensa, los armarios y los frigoríficos estaban llenos.

—Si se quedan, podremos reponer provisiones cuando vuelvan a abrir las tiendas. Sus casas no se encuentran en condiciones para que puedan volver y, por lo visto, la cosa seguirá así durante un tiempo —repuso Meredith, tajante.

No le gustaba nada la actitud tan poco hospitalaria de Debbie y de Jack. Sabiendo lo afectuosos que habían sido con ella, le sorprendía que se mostraran tan desagradables en ese momento. No era propio de ellos.

Hacia las dos, cuando estaban acabando de almorzar, el coronel Chapman se presentó de nuevo para ver cómo se encontraban. Dijo que ya había acabado su servicio, pero que había decidido pasarse para hablar con Meredith. Los demás le explicaron con pelos y señales el estado en que se hallaban sus viviendas. La de Arthur parecía haber sufrido daños estructurales, y era muy posible que las otras dos también. Todos coincidieron en que debían ser inspeccionadas de manera minuciosa por profesionales y en que tendrían que recurrir también a sus compañías de seguros.

—Nadie ha escapado a la tragedia —dijo el coronel Charles Chapman.

Se le veía mucho más cansado que antes. Llevaba catorce horas recorriendo las casas del vecindario. Y cuando se dirigía a Meredith parecía un tanto azorado. Después de tomar un café y un brownie con el resto, le preguntó en voz baja si podía hablar con ella a solas.

—¿Ocurre algo? —dijo Meredith, preocupada.

Se preguntó por un momento si habría averiguado algo sobre los vecinos, algo que pensaba que ella debería saber. Tal vez Jack y Debbie tuvieran razón.

—No, no es nada. Solo que soy un idiota. Cuando acabé

mi turno y volví a la Oficina de Servicios de Emergencia, informé de que usted había acogido generosamente a sus vecinos. Mucha gente tiene a amigos alojados en sus casas, pero usted ha dado cobijo a ocho personas a las que no conoce de nada. Es algo admirable, y no muchos lo harían, por muy grande que fuera su casa. Son unos completos desconocidos, y usted les está dando refugio y comida.

—Es lo mínimo que podía hacer, dadas las circunstancias. Y aquí apenas hemos sufrido daños, aparte de los marcos de los cuadros que se han roto al caer y algunas antigüedades, que eran objetos muy delicados. Estoy un poco preocupada por las lámparas de araña, pero haré que las revisen a fondo en cuanto sea posible. Aunque, si lo que dice es cierto, seguramente tardarán bastante en poder venir.

—Todos los contratistas de obras y reparaciones van a estar muy ocupados durante mucho tiempo —confirmó el coronel—. Pero no era de eso de lo que quería hablarle. Cuando mencioné su nombre en la oficina, uno de mis colegas se quedó estupefacto. Es un cinéfilo empedernido y ha visto todas sus películas. Cuando la he visto esta mañana no he caído en la cuenta de quién era, y tampoco me acordaba de que usted vivía por aquí.

Su compañero también le había puesto al tanto de su historia: el traumático divorcio después de que su marido la abandonara, y la trágica muerte de su hijo, que había puesto fin a su carrera. Charles recordaba haber oído hacía tiempo que la actriz se había retirado del mundo, pero no le interesaban los cotilleos de los famosos y no la había relacionado con la mujer encantadora y atractiva a la que había conocido esa mañana. Él también se quedó anonadado cuando su colega le dijo quién era. «¿Te refieres a "esa" Meredith White?», fue todo lo que acertó a decir. Sin embargo, al reflexionar al respecto, comprendió que era la razón por la que su cara le había resultado tan familiar. La había visto en montones de películas antes de que desapareciera de la gran pantalla. Su amigo le preguntó a qué se dedicaba ahora, y él le respondió que no tenía ni idea. Lo único que sabía era que vivía en una gran mansión y que había acogido a sus vecinos después del terremoto. Se había mostrado tan natural y sencilla que no se le había ocurrido ni por asomo que pudiera ser la legendaria estrella de cine. Pero, al volver a verla en ese momento, resultaba evidente incluso para él que se trataba de la mismísima Meredith White.

—Debió de pensar que era idiota cuando le dije que tenía la sensación de que nos conocíamos de antes. A mi esposa le encantaban sus películas, y a mí, también. Pero lo que está claro es que nunca hemos coincidido en persona, a no ser que fuera usted uno de mis pilotos de combate o comandara un escuadrón —dijo él un tanto sonrojado, y ella sonrió.

—No se preocupe, tranquilo. Ha pasado ya mucho tiempo. Llevo catorce años alejada del mundo del cine. —Y, a esas alturas, él ya sabía la razón de su retirada. No estaba seguro de haberla sabido antes. Simplemente había dejado de aparecer en películas, aunque nunca se había preguntado por qué—. Seguro que he cambiado mucho desde entonces. No salgo mucho, pero cuando lo hago la gente rara vez me reconoce.

—¿Es que se pone una manta por encima de la cabeza o lleva sombrero y gafas oscuras? Porque, ahora que sé quién es, la reconocería en cualquier parte.

—Audrey Hepburn solía decir que, si no estableces contacto visual con la gente por la calle, no te reconocen. Y creo que tenía razón. Aunque la verdad es que apenas salgo de casa. De vez en cuando voy a clase de yoga y a dar largos paseos por la playa, pero eso es todo.

—¿Y qué hay de su hija, en Nueva York? ¿Va a visitarla o viene ella a verla?

Le había mencionado a Kendall y vaciló antes de responder. Pero Charles era un hombre tan cabal, respetuoso y distinguido que Meredith le estaba revelando cosas que no habría contado normalmente. Tenía una manera cálida y afectuosa de tratar con la gente.

—De hecho, no nos vemos muy a menudo. Ella lleva una vida muy ajetreada, y yo no he viajado desde... desde que dejé el cine.

—Seguramente no le resulte fácil viajar o salir de casa con todos los admiradores atosigándola.

—Es un poco más complicado que eso. Mi hija y yo hablamos por teléfono, y en cuanto pueda pienso ir a verla a Nueva York.

Sin embargo, no sonó muy convincente, y Charles percibió un deje de tristeza en su voz. Advirtió que empezaba a retraerse de nuevo en sí misma y temía haberla contrariado, especialmente desde que se había enterado de la muerte de su hijo. No le entraba en la cabeza que su hija no fuera a verla. Él iba a ver a sus hijos siempre que podía, pero, claro, él no era una estrella de cine que se había retirado del mundo, y tampoco se había visto golpeado de forma tan dura por la tragedia. Era cierto que su esposa había fallecido antes de lo que le tocaba, con solo cincuenta y ocho años, pero la mujer lo había llevado con mucha dignidad y él se había esforzado por sobreponerse y seguir viviendo lo mejor posible, sin perder el contacto con la realidad que lo rodeaba.

Meredith, en cambio, se había aislado. Charles se preguntó si tendría amigos y si la generosidad que había mostrado con sus vecinos era algo habitual en ella. Lo único que hasta el momento no le había gustado nada era la pareja que trabajaba para ella. Los dos habían hecho gala de un comportamiento muy desagradable, como si quisieran que todo aquel que cruzara el umbral de la casa, incluido él, se sintiera incómodo y se marchara cuanto antes. Se preguntó qué historia habría detrás de su actitud y por qué Meredith los tendría trabajando para ella. Hasta entonces nadie había reaccionado de aquella manera al recibirlo en su casa, ya fuera por el rango militar o por su carácter abierto y afable. Meredith también se había mostrado muy sencilla y hospitalaria, a pesar de ser una gran celebridad, pero sus dos empleados se habían mostrado hostiles y realmente groseros.

—En fin, quería disculparme por no haberla reconocido antes. Cuando he caído en la cuenta, me he sentido fatal, así que he querido pasarme por su casa para decírselo.

—Resulta muy agradable que no me haya reconocido —dijo ella con una sonrisa—. No quiero que me traten como a una especie de reliquia del pasado —añadió riendo—, aunque supongo que eso es lo que soy ahora.

Sin embargo, Meredith solo tenía sesenta y tres años. Y, con la melena rubia suelta y sin maquillaje, parecía incluso más joven.

—No es una reliquia, es una leyenda —repuso él con cierto tono reverencial.

—Oh, cielos, eso suena aún más inquietante. Solo soy una persona que solía rodar películas. Y ahora me dedico a cuidar del jardín, a leer y a dar largos paseos. Es una vida muy apacible.

No obstante, sus palabras se le antojaron algo vacías e impregnadas de tristeza, aunque ella no parecía una persona triste. Los ojos de Meredith le decían que había pasado por un infierno antes de encontrar cierta paz, y Charles se preguntó si conseguirlo le habría costado catorce años de aislamiento.

—Bueno, sus vecinos tienen mucha suerte de que les haya dejado quedarse aquí. Y yo me siento muy afortunado de haberla conocido. Si le parece bien, me gustaría volver a pasarme por su casa. Ha reunido aquí a un grupo de lo más interesante. Soy un gran admirador de Arthur Harriman, y ha sido todo un honor poder conocerle. El hombre se conserva muy bien para su edad y, sin duda, posee un talento extraordinario. Y también tiene aquí a Joel Fine, el nuevo rey Midas de las empresas tecnológicas. He leído mucho sobre él y es un tipo fascinante. Procede de una familia adinerada, pero fue a Harvard, se sacó un máster en Berkeley y, tras fundar varias empresas, se labró su propia fortuna. Y todos sus proyectos empresariales han tenido un enorme éxito.

Joel había regresado muy enfadado tras la inspección de su casa, porque se había desplomado un trozo del techo del garaje y le había abollado el Ferrari. Habló tanto de ello durante la comida que Will le dijo que le gustaría ver el coche, y Joel le respondió que luego le llevaría.

—Llámeme si necesita algo —le repitió Charles antes de marcharse.

Al pensar en su conversación, Meredith se preguntó si no le habría revelado demasiado de sí misma, pero resultaba muy fácil hablar con aquel hombre. Normalmente no habría admitido ante nadie que ella y su hija apenas se veían. Hablaban por teléfono de vez en cuando, pero se habían distanciado, y ella se sentía mucho más unida a su padre. La relación entre ambas se había deteriorado de manera irremediable. Kendall no hacía nada por arreglarlo y ya nunca iba a verla a San Francisco. Meredith también había llegado a aceptar esa situación. Tenía la sensación de que su corazón se había detenido en tres momentos de su vida: cuando Scott la abandonó por Silvana; cuando Justin murió; y cuando Kendall se unió a su padre y la culpó a ella de todo lo ocurrido, apartándola para siempre de su lado. Jack y Debbie la habían ayudado a superar todo aquello y les estaría eternamente agradecida, aunque en ese momento se mostraran tan desagradables por el mero hecho de haber acogido a sus vecinos. Ellos querían que los enviara a alguno de los refugios provisionales para víctimas del terremoto, pero Meredith no estaba dispuesta a hacer eso de ningún modo. Les había abierto sus puertas, y ellos se habían abierto a ella, convirtiéndose enseguida en amigos.

Poco después de que Charles se marchara, Andrew regresó al hospital. Joel llevó a Will a ver el Ferrari y dejó que el chico se sentara al volante. En el fondo era un buen tipo; su gran defecto era que no tenía mucho respeto por las mujeres y solo las veía como objetos sexuales. Su padre había sido igual, y eso había provocado el fracaso de su matrimonio. Meredith ya había intuido que Ava tenía muchas más maldades de las que Joel veía en ella. Se mostraba agradable y generoso con ella, pero lo único que le interesaba era su cuerpo. Meredith no podía imaginarse estar con un hombre como él, pero a Ava no parecía importarle y estaba totalmente entregada a él. Había vendido su alma a cambio del estilo de vida que Joel le ofrecía, y Meredith se preguntó si era algo que harían muchas mujeres. Joel parecía acostumbrado a que lo consideraran una especie de trofeo, un medio para alcanzar un fin. Sin embargo, Ava no estaba con él por su dinero, por lo que él pudiera ofrecerle. Sentía un afecto profundo y sincero por Joel, y en ocasiones llegaba a creer que le amaba. No era una mujer cínica y siempre pensaba lo mejor de todo el mundo. Era algo que quedaba de manifiesto en todo lo que hacía y decía.

Aun así, la persona del grupo que más le preocupaba era Tyla. La conocía desde hacía menos de veinticuatro horas, pero podía ver que se trataba de una mujer demasiado sumisa y vulnerable. Estaba claro que adoraba a sus hijos y que era una esposa abnegada y ansiosa por complacer a su marido; sin embargo, Andrew se mostraba demasiado duro y brusco con ella cuando creía que no le oían. Era un hombre guapo, inteligente, triunfador y encantador de cara a la galería, pero Meredith percibía en él cierta oscuridad que no lograba identificar, una ira silenciosa y subyacente oculta bajo la superficie. No sabría decir por qué, pero creía que había algo peligroso en él. Había observado que Will tartamudeaba un poco cuando su padre se dirigía a él. Y sospechaba que, en el caso de

Andrew, podría aplicarse aquello de «Líbrame de las aguas mansas», y que las cosas no eran siempre lo que parecían.

Por la tarde, Joel fue al centro de la ciudad. Quería ver si podía cruzar las barreras policiales para comprobar en qué condiciones se encontraban sus oficinas. No le pidió a Ava que le acompañara, pensando que podría ser peligroso. Cuando esta fue a la cocina a prepararse una taza de té, vestida con unos shorts muy cortos y una camiseta ajustada que realzaba su generoso busto, se encontró a Peter. El joven se sonrojó al verla, como si ella pudiera leerle el pensamiento. Arthur había subido a echarse una siesta y Peter había pensado trabajar un rato en su manuscrito. Tendría que hacerlo a mano, ya que se había dejado la máquina de escribir antigua en la casa. Resultaba demasiado aparatosa para cargar con ella y, además, no tenía dónde instalarla. Anteriormente había explicado que nunca escribía con ordenador y que le encantaba su vieja máquina de escribir.

—¿Cuánto tiempo llevas trabajando en el libro? —le preguntó Ava.

La impresionaban la intensidad y la pasión con las que hablaba de la novela. A Peter le encantaba escribir, desde muy pequeño, y estaba decidido a hacer que algún día su familia se sintiera orgullosa de él.

—Dos años. Trabajo en una revista durante el día y por las noches escribo mientras Arthur ensaya o después de que se haya acostado. Es muy autosuficiente y no necesita mucha ayuda. Espero acabar la novela dentro de unos meses. Trabajar para Arthur me permite dedicarle más tiempo y avanzar a buen ritmo.

—Yo siempre soñé con trabajar en el mundo del cine, pero no fue posible —admitió Ava con cierta timidez—. Trabajaba como modelo publicitaria por mi cuenta cuando Joel me ofreció un puesto en una de sus empresas. Al final empezamos a salir y me pidió que lo dejara para poder dedicarme por completo a él. Llevo dos años sin trabajar, así que estoy tomando clases de diseño gráfico, que es algo que me encanta y que me permitirá encontrar un buen empleo cuando él...

Su voz se fue apagando, y Peter no necesitó más para comprender la situación: su relación no tenía ningún futuro y Ava era muy consciente de ello. Se planteó si solo estaba con Joel por el lujoso tren de vida que podía ofrecerle o si en realidad le amaba, pero no la conocía lo suficiente para preguntárselo. Si bien Ava parecía sincera y auténtica, muy poca gente se resistiría al estilo de vida del que disfrutaba junto a Joel.

—Es maravilloso tener sueños —añadió Ava con dulzura, mirándole a los ojos, y Peter sintió como si una descarga eléctrica le recorriera todo el cuerpo.

Le fascinaba todo de ella, no solo su cuerpo, sino también su manera de pensar y su anhelo de hacer algo mejor con su vida. Le parecía una persona muy empática y le encantaba hablar con ella. Se preguntó si Joel también hablaría mucho con Ava. Resultaba tan obvio que solo estaba con ella por su espectacular cuerpo y su deslumbrante atractivo, que Peter sentía un poco de lástima. Sabía que no tenía ningún derecho, que apenas la conocía, pero Ava despertaba en él cierto instinto de protección.

—Tú también tienes sueños —le recordó Peter—, de lo contrario no habrías vuelto a estudiar.

Ella sonrió al ver que él la comprendía. Ava sabía que su relación con Joel tenía los días contados. Nunca había estado con una mujer más de dos años. Él mismo se lo había dicho desde el principio y ya habían superado ligeramente ese límite. Ava estaba viviendo un tiempo de prestado. Y era muy consciente de que Joel no la amaba. Disfrutaba de su compañía, pero para él las mujeres eran objetos intercambiables, como coches. Y cualquier día encontraría una modelo más joven, le haría un regalo generoso o le pondría un apartamento, y entonces la abandonaría a ella. Últimamente Ava no dejaba de pensar en ello. Eso le hacía aplicarse aún más en sus estudios y confiaba en poder graduarse pronto. Tendría que comprarse un ordenador nuevo para conectarse a las clases y realizar sus tareas de diseño gráfico. Varios profesores, al evaluar su trabajo, le habían dicho que tenía mucho talento.

—Será mejor que me ponga a escribir un rato —dijo Peter al tiempo que se levantaba—, antes de que Arthur se despierte de la siesta. Normalmente estoy con él por las noches, nunca durante el día, pero ese hombre no para nunca —añadió, sonriendo a la joven y sintiendo que había sido muy agradable hablar con ella.

Subieron juntos las escaleras y cada uno se metió en su habitación. Peter se sentó a su escritorio. Tenía ante él las páginas de su manuscrito y un bolígrafo en la mano, pero todo lo que podía hacer era pensar en Ava. Nunca se había obsesionado tanto con una mujer. Sin embargo, no había nada que pudiera hacer: Ava pertenecía a otro. Se preguntó cómo alguien como él podría competir con Joel Fine. No tenía dinero, solo dos trabajillos de escasa relevancia. Estaba escribiendo una novela que probablemente nunca se publicaría, y además vivía en casa ajena. No tenía nada que ofrecerle, nada con lo que deslumbrarla. Con toda su belleza, su inteligencia y su juventud, Ava era como el Ferrari de Joel. Se hallaba totalmente fuera de su alcance y lo único que podía hacer Peter era soñar con ella. Le encantaba estar bajo el mismo techo que Ava, pero confiaba en poder volver pronto a la casa de Arthur, antes de que su obsesión por ella le hiciera perder la cabeza. Tan solo pensar en Ava le hacía anhelar un futuro que sabía que nunca alcanzaría.

4

Las visitas diarias de Charles Chapman para ver cómo se encontraban empezaron a resultar algo familiar para todo el grupo. Charlaba con ellos y les mantenía al corriente de los progresos que se estaban realizando por toda la ciudad para intentar reparar los daños sufridos tras el terremoto. Tres días después del devastador seísmo, todavía estaban rescatando a gente sepultada bajo los escombros. Y en la siguiente ocasión en que Charles se pasó por la casa para tomar un café, Peter le dijo que quería trabajar como voluntario para la Oficina de Servicios de Emergencia. Quería contribuir al esfuerzo colectivo realizando algo más útil que limitarse a ejercer de acompañante de Arthur. El anciano se manejaba muy bien con su bastón blanco en la espaciosa y segura casa de Meredith, donde además había mucha gente para hablar y hacerle compañía. Peter le había pedido primero permiso a Arthur y a este le había parecido una excelente idea. Si necesitaba ayuda con alguna pequeña tarea, había gente de sobra en la casa para asistirle hasta que el joven volviera.

Los demás se quedaron muy sorprendidos cuando Peter lo comentó. Charles se mostró entusiasmado y le dijo dónde debía presentarse, añadiendo que necesitaban toda la ayuda que pudieran conseguir. Y, dos horas más tarde, todos le desearon suerte cuando se marchó pertrechado con unas botas, unos vaqueros y un par de guantes de jardinería que le había prestado Meredith. Peter sabía que sería un trabajo muy duro y en ocasiones desgarrador. De vez en cuando tendrían que desenterrar algún cadáver, pero también había numerosas historias sobre niños y ancianos rescatados milagrosamente con vida de entre los escombros. La gran mayoría había logrado sobrevivir.

Después de que Peter se marchara, mientras estaban almorzando, Ava comentó a Meredith y a Tyla:

—Nosotras también deberíamos hacer algo así.

—¿Sacar a gente de entre los escombros? No creo que tenga la fuerza necesaria —dijo Tyla, preocupada.

—No me refiero a eso. Podríamos servir comida en alguno de los refugios que han instalado o ayudar en un hospital de campaña. Tiene que haber algo que podamos hacer.

Se sentían un poco culpables por estar cómodamente instaladas en la seguridad de aquella mansión palaciega, mientras por toda la ciudad infinidad de personas lo habían perdido todo y sufrían lo indecible.

—No es mala idea —comentó Meredith—. ¿Por qué no lo hacemos? ¿Por qué no nos presentamos como voluntarias y ofrecemos nuestros servicios? —Entonces se volvió hacia Tyla—. Tú eres enfermera y al menos tienes conocimientos que podrían ser de mucha ayuda, pero yo podría servir comida o repartir ropa —añadió la actriz, mientras Ava asentía con la cabeza de forma enérgica.

—Hace mucho que no ejerzo de enfermera —dijo Tyla, un tanto cohibida.

Sin embargo, a las tres mujeres les encantó la idea y decidieron acudir al refugio más cercano, una escuela pública situada en la Marina, para ver si había algo que pudieran hacer.

—¿Y con quién dejo a Will y a Daphne? —preguntó Tyla.

—Debbie puede echarles un vistazo —respondió Meredith, y fue a comentárselo después de almorzar.

Debbie pareció cualquier cosa menos contenta con la idea.

—No sé nada de niños. No soy ninguna niñera —replicó, visiblemente enojada.

—No tienes que hacer de niñera. Ya no son bebés. Solo tienes que plantarlos delante del televisor. Además tienen los iPad y saben entretenerse solitos.

Cuando se quedaron solos en la cocina, Debbie le dijo a Jack:

—Tenemos que deshacernos de ellos. Esta gente está invadiendo la casa y tomando el control de su vida. No podemos dejar que quince años de duro trabajo y planes se vayan al traste así como así.

Él asintió. También estaba muy preocupado por la intrusión y estaba tratando de urdir algún plan para ahuyentarlos y obligarlos a marcharse.

—Tengo algunas ideas al respecto.

—Ya, pero mientras tanto yo tengo que hacer de niñera.

—Aguanta un poco más. Pronto los echaremos —dijo en un tono siniestro que habría asustado a Meredith si lo hubiera oído.

—Sí, pero no lo bastante pronto para mí —repuso ella con un brillo asesino en la mirada.

Era evidente que estaban desesperados por recuperar su territorio y su poder sobre ella.

Joel seguía en el centro de la ciudad. La policía le había dejado acceder a sus oficinas y estaba con algunos empleados tratando de salvar todo lo que pudieran de entre los escombros. Andrew continuaba en el hospital, y Peter estaba trabajando como voluntario para los servicios de emergencia. Meredith le dijo a Arthur que ella y las otras dos mujeres iban a pasar fuera unas horas, y que Jack y Debbie podrían ayudarle si necesitaba cualquier cosa. El anciano se ofreció para entretener a los niños. Tal vez les diera una clase de piano, sugirió, y Tyla sonrió.

—¡Pues buena suerte! Yo no consigo ni que hagan los deberes.

—Tocar el piano es muy divertido —comentó él.

Al cabo de media hora, las tres mujeres se marcharon. Cogieron el SUV de Meredith, ya que las puertas de los garajes de Tyla y Ava estaban atascadas y no podían sacar sus vehículos. Jack se quedó de piedra al verlas partir. Normalmente era él quien llevaba a Meredith si tenía que ir a alguna parte, pero ella le había dicho que esa vez no hacía falta. De repente había recuperado su independencia e incluso tenía amigas. Jack estaba muy preocupado por aquel inesperado giro de los acontecimientos, al igual que Debbie, que encendió malhumorada el televisor para Will y Daphne cuando las mujeres se fueron. Arthur les había propuesto darles una clase de piano y a los niños les encantó la idea. Después de que vieran un par de programas, Debbie los llevaría a los tres al salón para que pudieran practicar en el piano. Y como Meredith estaba fuera, se abrió una cerveza en la cocina, donde los niños no pudieran verla. Jack también se sirvió un trago de bourbon. Parecía más animado y le contó a Debbie que tenía un plan.

Entretanto, las tres mujeres bajaban en el coche por la colina en dirección al distrito de la Marina.

—¿Cómo creéis que será aquello? —preguntó Ava. Avanzaban lentamente porque muchas calles estaban cortadas. Habían cerrado una parte de la Marina, pues se hallaba construida sobre terreno de relleno mucho más inestable y se habían derrumbado hileras enteras de casas. También era la zona que había sufrido más daños durante el terremoto de 1989—. ¿Creéis que dará miedo?

Se sentía mucho más nerviosa, pero las tres estaban muy emocionadas y encantadas con la idea de ayudar a la gente que lo necesitaba.

Aparcaron entre dos montones de rocas y escombros. La escena con la que se encontraron resultaba caótica y desgarradora. Se abrieron paso entre la multitud que se agolpaba delante de la escuela. Había cientos de personas, hombres, mujeres y niños, y cerca de un millar más en el interior. Había grandes salas dedicadas a preparar y servir comida, un comedor inmenso, y el resto del espacio estaba destinado a alojamientos. También había una zona de información con varias mesas plegables, donde indicaban a los recién llegados lo que podían hacer y adónde dirigirse. En la parte de atrás, había un pequeño puesto de enfermería, donde trataban a la gente que acudía con pequeñas lesiones o heridas. Los casos más graves eran enviados a los hospitales locales.

Meredith explicó que habían ido para ofrecerse como voluntarias, y la mujer que las atendió pareció aliviada.

—Genial —dijo mientras las examinaba. Se veía que eran personas serias, sanas y con buena disposición—. ¿Os dedicáis a algo que pueda servirnos de ayuda?

—Yo soy enfermera —respondió Tyla, y la mujer la envió al puesto de primeros auxilios.

Tyla se marchó con una gran sonrisa en la cara. Parecía más relajada una vez allí.

—Yo puedo hacer lo que haga falta —dijo Ava—, cuidar niños, servir comidas...

La mujer señaló hacia el comedor, y la joven se despidió agitando la mano mientras se alejaba. A Meredith la envió a una sala llena de niños, donde necesitaban a alguien que les leyera cuentos para entretenerlos y dar un respiro a sus agobiados padres.

Le asignaron una veintena de críos de entre cinco y seis años y, con ayuda de otra mujer, se dedicó a leerles un cuento tras otro, a sonarles la nariz, a llevarlos al lavabo y a acostarlos por turnos para hacer la siesta. Cuando su turno acabó a las siete, se sentía como si hubiera corrido un maratón. Los niños le dieron las gracias, y Meredith se encaminó hacia el comedor para buscar a Ava. La joven se había pasado toda la tarde repartiendo bocadillos, yogures, cartones de zumo y botellas de agua. Se despidió de la gente y ambas fueron a buscar a Tyla, que todavía estaba vendando algunos cortes y magulladuras. Acababa de examinar a una niña que había llegado con una contusión y les había dicho a sus padres que la llevaran al hospital donde trabajaba Andrew. Tyla terminó unos minutos más tarde y, poco después de las siete, las tres abandonaron el refugio. Habían estado allí más tiempo del previsto, y podrían haberse quedado toda la noche. La escuela estaba llena de gente que había perdido sus hogares o cuyas casas se habían visto muy afectadas, y necesitaban desesperadamente comida, ropa y alojamiento.

—Ufff, ha sido un día increíble. —Ava suspiró mientras Meredith las llevaba de vuelta a casa.

Las tres estaban conmovidas por todo lo que habían visto y oído en el refugio.

—Espero que mis hijos no hayan desquiciado demasiado a Debbie —comentó Tyla, emocionada por haber vuelto a trabajar como enfermera.

—Yo he estado toda la tarde leyendo cuentos a niños de cinco años —dijo Meredith—. Hemos pasado más tiempo en el lavabo que leyendo, pero aun así nos hemos acabado un montón de libros. Me he sentido como Mary Poppins —añadió sonriendo.

Las tres habían prometido regresar al día siguiente. Tardaron menos tiempo a la vuelta, ya que Meredith ya sabía qué calles debía evitar. Metió el coche en el garaje y entraron en la casa por la cocina. Los hombres ya se hallaban sentados a la mesa, charlando. Debbie estaba preparando la cena y lanzó una mirada reprobadora a Meredith: habían llegado más tarde de lo que le había dicho.

—¿Cómo ha ido? —preguntó Ava a Peter, y este sonrió radiante.

—Hemos rescatado a una pareja y a su hijo, de tres meses.

El bebé estaba bien, la madre se encontraba muy alterada, y el padre tenía una fea herida en la cabeza, pero los tres se van a recuperar. ¿Dónde habéis estado vosotras?

—En el refugio de la Marina —respondió Ava.

Las tres parecían tan emocionadas como Peter.

—¡Sé tocar el piano! —exclamó Daphne lanzándose a los brazos de su madre—. He tocado «Estrellita, dónde estás». El señor Arthur me ha enseñado.

Tyla sonrió y le dio un beso. Andrew la miró con expresión gélida.

—Así que ¿te has ido y has dejado solos a los niños? ¿Y si hubiera habido otro terremoto?

—Entonces habría vuelto corriendo, como harías tú también —repuso ella, menos acobardada ante él que de costumbre.

No pensaba dejar que le arruinara un día magnífico en el que había vuelto a ejercer como enfermera y había hecho algo útil por los demás.

Joel parecía molesto cuando se acercó para besar a Ava.

—Eh, nena, si querías ayudar, podrías haberme echado una mano en las oficinas. No tenías por qué ir a una escuela llena de gente sucia sin hogar. Hay otros muchos que pueden hacer eso.

—Tú tienes a tus empleados para que te ayuden. En los refugios necesitan a todo el mundo que pueda echar una mano —contestó ella y le besó, dejándole con la cara de un chiquillo al que hubieran herido sus sentimientos.

—Sus hijos tienen mucho talento —les dijo Arthur a Tyla y a Andrew—. La primera clase ha ido muy bien.

—Me ha gustado mucho, mamá —dijo Will.

—A mí también —añadió Daphne con una sonrisa.

Al cabo de diez minutos, Debbie había acabado de preparar las hamburguesas, y todos se sentaron a la mesa. Andrew comentó que había tenido una jornada agotadora y no dirigió la palabra a su mujer en toda la cena. Cuando acabó de comer, hizo un gesto a Tyla para que le acompañara a la habitación. Ella subió poco después con los niños. Estos no querían acostarse tan pronto, pero obedecieron a su madre, no sin antes dar las gracias a Debbie por la cena. Peter, Ava y Meredith no pararon de hablar de todo lo que habían hecho a lo largo del día, pero estaban todos tan exhaustos que decidieron retirarse pronto. Y Joel dejó muy claro que quería estar a solas con Ava. Al final, Arthur y Meredith se quedaron un poco más en la cocina, hasta que el anciano decidió que era hora de acostarse. Ella le acompañó hasta su cuarto, donde Peter ya le esperaba con la cama preparada y el pijama.

Mientras subían las escaleras, Arthur le dijo:

—Parece que ha pasado un gran día.

—Me he sentido viva por primera vez en muchos años —admitió ella—. Ya sé que queda muy mal decirlo, pero este terremoto es lo mejor que me ha pasado en mucho tiempo. He vuelto a sentirme útil.

—Eso es algo sobre lo que reflexionar, ¿no cree? —dijo él con sensatez, luego la besó en la mejilla y entró en su habitación.

Arthur tenía razón, comprendió Meredith. Sentada en su cuarto, físicamente exhausta pero muy despierta, pensó en la emocionante tarde que había pasado en el refugio. Al mismo tiempo, estaba muy preocupada por Tyla. No se le iba de la cabeza la cara que había puesto Andrew cuando le hizo una señal para que le siguiera, como si fuera una niña que había hecho algo malo y tenía que ser castigada en privado. Confiaba en que no fuera demasiado duro con ella. Había algo en Andrew que resultaba aterrador. Tyla no se había quejado de él en ningún momento, pero el miedo en sus ojos lo decía todo.

Mientras pensaba en todo esto, se acercó a su ropero y sacó varios jerséis y vaqueros viejos, chaquetas de abrigo y zapatos, para llevarlos al refugio al día siguiente. Allí los necesitarían más que ella.

Abajo, en su apartamento independiente, Jack le estaba contando su plan a Debbie. Ella sonrió al oírlo.

—Es perfecto. Me gusta. Tiene que funcionar.

—Seguro que sí —contestó él en tono confiado—. Estoy harto de tener que ayudar a esa gente, y ahora que los tiene a ellos, Meredith ya casi no habla con nosotros. Después de esto, querrá que se marchen.

Jack brindó con Debbie alzando su petaca de bourbon, se la llevó a los labios y la apuró de un trago. Era una petaca de plata que había pertenecido al padre de Meredith. La había encontrado poco después de su llegada a la casa, dentro de una caja guardada en un cuarto de almacenaje. Ella nunca la había echado de menos ni había preguntado al respecto. Y pertenecía a Jack desde hacía quince años, como tantas otras cosas de las que Meredith se había despreocupado por completo.

En cuanto llegaron a su dormitorio, Andrew encerró a los niños en el cuarto de baño. Les dio sus iPad y les ordenó que se pusieran los auriculares. Y después de cerrar la puerta, propinó a Tyla un bofetón tan fuerte que prácticamente la lanzó a la otra punta de la habitación. Ella no se lo había esperado, no allí, donde podrían oírles, y no se había preparado para recibir el impacto. Cayó sobre la cama plegable en la que dormía Will, se golpeó en la cabeza y quedó aturdida un momento. Daphne dormiría en un colchón inflable que se habían traído de casa, ya que los niños no querían dormir en un cuarto solos. El dormitorio disponía de espacio suficiente para los cuatro.

No se había recuperado aún cuando Andrew volvió a golpearla con fuerza. Tyla se encogió en el suelo, cubriéndose la cabeza con los brazos. Había aprendido a protegerse y a no gritar, ya que cuando le pegaba, los niños solían estar en la habitación de al lado. Cuando alzó la vista hacia Andrew, le sangraba la nariz profusamente. Había odio en los ojos de Tyla, pero en los de él refulgía una furia desaforada.

—¿Cómo te atreves a ir a ese sitio asqueroso sin mi permiso? Seguro que has cogido piojos y Dios sabe qué más.

—He estado administrando primeros auxilios —dijo ella débilmente—. Soy enfermera.

—Tú no eres nada. Llevas once años sin trabajar y ya no sabrás ni poner una venda. Y encima has dejado a nuestros hijos con esa bruja que cuida de la casa y con un ciego. ¿Te has vuelto loca o qué? —Tyla no respondió. Andrew quería tener control absoluto sobre ella y le prohibía todo aquello que pudiera complacerla o hacer que se sintiera bien consigo misma—. ¡No puedes hacer nada sin que yo te lo diga! ¿Me has oído?

Ella asintió; notaba un martilleo en la parte de la cabeza donde se había golpeado con la cama plegable. Era un maestro en el arte de pegar a su esposa y sabía cómo hacerlo sin dejarle marcas visibles. Cuando se le antojaba, le magullaba los pechos, los brazos o las piernas. En una ocasión le asestó una patada en la espalda con la que estuvo a punto de rompérsela y dejarla tullida. Pero, por lo general, no le dejaba marcas en la cara. El resto del cuerpo podía cubrirse con pantalones y mangas largas.

Llevaba pegándole casi diez años. Durante mucho tiempo, Tyla pensó que la situación mejoraría, pero ya sabía que nunca lo haría. Y las palizas empeoraron de forma considerable después de que Daphne naciera. Ella quería abandonarle, pero no veía cómo. Hacía once años que no trabajaba porque Andrew no quería que lo hiciera, así que no tenía dinero ni ningún sitio al que huir. Y tampoco podía pedir ayuda a su familia. Necesitaban todo lo que tenían para cuidar de ellos y de sus hijos. El único dinero del que disponía era el que le suministraba Andrew para los gastos de la casa. En un par de ocasiones, había buscado información sobre albergues para mujeres maltratadas, pero, sin trabajo, habría de recurrir a la asistencia social y no quería que sus hijos tuvieran que pasar por eso. Gracias a Andrew, vivían en una buena casa, podían ir a colegios privados y realizar actividades extraescolares. Tenían un futuro. Y al cabo de un tiempo no muy lejano, también les costearía los estudios universitarios. Tyla se había dicho muchas veces que, cuando Daphne se marchara a la universidad, abandonaría por fin a Andrew. Si es que seguía viva...

Su familia era pobre y no podía acogerla. Sus dos hermanos se ganaban bien la vida como fontanero y electricista, pero uno tenía cuatro hijos, y el otro, seis. Y sus hermanas eran madres solteras y trabajaban limpiando casas para mantener a sus pequeños. Ella era la triunfadora de la familia. Para ellos, Tyla estaba felizmente casada con un doctor rico, aunque en realidad no lo era. Disfrutaban de una vida desahogada, pero él también se había criado en un ambiente pobre y ahorraba hasta el último centavo que podía. Andrew la acusaba siempre de que su familia era escoria, chusma irlandesa; de que ella era tonta y una mala madre; y de que se acostaba con otros hombres. Tyla no le había engañado nunca, ni una sola vez, aunque no estaba segura de que eso fuera cierto en el caso de él. Pero, tanto si la engañaba como si no, Andrew seguía mostrándose brutal y despiadado con ella. Nunca había puesto una mano encima a los niños. De haberlo hecho, Tyla le habría dejado en el acto, sin importarle no tener medios para subsistir. Aun así, estaba convencida de que los niños sospechaban lo que le hacía su padre, de que lo sabían. Pero ella seguía con él para asegurarles un futuro. Nunca se le había pasado por la cabeza que tal vez no mereciera la pena soportar semejante infierno a cambio de un colegio privado y una educación universitaria. Y ese infierno no solo lo sufría ella, sino también sus hijos. No podía creer que Andrew se hubiera atrevido a pegarle mientras estaba en una casa que no era la suya. La arrastró por el pelo y la tiró sobre la cama, y no le importó que la sangre que le salía de la boca y la nariz manchara las sábanas. Le propinó otro fuerte bofetón y luego fue a buscar a los niños al cuarto de baño. Les abrió la puerta riendo, como si acabara de ocurrir algo muy gracioso.

—Vuestra madre se ha tropezado con el plegatín y se ha dado un golpe en la nariz. Qué cosa más tonta, ¿no?

Los dos niños la vieron sangrando, y ella se apresuró a meterse en el cuarto de baño para lavarse la cara.

Will estaba aterrorizado. Ya la había visto muchas veces así, e incluso peor.

—¿Estás bien, mamá? —le preguntó en un susurro compungido cuando se acercó a ella, de pie delante del lavamanos.

—Tu madre está bien —le espetó Andrew, que lo arrastró por el cuello para sacarlo del baño mientras Daphne contemplaba toda la escena con aquellos enormes ojos abiertos de par en par.

Tyla ya se había limpiado la sangre de la cara y trataba de actuar como si no hubiera pasado nada. Tendría que aplicarse hielo en la mejilla y en la nariz, pero allí no tenía, y si bajaba a la cocina a buscarlo podrían verla. En lugar de eso, se echó agua fría en la cara. Al mirarse en el espejo, vio que empezaba a salirle un moratón en el pómulo. Tendría que cubrirlo con maquillaje, pero ya era una experta en eso.

Tras acostar a los niños, se hizo un silencio sepulcral en la habitación. Andrew fue a darse una ducha y, mientras estaba en el baño, Will susurró a su madre desde la cama plegable:

—¿De verdad estás bien, mamá?

—Estoy bien —respondió ella en tono tranquilizador—. Solo me he tropezado.

Algún día se lo contaría todo. Tenía que hacerlo, para no permitir que nunca les pasara nada parecido a ellos, en especial a Daphne. La niña se aferraba a sus muñecas y la miraba con la carita muy triste desde su cama.

—¿Te duele la nariz, mamá? —le preguntó.

—No, cariño, estoy bien —le mintió, como había hecho durante toda su corta vida.

Y también tendría que mentir a la gente que vivía en la casa de Meredith.

Cuando Andrew salió del cuarto de baño, Tyla entró para darse una ducha con agua caliente. Quería limpiarse de él. Cada vez que le pegaba, se sentía sucia. Y era peor todavía cuando, después de pegarle, quería mantener relaciones sexuales con ella o incluso la violaba, lo cual había sucedido algunas veces. Pero nunca hacía nada delante de los niños. Y cuando no podían oírle, le decía que era una puta. Su madre había engañado a su padre cuando Andrew era pequeño y se había marchado de casa cuando él tenía siete años, por lo que había desarrollado un profundo odio hacia las mujeres. Tyla siempre se había preguntado si el padre de Andrew también pegaría a su esposa, y si esa sería la razón por la que ella se había largado con otro hombre. No habían vuelto a saber de ella, y Andrew nunca la había perdonado por abandonarle cuando era pequeño. Pero si ese era el motivo por el que se había marchado, si su padre se había comportado con su mujer como Andrew se comportaba con ella, no la culpaba en absoluto. Tyla también esperaba hacerlo algún día, escapar, pero no con otro hombre. Y nunca abandonaría a los niños, no los dejaría solos con alguien como él. Sus hijos estaban creciendo en una casa donde imperaban el odio y el terror, pero ella continuaba diciéndose que era el sacrificio que tenía que hacer para que fueran a un colegio privado y recibieran una buena educación.

Su propio padre había sido un alcohólico y había fallecido

cuando ella tenía tres años. Tyla no se acordaba de él. Murió cuando volvía del trabajo, conduciendo borracho en medio de una ventisca, dejando a una viuda con cinco hijos. No sabía si también le había pegado a su madre, ella apenas hablaba de él. Los había mantenido a todos limpiando casas, al igual que hacían en ese momento sus hermanas. Era curioso cómo se repetía la historia. Tyla, sin embargo, no permitiría que su historia se repitiera con Will y Daphne. Había aprendido a convivir con el terror, por el bien de sus hijos.

Esa noche permaneció largo rato despierta en la cama, tendida lo más lejos posible de Andrew. Él debía estar de vuelta en el hospital a las seis de la mañana. Tyla se alegraba de no tener que verle al despertarse. Y confiaba en que llegara el día en que no tuviera que volver a verle nunca.

5

Cuando Meredith salió de su habitación a primera hora, se quedó muy sorprendida al encontrarse de nuevo a Daphne en el pasillo. En esa ocasión llevaba un camisoncito rosa y sostenía en brazos a sus tres muñecas.

—Te has vuelto a levantar muy temprano —la saludó Meredith con una sonrisa. Daphne asintió sin decir nada. No parecía tan contenta como la otra vez que la encontró allí—. ¿Tienes hambre?

—Un poco. ¿Puedo tomar cereales?

—¿No quieres tortitas? —La niña negó con la cabeza—. ¿Por qué no vas a buscar tus zapatillas?

—No quiero despertar a mamá. Papá se ha ido a trabajar. Mamá y Will aún están dormidos.

Meredith la tomó de la mano y bajaron juntas a la cocina. Los demás aún no se habían levantado. Todo estaba muy tranquilo y silencioso. Meredith cogió un tazón, lo llenó de cereales y vertió la leche. Luego dobló una servilleta, puso una cuchara al lado del cuenco y Daphne empezó a desayunar mientras ella se preparaba una taza de café.

—Mi mamá se cayó anoche y le salió sangre de la nariz —soltó Daphne de pronto.

Meredith se la quedó mirando, preguntándose cuánto de verdad habría en ello.

—¿Y cómo se cayó? —preguntó, tratando de sonar despreocupada.

No sabría decir por qué, pero no creía que la historia fuera así de simple.

—Se tropezó con la cama de Will y se dio un golpe en la nariz —respondió Daphne, como si tampoco ella se creyera sus palabras y esperara que Meredith le sonsacara algo más.

Ella no estaba segura de si debía hacerlo, ni de cuál era el protocolo que seguir con una niña que había visto cómo maltrataban a su madre.

—Debió de dolerle mucho.

Daphne asintió con la cara muy seria. Se la veía tan pequeña con el camisoncito...

—Se cae mucho —añadió la niña sin apartar los ojos de Meredith. Entonces, pillándola totalmente por sorpresa, musitó con apenas un hilo de voz—: Él le pega a veces.

Luego bajó la vista al tazón de cereales. Durante un buen rato, ninguna de las dos dijo nada. Aquello confirmaba lo que Meredith había sospechado y temido.

—Siento mucho oír eso —dijo al fin, también en un susurro—. ¿A ti también te pega?

Daphne negó con la cabeza.

—A nosotros nos grita, pero no nos pega. Solo le pega a mamá.

Meredith no alcanzaba siquiera a imaginar lo que sentiría una criatura como Daphne al saber que su padre maltrataba a su madre y sin poder hacer nada por impedirlo. Lo aterrador que debía de ser para esos niños. Meredith no estaba segura de qué podía hacer al respecto, solo sabía que tenía que hacer algo. No podía llamar a los Servicios de Protección al Menor, porque Andrew no pegaba a sus hijos, «solo» a su mujer. Meredith se sentó junto a ella, la acogió en su regazo y la abrazó con fuerza. Notó cómo la pequeña iba relajándose entre sus brazos. Hasta entonces no se había dado cuenta de lo tensa que estaba.

—Si eres una bruja buena, ¿puedes arreglarlo? —le pidió Daphne, y a Meredith se le llenaron los ojos de lágrimas.

—No creo que sea ese tipo de bruja, pero puedo intentarlo.

—¿Por qué no le lanzas un hechizo? —dijo la niña, encantada con su propia idea.

—Déjame que lo piense un poco.

Daphne asintió y volvió a sentarse en su silla. Luego se giró para mirar a Meredith muy seria.

—¿Por qué tienes solo una hija y no tienes también un hijo? —le preguntó la niña, y ella sintió como si le hubieran golpeado en el plexo solar—. Como Will y yo —añadió.

Meredith decidió contarle la verdad.

—Tenía también un hijo, pero se fue con los ángeles.

La niña abrió mucho los ojos.

—¿Se puso malito? La abuela de mi amiga Stephanie también está con los ángeles. Tenía cáncer.

—No. Él tuvo un accidente.

—Eso es muy triste —contestó la niña en tono solemne.

—Sí, fue muy triste. Se llamaba Justin. Y mi hija se llama Kendall. Y también tengo una nieta llamada Julia.

Mientras hablaba, cayó en la cuenta de que su hija era casi de la misma edad que la madre de Daphne. Kendall tenía un par de años más que Tyla. Y también Debbie rondaba los cuarenta. Resultaba muy curioso que empezara a verse rodeada de mujeres de la edad de su hija.

Se quedaron un rato en silencio, pensando en las confidencias que acababan de compartir. Entonces llegaron Will y Tyla. El niño estaba muy pálido, y la madre parecía agotada. Se había puesto una gruesa capa de maquillaje y, si uno se fijaba bien, podía ver que tenía la nariz hinchada. Will tenía aún peor aspecto. Tyla fue a prepararle un poco de té y dijo que le dolía el estómago.

—A veces le dan dolores muy fuertes —explicó.

Meredith podía intuir el motivo, pero no dijo nada, y Daphne le lanzó una mirada que ella fingió no advertir.

—¿No debería guardar cama? —preguntó un tanto preocupada.

—No, seguro que se le pasa pronto.

Tyla le preparó una tostada, y poco después llegaron Peter y Arthur. El anciano prometió a los niños otra clase de piano. Cuando Ava y Joel bajaron a desayunar, las mujeres acordaron volver al refugio. A las tres les había encantado la experiencia, pero Meredith miró a Tyla con expresión inquisitiva.

—¿Estás segura? Tengo la impresión de que a Andrew no le hizo mucha gracia que fueras.

Tyla la miró directamente a los ojos. Su rostro reflejaba determinación.

—Voy a ir —dijo con firmeza—. Allí nos necesitan.

—Sí, nos necesitan —convino Meredith.

—Creo que lo que estáis haciendo es maravilloso —comentó Arthur.

Peter iba a trabajar de nuevo como voluntario para los servicios de emergencia. Joel dijo que regresaría al centro, donde todavía estaban recogiendo cristales rotos, ordenadores y trozos de techo caído de las oficinas. No hizo ningún comentario sobre que Ava volviera al refugio.

—Si quieres puedes venir conmigo —le sugirió.

Ella negó con la cabeza y dijo que prefería ir a la escuela de la Marina, donde la necesitaban más. Él no puso ninguna objeción, aunque tampoco pareció muy contento.

Después de desayunar, todos subieron a sus cuartos. Arthur se quedó un rato más hablando con Meredith.

—Apenas nos conocemos —le dijo—, pero me siento orgulloso de usted. Sé que ha estado recluida durante mucho tiempo y tal vez fuera esto lo que le hacía falta.

—Es verdad que necesitaba un tiempo para mí misma, pero creo que esta situación ya se ha prolongado demasiado. Mi marido me abandonó cuando menos me lo esperaba y unos meses después murió mi hijo. Fueron unos golpes demasiado duros para poder gestionarlos, así que bajé el telón, puse fin a mi carrera y me recluí durante un tiempo. Demasiado tiempo...

Cayó en la cuenta de que, de repente, se hallaba rodeada de gente a la que apenas conocía pero que la necesitaba. Kendall la había apartado de su vida hacía tanto que ya no recordaba lo que era sentirse querida.

—Debe de haber sido una vida muy solitaria —comentó Arthur.

Se sentía con derecho a hablar con franqueza no solo por su edad, sino también porque le había tomado mucho aprecio en apenas unos días. Podía ver que era una mujer extraordinaria, amable y generosa, por el hecho de haberles acogido y por cuidarles tan bien.

—No he estado sola. Tenía a Jack y a Debbie conmigo.

Él meneó la cabeza.

—Yo también tengo a mi asistenta, Frieda, y a Peter, pero no es lo mismo. Trabajan para mí, y eso lo hace todo más complicado. Usted necesita un sentido y un propósito en la vida, y tener amigos. Renunció a una carrera que debía de ser muy gratificante y que hacía felices a millones de personas. Yo soy mucho mayor que usted y tuve un matrimonio maravilloso. Conservo los recuerdos de aquella época tan feliz y no me importa estar solo ahora, siempre y cuando tenga mi trabajo. Pero usted es demasiado joven para renunciar a todo.

—Ya no soy tan joven —objetó ella, reflexionando sobre lo que le había dicho.

—Si me permite decírselo, usted es demasiado joven para

retirarse del mundo. Necesita regresar al mundo de una manera que signifique algo para usted, sea cual sea. Nunca es demasiado tarde para volver a empezar.

Mientras decía aquello, Peter y Ava entraron en la cocina. Él llevaba en la mano un grueso fajo de papeles: era su manuscrito. Se lo entregó a Ava. Esta le había prometido leerlo y volvió corriendo arriba para dejarlo en su habitación. Peter se marchó poco después a la Oficina de Servicios de Emergencia, y Arthur sonrió a Meredith. Ella se había tomado muy en serio todo lo que él le había dicho, y ahora ya podían considerarse amigos.

—Puede que sea ciego, pero huelo el amor que flota en el ambiente —dijo refiriéndose a Peter y Ava, y ella se echó a reír.

—Es probable que tenga razón, no voy a decirle que no, pero ella y Joel parecen bastante unidos. No sé cómo acabaría eso.

—Con las personas nunca se sabe. Peter no le deja leer su manuscrito a nadie.

Meredith acompañó a Arthur a su habitación. No había hecho más que entrar en su estudio cuando Debbie se presentó con expresión sombría y le dijo que tenía que hablar con ella.

—¿Sucede algo? —preguntó Meredith.

Debbie asintió con gesto desolado, como si se hubiera producido una gran desgracia. Desde que habían llegado aquellos inesperados visitantes, acompañaba su grosero comportamiento con un dramatismo excesivo.

—Esta mañana estaba limpiando en el salón principal —empezó Debbie, y Meredith estaba casi segura de que iba a comunicarle que durante el terremoto se había roto algún objeto de valor—. No sé ni cómo decirte esto, pero la caja esmaltada rosa de Fabergé, la que tiene forma de corazón, ha desaparecido.

—¿Ha desaparecido o se ha roto?

Meredith había pagado una fortuna por aquella caja hacía años y siempre le había encantado. Tenía incrustaciones de diamantes y perlas, y una inscripción en el interior del zar de Rusia para su madre. Era un valiosísimo objeto de coleccionista, y demasiado grande para que alguien se lo guardara en el bolsillo.

—Odio tener que decirlo, pero creo que alguno de los invitados debe de haberla cogido. El otro día vi a esa bomba sexual, la tal Ava, mirándola muy interesada. No sé si habrá sido ella o alguno de los otros, pero sé que es una pieza muy valiosa y que la adoras.

Ninguno de los empleados externos que trabajaban en la propiedad había ido después del terremoto, así que no podían haber sido ellos. Además, llevaban años trabajando para ella y eran de confianza.

—¿Cuándo viste la caja por última vez? —preguntó Meredith tratando de mantener la calma, aunque la entristecería mucho perder aquella reliquia.

—La tarde antes del terremoto estuve en el salón y la vi donde siempre, pero ya no está. La he buscado por todas partes por si la habían cambiado de lugar por equivocación. Solo puede habérsela llevado uno de tus invitados —declaró con gravedad. Meredith parecía contrariada, pero había algo que no encajaba en aquella historia, no habría sabido decir el qué—. ¿Quieres que Jack y yo registremos sus habitaciones mientras están fuera? —le preguntó en tono esperanzado.

—¡Por supuesto que no! Todos ellos son personas respetables que viven en unas casas magníficas. No necesitan robarme ningún objeto de valor. Es solo que no lo entiendo. Seguro que acaba apareciendo.

—No si están planeando venderla. ¿Deberíamos llamar a la policía?

—No creo que debamos hacerlo todavía.

—Pues, si no quieres que registremos sus pertenencias, deberías pedirles que se marchen.

Debbie parecía decepcionada. Ella y Jack estaban seguros de que la desaparición de la caja de Fabergé la convencería de echar a aquel grupo de desconocidos.

—¿Y adónde irían? No hay ningún hotel abierto, y la mitad de la ciudad continúa sin electricidad. Y tampoco pienso enviarles a los refugios. Por lo que me ha contado el coronel Chapman, son muchos los que están acogiendo en sus casas a gente afectada por el terremoto.

—Sí, pero no a gente a la que no conocen.

—No puede haber sido ninguno de ellos —razonó Meredith—. Andrew Johnson es un médico muy respetado, y su esposa es una mujer encantadora. Arthur Harriman es uno de los pianistas más prestigiosos del mundo, y puede que Peter no sea rico, pero me parece un joven muy decente y honrado. Joel Fine se ha convertido en multimillonario gracias a sus dos empresas tecnológicas y desde luego no necesita robar una cajita de Fabergé. Puede comprarse todas las que quiera.

—¿Y qué hay de su novia?

—Me niego a creer que pueda haberlo hecho ella.

—Entonces ¿de quién sospechas? ¿De Jack y de mí?

—Claro que no. Lleváis quince años trabajando aquí y habéis sido los mejores amigos que he tenido nunca. No sé dónde puede estar la caja, pero estoy convencida de que no ha salido de aquí. Quizá, durante alguna de las réplicas, alguien la metió en un cajón para que no se rompiera y luego se olvidó de decírmelo. Les preguntaré esta noche. Esas personas ahora son mis amigos y estoy segura de que no me robarían.

—Estás siendo demasiado ingenua —replicó Debbie en tono airado—. Llevas demasiado tiempo aislada y ya no recuerdas lo que es capaz de hacer la gente. Uno de tus nuevos amigos te ha robado algo muy valioso mientras lo tienes alojado en tu casa. Si te queda algo de sensatez, deberías echarlos a todos antes de que te roben algo más.

Meredith se enfadó mucho no solo por cómo le había hablado, sino también por haber tenido la arrogancia de decirle lo que debía hacer. Las fronteras de su relación se habían difuminado hacía tiempo, pero Debbie había olvidado que ella era la empleada y no quien estaba al mando. A Meredith no le gustó nada su tono. Se levantó para hacerle saber que la conversación había terminado y que quería que la dejara sola. De ningún modo pensaba echar a sus nuevos amigos de casa. De hecho, quería que Tyla se quedara un tiempo más, hasta que averiguara cómo podía ayudarla con su marido. Después de lo que le había contado Daphne, estaba muy preocupada por ella.

Debbie salió de la habitación y cerró dando un portazo. Bajó las escaleras hecha una furia, encontró a Jack en la sala de estar del apartamento y le contó lo que había ocurrido.

—¿Te lo puedes creer? Le digo que uno de ellos le ha robado la caja y no solo no me cree, sino que no le importa. Me parece que se le está yendo la cabeza.

—O está reclamando su independencia. Personalmente, preferiría que se estuviera volviendo senil. Y encima el viejo le ha estado aconsejando que se abra más al mundo. He oído cómo se lo decía. Si lo hace, acabaremos perdiendo toda la influencia que teníamos sobre ella. Durante muchos años, desde de la muerte de su hijo, hemos sido las únicas voces a las que ha prestado atención, sus únicos amigos. Menuda desagradecida... Bueno, ¿y qué hacemos ahora con la caja?

—Lo que queramos: quedárnosla o venderla. No serviría de nada esconderla en alguna de las habitaciones de esa gente, ya que me ha prohibido registrarlas. Meredith confía en ellos. Maldita sea, hace solo una semana ni los conocía y ahora son sus mejores amigos.

Jack dio un largo trago a la petaca de bourbon. Debbie tendió la mano, él se la pasó y ella apuró el resto.

—Quiero a esos malnacidos fuera de aquí —masculló Jack con una expresión siniestra—. Si no los echamos, Meredith no volverá a escucharnos.

Meredith se les estaba escurriendo entre los dedos, y ambos lo sabían. Durante mucho tiempo, habían podido manipularla a su antojo y de repente estaba regresando poco a poco al mundo exterior. Una vez que lo hiciera, todo habría acabado para ellos y ya no podrían aprovecharse de los turbios beneficios que les ofrecía su posición en la casa.

Meredith seguía enfadada después de que Debbie hubiera salido de su habitación. Se quedó pensando en lo ocurrido, preguntándose si podría ser cierto que uno de sus invitados hubiera robado la caja de Fabergé. Sin embargo, era algo que no le entraba en la cabeza. Se negaba a creer que lo hubiera hecho alguno de ellos, pero, entonces, ¿quién? Después del terremoto, nadie aparte de Jack y Debbie había entrado en la casa. No había ido ninguno de los empleados de limpieza diurnos, y también eran gente de confianza que llevaba mucho tiempo trabajando para ella. Tal y como le había dicho a Debbie, la caja debía de estar guardada en algún sitio que no era el habitual, donde alguien la habría puesto para que no se rompiera. Era la única explicación posible. Y ni por un momento desconfió de Jack y de Debbie.

Seguía dándole vueltas al asunto cuando de pronto sonó el teléfono de su escritorio. Normalmente era Debbie quien atendía las llamadas, pero, como tardaba en responder, Meredith descolgó con aire distraído. Se quedó estupefacta al oír la voz de su hija al otro lado de la línea. Llevaban dos meses sin hablar. Kendall nunca respondía a sus llamadas, y aunque Meredith le dejara un mensaje en el contestador ella no se las devolvía o tardaba un mes en hacerlo. Había pensado en telefonearla la noche del terremoto, a pesar de que Kendall no había respondido a sus dos últimas llamadas. Solo la llamaba cuando le apetecía o le iba bien, que era prácticamente nunca.

—¿Kendall? —dijo muy sorprendida.

Después del seísmo, habían dejado de funcionar los teléfonos, salvo los móviles, pero ya se había restablecido el servicio.

—¿Mamá? ¿Por qué no me has llamado para decir que te encontrabas bien? —Parecía enojada por no haber sabido nada de su madre.

—Nos quedamos sin internet y el teléfono fijo no funcionaba. Podría haberte llamado con el móvil, pero de todos modos nunca contestas a mis llamadas.

—Podrías haberme enviado un mensaje —repuso Kendall en tono pragmático.

—Cierto. Y tú podrías haberme llamado. Yo siempre respondo cuando veo tu número en la pantalla.

A diferencia de Kendall cuando veía el de su madre.

—Eso si Jack y Debbie no lo cogen antes. A veces pienso que no te pasan mis mensajes.

—¿Y por qué iban a hacer eso?

Meredith sabía que no le caían bien. Sospechaba que les tenía celos por lo unidos que estaban a ella, pero ellos siempre habían estado cuando les necesitaba, y Kendall, no.

—¿Te encuentras bien? ¿La casa ha sufrido muchos daños?

—Es un edificio sólido y no ha habido grandes destrozos, solo se rompieron muchos cristales y algunos marcos al caerse. Todavía no tenemos suministro eléctrico general, pero con suerte lo restablecerán dentro de unos días, puede que en una semana o dos. Fue un temblor tremendo, aterrador. Ahora estoy acogiendo a seis vecinos y a dos niños pequeños. Sus casas se vieron mucho más afectadas que la mía y están seriamente dañadas, así que los invité a quedarse aquí.

—¿A tus vecinos? ¿Es que los conoces?

Kendall sonó muy sorprendida. ¿Su madre, la famosa ermitaña, acogiendo a unos vecinos en su casa?

—Los conocí después del terremoto, pero aquí tengo espacio de sobra y son gente muy agradable. Uno de ellos es Arthur Harriman, el célebre pianista, que vive en la casa de al lado.

—¿No es ciego? —preguntó Kendall, asombrada por todo lo que le estaba contando su madre.

—Sí, pero tiene a un joven que le ayuda y, además, con ochenta y dos años, tiene mucha más vitalidad y energía que el resto de nosotros.

—Estaba muy preocupada por ti. Las noticias de la televisión son espantosas: incendios descontrolados, los puentes cerrados, gente sepultada bajo los escombros...

—Me encuentro bien. ¿Cómo estás tú? Hace tiempo que no hablamos.

—Estamos bien, aunque estoy bastante preocupada por Julia. Ha dejado la universidad y se ha marchado a Los Ángeles para intentar convertirse en actriz. Papá ha ido a verla algunas veces, pero de mí no quiere saber nada. Creo que quiere seguir tus pasos —dijo con resentimiento.

—O los de tu padre —replicó Meredith.

Kendall seguía culpando de todo a su madre, nunca a Scott. Nunca menospreciaba la carrera de él, solo la de ella.

—Me gustaría ir a verla un día de estos —dijo Kendall.

—¿Y por qué no te pasas por aquí cuando lo hagas? Hace una eternidad que no vienes a San Francisco.

Kendall, sin embargo, no tenía ningunas ganas de volver. Se deprimía profundamente cada vez que iba a la casa: la habitación de su hermano continuaba intacta, su madre seguía aislada del mundo, y el matrimonio que trabajaba para ella se comportaba como si Meredith fuera de su propiedad. Era superior a sus fuerzas.

—Tal vez podrías reunirte con nosotras en Los Ángeles —propuso Kendall.

Se hizo un largo silencio. Al fin, Meredith dijo:

—Puede que lo haga. Me gustaría ver a Julia.

—Se parece mucho a ti. —Kendall también se parecía a Meredith, aunque ella nunca lo reconocería—. Bueno, me alegro de que estés bien. Al no tener noticias tuyas, tenía miedo de que te hubiera pasado algo.

Aun así, había tardado varios días en llamarla. No se le había ocurrido en ningún momento descolgar el teléfono para interesarse por ella.

—Ha sido bastante traumático, pero me encuentro bien. De hecho, estoy trabajando como voluntaria en un refugio para gente que ha perdido su hogar o cuyas casas están demasiado afectadas para volver a ellas. La ciudad va a estar sumida en el caos durante mucho tiempo.

—Bueno, si voy a Los Ángeles, te aviso —respondió Kendall en un tono bastante más agradable—. Julia dice que aún no está preparada para verme. Creo que tiene miedo de que intente convencerla de que renuncie a su sueño de convertirse en actriz.

—¿Y lo harías?

—Ya lo intenté, pero dice que es lo único que quiere hacer en la vida. Yo preferiría que estuviera aquí en Nueva York, que siguiera yendo a la universidad o trabajara en algo más estable, pero eso no es lo que ella quiere. Papá dice que tiene talento y le ha concertado algunas audiciones.

—Todo un detalle por su parte —repuso Meredith con frialdad. Seguía sin gustarle oír hablar de Scott, ni siquiera oír mencionar su nombre. Aun así, añadió con generosidad—: Por lo visto sus dos últimas películas han cosechado un éxito enorme.

—Ganó el Oscar por las dos, algo realmente fabuloso —comentó Kendall.

Meredith también se había llevado el premio de la Academia en la cima de su carrera, pero Kendall nunca se había enorgullecido de ello. No había tenido la madre que quería: una mujer burguesa normal y corriente, y no una estrella de cine. Las dos habían tenido mala suerte en ese aspecto. Meredith tenía una hija que ni siquiera quería hablar con ella, aunque al menos había llamado para asegurarse de que seguía con vida.

—En fin, mamá, cuídate. Probablemente la situación todavía resulte peligrosa, con todas las cosas que pueden seguir cayendo por las réplicas. Por lo visto ha habido muchos heridos.

—Nunca me he sentido en peligro —repuso ella en tono tranquilizador.

Y Jack y Debbie habían cuidado muy bien de ella, aunque eso no se lo dijo.

—Me alegro —contestó Kendall—. Te llamaré pronto.

Seguía impactada por el hecho de que a su madre no se le hubiera ocurrido ponerse en contacto con ella después del terremoto para decirle que se encontraba bien. Pero Kendall también había tardado varios días en llamarla. Resultaba muy triste para ambas que su relación se hubiese deteriorado hasta tal punto. Las dos colgaron con un sentimiento de nostalgia, recordando los tiempos en los que Kendall era joven y Justin aún vivía, antes de que todo cambiara y la vida de Meredith se desmoronara por completo. Continuaba sentada a su escritorio, pensando en todo aquello con la mirada perdida, cuando Ava asomó la cabeza por la puerta y le preguntó si ya estaba lista. Meredith despertó de su ensimismamiento.

—Lo siento. Mi hija acaba de llamarme desde Nueva York. Me olvidé de llamarla para decirle que me encontraba bien. La verdad, no se me ocurrió —admitió, sintiéndose culpable.

Todo esto no había hecho más que recordarles cuánto se habían distanciado. Meredith apenas conocía a su nieta, Julia. Reconocía que ella también tenía parte de culpa. Se había aislado y se había alejado de todo el mundo, incluida su hija. Tal vez Arthur tuviera razón y hubiera llegado el momento de reconectar. Ya casi se sentía preparada para ello.

Se puso una cazadora tejana y se calzó unas deportivas. Luego agarró el montón de ropa que iba a donar, y al cabo de un par de minutos estaba abajo, donde Ava y Tyla ya la esperaban.

—¿Dónde están los niños? —le preguntó a Tyla.

—Con Debbie. Dice que van a preparar juntos unas galletas y luego Arthur les dará otra clase de piano —respondió sonriendo.

Meredith se preguntó si merecía la pena arriesgarse a sufrir la ira de su marido volviendo al refugio, pero ella parecía pensar que sí y ya había tomado una decisión.

Condujeron hasta la Marina y pasaron el día en la escuela, cada una dedicada a las tareas que les asignaron. A Meredith volvieron a enviarla con los niños, para entretenerlos. Junto con otros voluntarios, les leyó cuentos, les dio de comer y los acostó a la hora de la siesta. Tyla fue asignada de nuevo al puesto de enfermería, y a Ava la mandaron esta vez a la cocina, donde ayudó a preparar enormes cacerolas de sopa y a fregar después los platos. Cuando se montaron en el coche para regresar a casa, las tres estaban agotadas.

—Estoy hecha polvo —admitió Meredith.

A lo largo del día, había pensado varias veces en la caja de Fabergé, tratando de visualizar a alguno de sus nuevos amigos robándola, pero le resultó imposible. Era algo que no podía concebir, sin más. Ni siquiera Peter, que era quien menos dinero tenía. Todos parecían gente honrada y no les pegaba nada sustraer un objeto valioso de su casa. No le entraba en la cabeza. Tenía la certeza de que la caja acabaría apareciendo y que eso demostraría que ella tenía razón, sobre todo ante Debbie, que creía que todos ellos eran unos ladrones que se estaban aprovechando de Meredith. Apreciaba lo protectora que se mostraba con ella, pero estaba convencida de que con ese grupo no hacía falta en absoluto.

Los hombres llegaron poco después que ellas, también exhaustos. Peter se había pasado por la Oficina de Servicios de Emergencia y había invitado a Charles Chapman a cenar con ellos. Le dijo a Meredith que esperaba que no le importara. Al contrario, la anfitriona se alegró mucho cuando lo vio aparecer. Incluso Andrew parecía más contento esa noche. No había parado de atender emergencias en el hospital y no hizo ningún comentario cuando Tyla le dijo que había vuelto al refugio.

Debbie había preparado una cena sencilla a base de pasta con albahaca que había cogido del pequeño huerto, y también había descongelado unos filetes por si a alguien le apetecía comer carne. Meredith se fijó en que Charles y Arthur se enfrascaron en una larga conversación. El coronel y Peter también parecían haberse hecho buenos amigos. Ella se pasó la cena hablando con Tyla y Ava sobre lo que habían hecho y visto ese día en el refugio. Resultaba agotador, pero también reconfortante poder ayudar a la gente.

Ya en los cafés, Charles fue a sentarse junto a Meredith.

—Bueno, ¿cómo te va con este hotel que te has montado? —le preguntó con una cálida sonrisa. Ya habían empezado a tutearse—. Arthur no ha parado de insistirme para que asista en noviembre a uno de sus conciertos en Shanghái. Y casi me ha convencido. ¿Tú vas a ir?

Ella se echó a reír.

—Shanghái queda un poco lejos para una mujer que ha estado oficialmente recluida durante catorce años.

—Te iría muy bien, y podría ser muy interesante. Va a tocar en un nuevo auditorio. Está claro que no ha bajado el ritmo. Este invierno tiene conciertos en París, Hong Kong y Sídney. Comparada con la suya, mi vida resulta vergonzosamente anodina. Por cierto, he oído que has estado trabajando en el refugio de la Marina.

—Sienta bien poder hacer algo para ayudar.

—A mí me parece que ya estás haciendo bastante aquí —comentó él sonriendo de nuevo. Luego añadió—: Confiamos en que la semana que viene se restablezca el suministro eléctrico en la zona.

—Tenemos suerte de contar con el generador. Y ya me he acostumbrado a moverme con las linternas por toda la casa.

—Hay partes de la ciudad que no volverán a tener electricidad hasta dentro de al menos seis meses.

—Hará falta un trabajo inmenso de reconstrucción —dijo Meredith con gesto pensativo—. Hay gente en el refugio que ha perdido su hogar y que no tenía seguro contra terremotos. Esos seguros son muy caros, y muchos no pueden pagarlos.

—A la ciudad le costará mucho recuperarse de esta catástrofe. En la Oficina de Servicios de Emergencia estamos sobrepasados. —Seguían desenterrando a personas de entre los escombros, y en el distrito financiero aún quedaban muchos empleados atrapados en los edificios. Los equipos de rescate trabajaban contra reloj para sacar a la gente antes de que fuera demasiado tarde. Las noticias estaban llenas de historias terribles—. En fin, cuando los restaurantes vuelvan a abrir, me gustaría invitarte a cenar. ¿Cómo encaja eso en la vida de una mujer «oficialmente recluida»? —preguntó él bromeando, y ella se rio.

—Hace solo una semana te habría dicho que no, pero parece que las cosas están cambiando. Mis vecinos han conseguido que salga por fin de mi encierro.

—Por suerte para mí.

Meredith se fijó en que Charles miraba de vez en cuando hacia donde estaba Debbie, acabando de recoger la cocina. Después de su conversación sobre la caja de Fabergé, apenas le había dirigido la palabra en toda la noche. Cuando acompañó a Charles por el patio hasta la verja, este le comentó algo al respecto.

—No sé si tengo derecho a decirte esto, pero la mujer que cuida de tu casa no me da muy buena espina. La he visto mirarte de forma muy rara toda la noche. No parece hacerle mucha gracia que hayas acogido a tus vecinos.

—Ninguna gracia, y a su marido, menos todavía. No están acostumbrados a que haya gente en casa. Es cierto que son un grupo numeroso, pero son todos encantadores. Y Will y Daphne son adorables y se portan muy bien. De hecho, esta mañana he tenido un pequeño enfrentamiento con Debbie. Está convencida de que uno de ellos ha robado un objeto valioso de la casa, pero a mí me resulta imposible creer algo así. Supongo que la pieza estará guardada en algún cajón. Debbie y Jack se muestran muy protectores conmigo. Hemos pasado por mucho juntos. Durante quince años han sido el único apoyo que he tenido, mis únicos amigos, y ahora les preocupa que alguien pueda aprovecharse de mí o busque mi compañía solo por ser quien soy. Pero esa no es la cuestión aquí. Esa gente necesita ayuda y un lugar donde quedarse, y todos ellos son personas discretas y respetables. Aunque, claro, esta situación supone mucho más trabajo para Jack y Debbie.

—Puede que esto te suene extraño, pero en ocasiones algunos empleados interinos tratan de tomar el control sobre la vida de la gente para la que trabajan e intentan aislarla del mundo exterior. Los papeles se intercambian, y de repente son ellos los que tienen la sartén por el mango. Cuesta de creer, pero es algo que les ha ocurrido a personas muy inteligentes y capaces. Ten cuidado, Meredith. Esa mujer me ha fulminado con la mirada varias veces, y prácticamente echaba humo cuando miraba a algunos de tus invitados. ¿Hasta qué punto confías en ellos?

—Absolutamente —repuso ella sin dudar.

—Tal vez ellos mismos hayan escondido el objeto para tratar de incriminar a alguien —sugirió Charles, y Meredith pareció escandalizada.

—Ellos nunca harían algo así. Cuando les contraté, presentaron unas referencias intachables, y en quince años no han causado el menor problema.

—Tan solo mantén los ojos abiertos —le aconsejó él con la mayor delicadeza posible.

Seguía pensando que había algo inquietante y siniestro en Debbie. Meredith era más vulnerable de lo que ella creía y había estado mucho tiempo a merced de sus empleados. Podían haberla manipulado y aislado sin que ella se diera cuenta. Tal vez le hubieran robado utilizando artimañas, e incluso podrían haber llegado a hacerle daño. No sería la primera celebridad a la que le ocurría algo así. Desde el primer momento en que los vio, Charles sintió una desconfianza casi visceral hacia la pareja. Se comportaban como si la casa fuera prácticamente suya.

—Estoy convencida de que volverán a relajarse cuando los invitados se vayan.

—¿Y cuándo crees que será eso?

—Cuando sus casas vuelvan a estar acondicionadas y sean seguras. Han resultado bastante afectadas, pero no corren riesgo de derrumbe. Llevan toda la semana llamando a compañías constructoras. Creo que Joel se reunirá con su contratista el lunes, y unos días más tarde irá un ingeniero a la casa de Arthur para evaluar los daños. —Meredith pareció vacilar un momento, luego le confesó—: Me gustaría que Tyla y los niños se queden el máximo de tiempo posible. Ya que hablamos de seguir nuestros instintos, tengo la impresión de que Andrew puede ser un hombre muy diferente del doctor encantador que vemos cuando está sentado a la mesa. Se muestra muy duro con su mujer. Le he oído decirle algunas cosas que no me han gustado nada, y Daphne me ha contado que él le pega. Si Tyla necesita ayuda, me gustaría controlar la situación de cerca para ver lo que está pasando en realidad.

Charles asintió mientras la escuchaba. Le entristecía mucho oír aquello, y también le conmovía ver lo preocupada que estaba Meredith por aquella mujer, a pesar de conocerla desde hacía tan poco tiempo. Y se mostró plenamente de acuerdo con ella.

—Resulta extraño, pero yo también he tenido la misma sensación respecto a él. Debajo de esa fachada simpática y amable, creo que se oculta un tipo muy violento. —Meredith asintió mientras abría la verja, y Charles le dio un abrazo afectuoso—. Para llevar tanto tiempo retirada del mundo, pareces tener muy buen ojo calando a la gente.

—Solía tenerlo —repuso en voz queda—. Puede que esté un poco desentrenada, pero quiero que estés tranquilo por mí. Créeme: Jack y Debbie son buena gente. Les confiaría mi vida.

—Espero que tengas razón.

Sin embargo, Charles no podía evitarlo: se preocupaba por ella. Meredith le gustaba y se daba cuenta de lo sola que estaba. Tenía una hija, pero vivía a cinco mil kilómetros y ambas se habían distanciado mucho. No contaba con nadie más salvo aquella pareja, de la que él no podía por menos que desconfiar.

Durante todo el camino hasta su casa, no dejó de pensar en Meredith. Se preguntó si acabaría aceptando su invitación a cenar. Quería pasar un rato a solas con ella sin tanta gente alrededor. Quería saber más de ella, qué era lo que la había llevado a recluirse. Y confiaba en que se reenganchara a la vida, por el bien de ella... y por el suyo.

Cuando se retiraron a su dormitorio esa noche, Tyla vio refulgir en los ojos de Andrew ese brillo que tan bien conocía. Los niños estaban en el cuarto de baño cepillándose los dientes, así que se habían quedado solos un momento. Andrew empezó a decirle algo sobre que hubiera regresado al refugio, y entonces ella se giró con una expresión que él nunca había visto en el rostro de su mujer. Y con un siseo que recordaba al de una serpiente, Tyla susurró:

—Si vuelves a ponerme la mano encima, si vuelves a pegarme, llamaré a la policía y les contaré a todos en esta casa lo que me has estado haciendo.

Él echó el brazo hacia atrás para golpearla, y en ese mismo instante comprendió que Tyla hablaba muy en serio.

—¿Con quién has estado hablando? —le preguntó, dando un paso amenazador hacia ella al tiempo que dejaba caer el brazo.

—No me ha hecho falta hablar con nadie. No pienso dejar que vuelvas a pegarme nunca.

Lo dijo con una voz muy clara y firme, llena de frialdad. En ese momento, los niños salieron del cuarto de baño. Andrew no dijo nada más. Se metió en la cama, dio la espalda a su mujer y no se atrevió a tocarla en toda la noche.

6

Diez días después del terremoto, Arthur fue el primero en conseguir que un contratista de obras fuera a su casa para evaluar los daños. Logró convencerle jugando sabiamente las cartas de la edad avanzada y de la ceguera, y alegando también que tenía que preparar un concierto que iba a dar dos semanas más tarde. Había profundas grietas en varios techos, dos de los cuales tendrían que ser arrancados y reforzados. La bañera se había rajado por la mitad, los armarios de la cocina se habían descolgado de las paredes y todos los platos se habían roto. Algunos suelos se habían levantado, y varias lámparas y apliques colgaban de los cables. En medio de aquel desastre, el magnífico piano de Arthur se había salvado de forma milagrosa: estaba intacto. Su asistente, Frieda, había contratado a un equipo de limpieza para recoger los destrozos y los cristales rotos, y también había hecho una lista de los muebles que necesitaban ser reparados o reemplazados. Era una mujer ya mayor pero muy eficiente. Cuando Peter llegaba por las noches echaba una mano al equipo de limpieza.

El contratista calculó que las obras llevarían de dos a tres semanas, pero, en cuanto arreglaran las ventanas y cambiaran la bañera, Arthur podría volver a su casa mientras los obreros terminaban el trabajo. El anciano estaba deseando hacerlo, porque quería ensayar para el concierto con su propio piano.

Y había invitado a todo el grupo, ya que se celebraría en San Francisco.

Instalaron toda la cristalería y la bañera en un tiempo récord y, dos semanas después del seísmo, Arthur le dijo a Meredith con gran pesar que al día siguiente regresaría a su casa. Dos días antes, se había restablecido el suministro eléctrico en toda la calle, aunque a solo tres manzanas continuaban sin electricidad. Habían revisado los conductos de gas de todas las casas y no habían sufrido daños, así que volvían a tener luz y gas. Arthur se mostró sinceramente apenado por dejar al grupo. Después de todo lo que habían pasado juntos tras el terremoto, se habían convertido en una familia.

La noche antes de su partida, Meredith organizó una cena en su honor. Había planificado el menú de forma cuidadosa, ya que la mayoría de las tiendas y negocios habían vuelto a abrir sus puertas. Debbie seguía mostrando una actitud gélida con Meredith. Llevaba así desde que ella se había negado a creer que uno de sus vecinos hubiera robado la caja de Fabergé, que aún no había aparecido. Sin embargo, Meredith decidió no hacerle mucho caso. Tenía cosas más importantes de las que preocuparse.

La cena de despedida de Arthur y Peter se celebró en un ambiente de lo más festivo. Meredith sirvió sus vinos más exquisitos y su mejor champán, algo que irritó sobremanera a Jack. Se comportaba como si aquellos excelentes caldos hubieran salido de su propia bodega. De vez en cuando, él y Debbie se bebían a escondidas algunos de los mejores reservas de Meredith y con el tiempo se habían convertido en expertos conocedores de los burdeos franceses. Él prefería el Lynch-Bages, mientras que ella se decantaba por el Château Margaux.

Arthur se mostró conmovido por todas las molestias que se había tomado Meredith y, como ya había electricidad, cenaron en el comedor. Fue un banquete de lo más elegante y fastuoso, pese a que todos iban vestidos con los vaqueros, los jerséis y la ropa práctica que habían llevado durante las dos últimas semanas. Y, muy a su pesar, Debbie preparó una cena deliciosa. Para entonces Meredith ya sabía cuáles eran los platos favoritos de cada uno y había ido en persona a comprar lo que sabía que más le gustaría a Arthur. Al día siguiente, Meredith, Jack y Peter ayudaron al anciano a trasladarse a su casa. Los trabajos de reparación seguían en marcha y había obreros por todas partes, pero Arthur pareció extasiado cuando se sentó ante su amado piano de cola.

Ava se quedó muy abatida por la marcha de Peter, pero todas las noches iba a verle con la excusa de ayudar a Arthur. Y, cinco días más tarde, ella y Joel también regresaron a su casa. Prácticamente la habían tirado abajo y la estaban reconstruyendo. De modo que, tres semanas después del terremoto, en la mansión de Meredith solo quedaban Tyla, Andrew y los niños. Habían tenido problemas para encontrar un contratista, pero al final contactaron con una pequeña empresa de reformas que consiguió tener su casa lista justo un mes después del seísmo. Y entonces también se fueron.

Meredith ayudó a Tyla y a los niños a instalarse, y al regresar a la mansión y encontrarla vacía, se sintió totalmente desolada. Esa noche cenó sola en su estudio y apenas probó bocado. Debbie se ofendió mucho cuando declinó cenar con ellos en la cocina, pero Meredith había perdido la costumbre de compartir sus veladas con la pareja. Solo podía pensar en Will y en Daphne, y estaba terriblemente preocupada por Tyla. Andrew había vuelto a su horario normal de trabajo y parecía de mejor humor, pero por las noches, cuando estuviera a solas con Tyla, quién sabe lo que sería capaz de hacer. Si bien Daphne le había contado que su padre pegaba a su madre, la propia Tyla aún no se lo había confesado.

Lo único que la animaba un poco era la perspectiva de asistir al concierto de Arthur en el Davies Symphony Hall, que tendría lugar al día siguiente. Habían quedado en que, después del recital, irían todos a cenar. Meredith invitó a Charles Chapman a unirse a ellos y él aceptó encantado. La Oficina de Servicios de Emergencia continuaba saturada de trabajo, aunque, según comentó el coronel, las cosas empezaban a relajarse un poco. Seguían intentando ayudar a la gente a encontrar alojamiento a corto y largo plazo, a medida que los refugios iban cerrando y las escuelas abrían de nuevo, algunas en instalaciones provisionales del gobierno. Así pues, Meredith fue volviendo poco a poco a su tranquila vida de aislamiento. De vez en cuando se pasaba por casa de Arthur, y se había fijado en que Ava también iba por allí siempre que Joel estaba ocupado en el centro o fuera de la ciudad. La noche del concierto, la joven lucía increíblemente sexy con un vestido negro corto que realzaba su generoso pecho y dejaba al descubierto sus largas piernas. Peter se quedó anonadado al verla.

La actuación de Arthur fue soberbia, y después cenaron en un restaurante griego que les encantó a todos. Pasaron una velada estupenda y fueron los últimos en abandonar el local. Luego fueron a casa de Meredith a tomar unas copas. Andrew y Tyla no pudieron ir, ya que la canguro que cuidaba de los niños tenía que marcharse temprano. Hacia las dos de la mañana, Arthur reconoció por fin que estaba cansado y Peter le acompañó a casa y lo ayudó a acostarse. Luego regresó a la mansión para continuar la fiesta con los demás. En el último mes se habían convertido en una pequeña familia, y Tyla había pensado en invitar a cenar a Meredith cuando Andrew se lo permitiera.

A la mañana siguiente, para tantear el terreno, Tyla le dijo a su marido que Meredith iría a cenar esa noche.

—¿Otra vez? ¿Y eso por qué?

—Hemos estado viviendo un mes en su casa y ahora está sola. Lo menos que podemos hacer es invitarla a cenar de vez en cuando.

—¿Es que no la has visto suficiente ya? ¿Por qué no le pides que se mude con nosotros? —preguntó con brusquedad cerrando de un portazo la puerta del dormitorio antes de arreglarse para ir a trabajar.

El día había empezado mal, pero al menos no le había prohibido invitarla. Cuando llegó a la casa, Meredith notó la tensión que flotaba en el ambiente. Tyla parecía muy nerviosa mientras servía los platos de la cena. Andrew se puso furioso al ver que se le había quemado el arroz y gritó a Will para que quitara los codos de la mesa. Daphne abrazaba con fuerza a su muñeca Martha. Meredith se había fijado en que lo hacía cuando estaba angustiada. Los días después de que su padre pegara a su madre, la niña no soltaba la muñeca en ningún momento. Era esos mismos días cuando Will sufría aquellos dolores de estómago que le impedían ir a la escuela, para poder quedarse en casa con su madre.

Meredith había llegado tarde a casa de los Johnson porque Debbie le había montado una escena cuando vio que se disponía a marcharse.

—¿Vas a salir otra vez? ¿Por qué no me has avisado? Te había preparado tu cena favorita.

Parecía a punto de llorar, y Meredith se sintió fatal por haber herido sus sentimientos.

—Esta mañana te he dejado una nota en la cocina —le dijo con suavidad.

—Pues no la he visto.

Y entonces montó el numerito de arrojar toda la cena a la basura, lo cual hizo que Meredith tuviera que deshacerse en disculpas con Debbie y llegara veinte minutos tarde a casa de los Johnson. Cuando por fin se marchó, Debbie se quedó sola en la cocina, sintiéndose como si le hubieran asestado una cuchillada mortal. Jack abrió una botella de Château Margaux, el vino favorito de Debbie, quien, a escondidas, había guardado en el horno algo de cena para los dos.

—Acabará cansándose de ellos —la tranquilizó Jack—, o ellos se cansarán de ella. No soportarán tener a una mujer mayor siempre alrededor, y Meredith también se hartará de ir a la casa de un vejestorio de ochenta y dos años. Peter y Ava querrán verse a escondidas y no les hará ninguna gracia tener público para su amor furtivo. Y lo único que le apetece a Joel es sexo a todas horas, así que tampoco querrá que Meredith esté constantemente por medio.

—¿Y qué pasa con el coronel? —le preguntó Debbie con expresión preocupada, mientras daban buena cuenta del vino y de la cena—. Parece muy interesado en ella.

No se fiaba de aquel hombre. Siempre les estaba observando, como si sospechara de ellos.

—Meredith es mucho mayor que él. ¿Cuánto crees que puede durar eso? —comentó Jack con cinismo—. Ese le ha echado el ojo a Ava. También quiere tirársela.

—Y ella a quien quiere es a Peter —dijo Debbie, y se echó a reír—. Tienen montado un follón entre ellos que no veas. Pero tienes razón: no tardarán en cansarse unos de otros y Meredith volverá arrastrándose con nosotros —concluyó, cada vez más borracha.

Entretanto, Meredith seguía cenando en casa de los Johnson. El ambiente fue de lo más tenso durante toda la velada y, para no empeorar la situación, volvió a su casa en cuanto los niños se acostaron. Mientras subía por la calle, la mansión se veía muy tranquila, y solo había luz en el apartamento de Jack y Debbie. Esperaba que ella ya la hubiera perdonado por haber tenido que tirar la cena que le había preparado. No soportaba que se enfadara con ella. Sabía que había sido un mes muy duro para ellos, con tanta gente en la casa, y después de que los invitados se marcharan les había dado algunos días libres. Para Meredith habían sido unas semanas muy buenas, pero para Jack y para Debbie habían resultado muy estresantes y se habían comportado como si hubieran visto invadida su propia casa. No había olvidado las palabras de Charles sobre ellos, pero sabía que sus advertencias eran exageradas y que los había juzgado mal. Puede que se hubieran mostrado bastante malhumorados e incluso groseros, pero no eran mala gente.

Seguía pensando en Charles cuando le sonó el teléfono. Eran solo las nueve, y quien llamaba era precisamente él, que quería ver cómo estaba y darle las gracias por haberle invitado al concierto de Arthur.

—¿Cómo lo estás llevando sin tus invitados? —le preguntó.

—Los echo de menos. Esta noche he cenado con Tyla, Andrew y los niños.

—¿Y cómo ha ido?

—Ha sido muy tenso —respondió con un suspiro—. Estoy muy preocupada por Tyla y los pequeños. Es como vivir en la ladera de un volcán. Ella sigue afirmando que todo va bien, pero yo sé que no es verdad. Andrew se ha puesto furioso porque se le había quemado el arroz. Y la pobre Daphne parece aterrorizada cuando él está cerca. Me gustaría volver a acogerlos en casa.

—Pero, antes de que lo hagas, ¿qué me dices de cenar mañana conmigo? Si lo prefieres, también puedes acogerme en tu casa —añadió, y ella se echó a reír.

Nunca habían cenado solos, y ella se sentía un poco nerviosa al respecto. Tal como lo había planteado Charles, parecía que le estuviera proponiendo una cita y Meredith no sabía si estaba preparada para ello. No había vuelto a salir con nadie desde que se casó con Scott y se sentía un poco ridícula teniendo una cita a su edad, sobre todo con un hombre ocho años menor que ella. Quería que fueran solo amigos y pensaba que lo mejor era que su relación no fuera más allá, pero le daba un poco de vergüenza decírselo.

—¿Te sentirás cómoda yendo a un restaurante o crees que todo el mundo te reconocerá?

—No estoy muy segura. No salgo mucho, prácticamente nunca.

La noche anterior había visto que algunas cabezas se giraban en el auditorio y en el restaurante griego, pero nadie la había molestado. Se habían limitado a quedarse mirándola y a cuchichear. Su aspecto no había cambiado mucho desde que dejara de rodar películas y se la reconocía con facilidad, sobre todo cuando se arreglaba para salir como en esa ocasión. Pero no había nada ostentoso en su estilo, sino que siempre exhibía una elegancia natural. Se había puesto un sencillo vestido negro, con el pelo recogido y unos pendientes de diamantes. Por un momento, Charles se había sentido abrumado al darse cuenta de que estaba acompañando a la mismísima Meredith White, pero era una persona tan abierta y agradable que resultaba fácil olvidar que se trataba de una gran estrella y un icono del séptimo arte. En cierto sentido, su celebridad se había visto acrecentada por el halo de misterio que la envolvía tras haberse retirado de la vida pública.

—Conozco un pequeño restaurante italiano en la zona de las Avenidas. Allí nadie te molestará. ¿O prefieres ir a un sitio más sofisticado?

—Soy una chica de pizza y hamburguesas —contestó con sencillez.

—Haces que todo resulte tan fácil... También puedo prepararte algo en mi casa. En los últimos dos años, me he convertido en un cocinero aceptable.

—Si quieres, también podemos cenar aquí —sugirió ella.

Pero a él no le gustó la idea. Quería mantenerse alejado de las miradas vigilantes y recelosas de sus empleados, y que lo suyo fuera una auténtica cita.

—Ya se me ocurrirá algo. ¿Te va bien que te recoja a las ocho?

—Perfecto —respondió, aunque se arrepintió nada más colgar.

No creía que fuera buena idea tener una cita. Todo eso pertenecía al pasado, o al menos había sido así durante los últimos catorce años. Sin embargo, casi contra su voluntad, estaba empezando a salir poco a poco de su retiro.

A la mañana siguiente, se cuidó mucho de avisar a Debbie de que, por tercera noche consecutiva, saldría de nuevo a cenar. Sentía un poco de vértigo ante la idea. Lamentaba haber aceptado la invitación de Charles y pensaba dejarle muy clara su posición durante la cena: podían ser amigos, pero nada más. A su edad no estaba interesada en mantener una relación sentimental. Seguía pensando en todo ello cuando fue a la droguería para comprar pasta de dientes y quitaesmalte. Ya había encontrado lo que necesitaba cuando a punto estuvo de chocarse con Tyla, que llevaba un bote de base de maquillaje y una bolsa de hielo. Meredith se quedó de piedra al ver el moratón que tenía en la mejilla y que no estaba allí la noche anterior. Tyla pareció muy avergonzada y giró la cara de inmediato.

—Anoche me di con la puerta del lavabo —se apresuró a decir—. Andrew la había dejado entornada y me choqué sin darme cuenta.

—¿Te encuentras bien? —le preguntó Meredith mientras se dirigían hacia la caja.

—Estoy bien. Pero siento mucho que la cena de anoche estuviera tan mala. Después de estar viviendo un mes en tu casa a cuerpo de rey, hasta me he olvidado de cómo cocinar.

Tyla le sonrió, y Meredith se fijó en que también tenía el labio ligeramente hinchado.

—La cena estaba muy buena. Pensaba llamarte más tarde para darte las gracias. Pero, Tyla, estoy muy preocupada por ti.

—No tienes por qué. Estamos bien. Sé que debo de tener una pinta horrible, pero es que enseguida me salen moratones. Siempre estoy dando traspiés y chocándome con todo.

Meredith se puso enferma al escuchar cómo trataba de justificar la situación. Y estaba segura de que sus hijos sentían lo mismo.

—Tyla, no puedes consentir que nadie te haga daño —dijo Meredith, tratando de dejarle claro que no la estaba juzgando.

—Andrew no me pega —saltó al momento, intentando defenderle.

Tyla sabía que, si se lo contaba a alguien, la mataría, como había jurado que haría. Y si le abandonaba, ¿adónde iría, qué podría hacer? No podía privar a sus hijos de su padre. Ellos también lo necesitaban.

Hablaron un poco más y luego Tyla se marchó a toda prisa alegando que tenía que ir a recoger a los niños a la escuela.

Meredith seguía angustiada por ella mientras se arreglaba para salir a cenar. Cuando Charles fue a recogerla para llevarla al restaurante italiano del que le había hablado, se dio cuenta enseguida de que había algo que la preocupaba. Ella se lo contó todo durante la cena. Él se quedó también muy afectado y comentó que la persona que más defendía a un maltratador era su propia víctima.

—No sé qué hacer para ayudarla. Ella nunca reconocerá que Andrew le pega.

—No puedes hacer nada hasta que ella lo admita —dijo él, y luego cambiaron de tema. Charles sabía mucho de cine y había visto todas sus películas. Le confesó que, cuando ingresó en las Fuerzas Aéreas, había estado enamorado de ella—. No era más que un chaval, y tú también eras muy joven. Nunca llegué a imaginar que un día estaría cenando contigo. —Luego le habló de su distinguida carrera en el ejército: las misiones de vuelo en las que había participado y los años como oficial de inteligencia, que le habían llevado finalmente al Pentágono. Su hijo había ingresado en la academia de West Point y también era militar, mientras que su hija trabajaba como piloto privado para una importante corporación y vivía en Texas.

Estaba casada con un piloto de aerolíneas comerciales y tenían dos hijos—. Supongo que le metí el gusanillo del vuelo cuando era pequeña —añadió en tono orgulloso.

—Tal vez sea hereditario. Yo apenas conozco a mi nieta, pero por lo visto también quiere convertirse en actriz.

—¿Echas de menos todo aquello?

—A veces, aunque ya no mucho. Fue otra etapa de mi vida. Me encantaba rodar películas, era muy emocionante. Pero entonces lo dejé. Lo dejé todo... cuando murió mi hijo.

Meredith le miró con unos ojos que contaban por sí solos toda su historia de pérdida y dolor infinito, y Charles no la presionó para que continuara hablando del tema.

—¿Volverás a actuar alguna vez? —le preguntó, y ella negó con la cabeza.

—No. Ya es demasiado tarde. —Y entonces se acordó de Arthur diciéndole que nunca era demasiado tarde—. Ni siquiera estoy segura de si sabría cómo hacerlo o si lo haría bien. Ha pasado mucho tiempo, y ya no hay buenos papeles para mujeres de mi edad.

—Si quisieras, podrías regresar a lo grande. Hasta los niños que no han visto tus películas saben tu nombre.

—Es el único trabajo que he hecho y amado en mi vida. Me encantaba actuar —dijo Meredith, y se le iluminaron los ojos. Era la primera vez en años que lo admitía, incluso ante sí misma—. Pero me vi incapaz de hacerlo después de que Justin muriera. Me parecía algo demasiado insignificante, comparado con haber perdido a mi hijo.

—La mayoría de los trabajos son insignificantes —dijo él con delicadeza—, a menos que salven vidas o curen el cáncer. Yo disfrutaba mucho volando, y mi hija también disfruta. Pero nuestros trabajos no ayudan a cambiar el mundo. Solo nos pagan por hacer algo que nos gusta.

Charles tenía una manera sencilla y práctica de ver las cosas que a Meredith le encantaba. Admiraba el hecho de que se hubiera ofrecido voluntario para colaborar con los servicios de emergencia y que hubiera tenido el valor de trasladarse a San Francisco, sin conocer a nadie, para empezar una nueva vida y fundar su propio negocio. Mientras que ella se había aislado del mundo, la reacción de Charles ante el dolor por la pérdida de su mujer había sido emprender algo diferente. Había sido mucho más valiente que Meredith. En la actualidad era propietario de una compañía de seguridad privada que ofrecía protección a gente muy importante. Se trataba de una agencia pequeña con una clientela muy selecta, y Charles disfrutaba mucho con el trabajo.

La cena estaba tan deliciosa como le había prometido, y el tiempo se les pasó volando. Meredith se dio cuenta de lo a gusto que se sentía con él. Era como estar con un viejo amigo y no con alguien al que prácticamente acababa de conocer. No había tenido que contarle toda su historia. Él ya sabía la mayor parte, y el resto podía adivinarlo. Se notaba que era una persona muy intuitiva y que se sentía muy satisfecho con su vida y consigo mismo. Cuando la llevaba en el coche de vuelta a casa, Meredith cayó en la cuenta de que había olvidado decirle que no quería salir con él en plan romántico. El pensamiento le hizo reír.

—¿Qué te hace tanta gracia? —le preguntó él mientras se detenían en un semáforo.

—Pensaba decirte que no quería iniciar una relación contigo, que soy demasiado mayor para salir con nadie, y demasiado mayor para ti —respondió sonriendo.

—¿Y eso es gracioso? —repuso él con expresión seria.

—Es que lo he pasado tan bien contigo que se me ha olvidado decírtelo.

Entonces él también se echó a reír.

—Y ahora ¿qué piensas?

—Que sigo siendo demasiado mayor, pero he pasado una velada estupenda. Me gusta estar contigo.

Charles pareció encantado de oír aquello.

—Y a mí contigo. ¿Lo dejamos ahí, sin necesidad de tomar grandes decisiones por el momento? Por cierto, no eres tan mayor. Y me trae sin cuidado la edad que tengas. Mi esposa era cinco años mayor que yo, y nunca fue un problema para nosotros. Y ocho años tampoco supone una gran diferencia. Además, estás estupenda. Así que ¿podemos tachar ese punto de la lista?

—Por lo visto, sí —contestó ella con una gran sonrisa.

—¿Algo más serio que objetar? Tengo la impresión de que tu estatus de reclusa oficial corre serio peligro. Hace dos noches fuiste a un concierto y hoy has salido a cenar. Así que esa excusa también resulta bastante endeble. Relajémonos y veamos adónde nos lleva todo esto. ¿Qué te parece?

—Interesante —dijo ella con expresión pícara.

Cuando llegaron ante las puertas de la mansión, Meredith sacó el mando de su bolso, abrió la verja y entraron. Cuando Charles detuvo el coche, se inclinó hacia ella y la besó. A Meredith le sorprendió la sensación: de repente volvió a sentirse joven y con nuevas esperanzas para el futuro. No se había sentido así en años. Antes estaba convencida de que la mejor parte de su vida había quedado atrás, pero ya no lo tenía tan claro.

—Me encanta estar contigo, Meredith —dijo Charles con ternura.

—Y a mí contigo —susurró ella.

Él volvió a besarla y entonces apareció un guardia nocturno, que esperó con discreción a que salieran del coche y se quedó en el patio. Hasta entonces Charles no se había percatado de las estrictas medidas de seguridad que la rodeaban.

—No sé cuánto tardaré en acostumbrarme a estar con alguien tan famoso —dijo mientras la acompañaba al interior de la casa. Se despidió de ella en el vestíbulo—. Te llamo mañana —le prometió.

Ella supo que lo haría. Y lo mejor de todo era que quería que lo hiciera. Charles se marchó, y Meredith se dirigió a su habitación con una sonrisa en la cara y, mientras subía las escaleras, fueron quedando atrás todos aquellos años perdidos, y con ellos las pesadas cargas que había acarreado durante tanto tiempo. De pronto volvía a sentirse joven. Se preguntó si, después de todo, Arthur tendría razón. Nunca era demasiado tarde. Por fin se daba cuenta.

7

La noche en que Meredith y Charles salieron a cenar, Ava se pasó por la casa de Arthur para devolverle a Peter su manuscrito. Le dijo que le había encantado, que la historia le parecía fascinante y los personajes estaban muy logrados. No había podido parar de leerlo y, cuando se veía obligada a dejarlo, estaba deseando retomarlo. Peter se emocionó mucho al oír aquello.

—Eres la única persona a la que se lo he dejado leer —dijo él muy nervioso.

Seguían hablando en el vestíbulo cuando Arthur llamó desde la planta de arriba preguntando quién era.

—Es Ava —contestó Peter. Esperó que no le importara, pues Ava no había llamado para avisar de que iba a pasarse.

—Dile que suba —indicó el anciano a modo de respuesta.

Ella siguió a Peter por las escaleras y entraron en la estancia que Arthur utilizaba como estudio y que estaba presidida por su impresionante piano. Era la primera sala que Peter y el equipo de limpieza habían adecentado, ya que era donde más le gustaba estar. Ava le saludó de forma cariñosa y se disculpó por haberse presentado sin avisar.

—Puedes venir a esta casa siempre que quieras —le dijo él en tono afectuoso.

Ella le besó en la mejilla y Arthur aspiró la exótica fragancia de su perfume. Incluso sin verla, era consciente de la sensualidad que emanaba de aquella mujer. Podía percibirla en su manera de hablar, en el timbre ligeramente ronco de su voz, y en el largo y sedoso cabello que le rozó la mejilla cuando lo besó y que Peter no podía dejar de mirar fascinado. El joven contaba además con la ventaja de contemplar su espectacular figura, algo que el anciano no podía hacer.

—¿Por qué no vais al salón a jugar a algo o a hacer lo que os apetezca? —les dijo Arthur.

Peter pareció un tanto azorado. Le habría gustado llevarla a su habitación, pero no se atrevía.

Estuvieron en el salón charlando mientras oían el piano de Arthur de fondo. Les sorprendió lo rápido que había pasado el tiempo cuando, dos horas más tarde, Ava echó un vistazo a su reloj con expresión consternada.

—Será mejor que me vaya. Joel tenía una reunión a última hora y ya estará en casa. Le gusta encontrarme allí cuando llega del trabajo.

Joel no era poco razonable ni excesivamente posesivo, pero estaba con Ava por una sola razón y no iba a dejar que lo olvidara nunca. Vivía con ella porque disfrutaba de su compañía y, sobre todo, de su cuerpo. Por lo general, en cuanto entraba por la puerta, quería hacerle el amor. Al principio Ava se había sentido muy halagada por aquella pasión, pero en esos momentos se daba cuenta de que tenía más que ver con la satisfacción de sus necesidades primarias que con la expresión de unos sentimientos más profundos hacia ella. Joel nunca estaba con una mujer más de dos años, y Ava era consciente de que su fecha de caducidad se acercaba.

Él le había abierto nuevos horizontes y se había mostrado muy generoso con ella, pero quería tenerla a su entera disposición. Joel no quería acostarse con alguien que trabajara para él, así que la había obligado a dejar el empleo y se lo había compensado ofreciéndole un lujoso estilo de vida.

Le había dejado muy claro desde el principio que el matrimonio no era una opción y que su relación no tenía futuro. Joel ya había caído una vez en la trampa y había aprendido la lección. Después de su divorcio, había decidido vivir al día y pasar página en cuanto la relación se volviera demasiado exigente, sensiblera o aburrida. Ava no estaba con él por su dinero, sino porque la suya era una relación excitante y divertida. Joel era sexy y atractivo, y la diferencia de edad también era un aliciente. Era un hombre ya maduro, y no un jovencito bisoño con el que pasar el rato. Y había cumplido con todo lo que le había prometido. Sin embargo, en el último año, Ava se había sentido como poco más que un cuerpo que él pagaba con su dinero. No le exigía nada raro en la cama, pero se comportaba como si fuera de su propiedad. Y el mensaje tácito de que era desechable no dejaba de estar presente.

Ava se había planteado dejarle varias veces, pero nunca encontraba el momento oportuno. Siempre había algún viaje fantástico de por medio, o él estaba tratando de cerrar un complicado acuerdo y no le parecía justo abandonarle en esa situación, o llegaba alguna fecha señalada como su cumpleaños o las Navidades. ¿Y qué iba a hacer ella si le dejaba? Vivía en una casa fabulosa y llevaba dos años sin trabajar, lo cual costaría de explicar si se ponía a buscar empleo. Él le había prometido que, cuando se separaran, daría referencias de ella diciendo que había trabajado como su asistente personal, pero todo el mundo sabía que la suya no había sido una relación profesional. Ava había conocido a todos sus contactos de negocios en los numerosos eventos sociales a los que habían acudido juntos, y siempre había cumplido con su parte del trato, exhibiéndose despampanante y haciendo que todos los hombres sintieran envidia de Joel. Ava apreciaba mucho lo que hacía por ella y le apoyaba en todo con una disposición alegre y generosa. Y en más de una ocasión él le había dicho que, si no fuera totalmente contrario al matrimonio, hasta podría llegar a casarse con ella.

Sin embargo, prefería su vida de soltero, con toda aquella sucesión de mujeres jóvenes y deslumbrantes. Sabía que, si se casaba con Ava, acabaría sintiendo que se estaba perdiendo algo de la vida, y al final su afán de curiosidad se impondría y terminaría engañándola. Todo se desmoronaría y él tendría que pagarle una casa y pasarle una pensión, y acabarían odiándose, como había ocurrido con sus padres, y también entre él y su exmujer. No quería volver a pasar por aquello. En su opinión, el matrimonio lo arruinaba todo. Ava no creía que él la engañara, aunque no podía poner la mano en el fuego. Si la engañaba, era de lo más cuidadoso. Al principio había creído que le amaba, pero ya no estaba segura. Su relación era un arreglo que les había funcionado a ambos, pero ya no. A sus veintinueve años, Ava sentía que estaba llegando a una encrucijada en la vida. Quería casarse algún día, y tener hijos y su propio hogar.

Joel no era el hombre con el que quería pasar el resto de su vida, y en ese momento lo tenía más claro que nunca. Desde que había conocido a Peter, se había quedado totalmente prendada de él. Era apenas diez años más joven que Joel, pero parecía un muchacho en comparación. Su sueño era convertirse en un gran escritor y, entretanto, se ganaba la vida como podía con un par de trabajillos. Peter era muy consciente de que no iba a ganar dinero con la escritura en muchos años, tal vez nunca. Le costaba mantenerse a sí mismo, y tampoco podría mantener a Ava, pero a ella no le importaba. Quería pasar con Peter todo el tiempo que pudiera. Soñaba con él por las noches y se quedaba sin aliento cuando le veía entrar en la habitación. Pensaba que era el hombre más guapo y sexy que había visto en su vida. Sin embargo, lo que Ava no sabía era cómo podrían arreglar su situación. Peter necesitaba su trabajo con Arthur para poder continuar escribiendo, pues hasta el momento no había conseguido ganar ningún dinero con ello, salvo con algunos artículos publicados en revistas literarias marginales. Su carrera como escritor aún no había despegado, y la suya como modelo llevaba aparcada un par de años. Y todavía le quedaba algún tiempo para acabar los estudios e intentar ganarse la vida como diseñadora gráfica.

Ninguno de los dos tenía apartamento propio. Él vivía en un pequeño cuarto en el desván de Arthur. Habían hablado de ello, y Peter estaba convencido de que el anciano no dejaría que ella viviera allí con él. Ava no sabía qué hacer: si esperar a que Joel pusiera fin a su relación en los próximos meses, lo cual parecía inevitable; o si debía lanzarse de cabeza a la piscina y abandonarlo, pedir a Peter que dejara su refugio seguro con Arthur, buscarse un apartamento juntos e intentar conseguir mejores trabajos que los que tenían antes. Peter había desarrollado un estrecho vínculo de lealtad hacia Arthur. Sentía mucho aprecio por el anciano y no quería fallarle. Y cuando Ava había iniciado su relación con Joel tenía solo veintisiete años, y, ya con veintinueve, no quería precipitarse y cometer más errores.

Peter la besó y la estrechó con fuerza entre sus brazos.

—¿Qué vamos a hacer? —le susurró con lágrimas en los ojos—. No soporto que tengas que volver con él.

Mientras estaban en la casa de Meredith no habían hecho el amor, ya que Ava no quería acostarse con otro hombre sin antes poner fin a su relación con Joel. Estaba enamorada de Peter, pero vivía con Joel. Su situación había sido soportable e incluso divertida, pero a raíz del terremoto todo había cambiado. Al principio le bastaba con poder ver a Peter todos los días, aunque por las noches, en la cama con Joel, ansiaba su presencia y fantaseaba con él. Sin embargo, ya no soportaba estar apartada de él, a solo dos casas de distancia. Y Peter creía que también se volvería loco pensando en ella.

—Tal vez debería avisar a Arthur de que me estoy planteando dejar el trabajo —dijo él en tono desdichado.

Había llegado a querer a Arthur casi como a un padre, y sabía que el anciano le necesitaba, que necesitaba a alguien que cuidara de él y le hiciera la vida más fácil. Pero también quería estar con Ava. Se veía casándose con ella algún día, si es que antes no le echaba el ojo otro tipo con un Ferrari.

—Ya encontraremos una solución —dijo ella, tratando de tranquilizarle.

Se conocían desde hacía apenas un mes, pero ya se sentían como si llevaran toda la vida juntos. Pese a que Peter odiaba que ella estuviera con Joel, sabía que, desde un punto de vista material, él no tenía nada que ofrecerle. Era, literalmente, un escritor muerto de hambre que vivía en un cuchitril. Puede que en las novelas quedara muy pintoresco, pero no en la vida real.

La acompañó hasta la entrada y, tras prolongar la despedida unos minutos más, Ava se marchó por fin. Peter volvió a subir al estudio para ver cómo estaba Arthur. El anciano se encontraba sentado a su escritorio, leyendo algunos documentos en braille, y alzó la cabeza cuando le oyó entrar en la estancia. A pesar de su avanzada edad, tenía un oído muy agudo que le ayudaba a compensar la falta de visión. A veces bromeaba acerca de ello diciendo que, gracias a Dios, no era sordo como Beethoven. En cierto sentido, su discapacidad era más llevadera porque no había nacido ciego y, al menos, sabía qué aspecto tenían las cosas.

—¿Va todo bien? —le preguntó Peter.

El anciano percibió la tristeza en su voz pese al tono alegre con que intentaba disimularla. Sabía que estaba preocupado y adivinaba el motivo, como le había comentado a Meredith.

—Acércate y siéntate un rato, hijo. Yo estoy bien, pero ¿y tú? ¿Qué pasa entre vosotros dos?

Ambos sabían que se refería a Ava. En ese momento era el único pensamiento que ocupaba su mente, por encima incluso de su inacabada novela. Había conocido a Ava, y ya sabía cómo acabaría. Le había contado a ella el final, pese a que aún no lo había escrito.

—No pasa nada entre nosotros —respondió Peter, pero su voz sonó más grave, y Arthur también lo notó—. Lo nuestro es imposible. Y para ella también es una situación muy delicada. Yo no tengo nada que ofrecerle, mientras que con Joel puede tenerlo todo.

—¿Está enamorada de él? —preguntó Arthur.

Esa era la clave de la cuestión.

Peter vaciló.

—Ella dice que no. Nosotros estamos enamorados, pero con eso no basta. Y mi conciencia me impide animarla a que lo deje. Él puede ofrecerle todo lo que desee, mientras que yo no puedo darle nada y seguramente nunca podré. Nunca ganaré tanto dinero como él.

—Joel no la ama —dijo Arthur con absoluta certeza.

—¿Cómo lo sabe? —preguntó Peter, intrigado.

Arthur tenía un sorprendente instinto para calar a la gente que iba más allá de la visión.

—Puedo oírlo. Se divierte con Ava, pero para él es alguien prescindible y algún día se deshará de ella, es probable que antes de lo que ella se espera. Es la clase de hombre que piensa que las mujeres son objetos con los que jugar. Y ella tampoco está enamorada de Joel, eso también puedo oírlo. Al principio debió de sentirse impresionada y deslumbrada por estar con alguien como él. Pero esas cosas no duran. Lo que vosotros tenéis son posibilidades, esperanzas, sueños. Y eso es algo que vale la pena explorar, si encontráis la manera apropiada de hacerlo. Nada más lejos de mi intención que provocar a un amante despechado y celoso para que me pegue un tiro, pero, si quieres pasar tiempo con ella de vez en cuando, podéis hacerlo aquí. Confío en que sabrás manejar la situación y que seguirás prestando atención a mis necesidades. Puedes estar aquí con ella siempre que quieras. —El rostro de Peter se iluminó como el de un niño la mañana de Navidad, y Arthur no necesitó verle la cara para saberlo—. Espero que ella sea inteligente y sepa llevarlo con discreción y sensatez. No necesitamos más dramas por aquí. —Lo que quería Arthur era darles una oportunidad para disfrutar de su amor, sin tener que perder a Peter. Era lo mejor que podía hacer para que su joven ayudante no saliera huyendo como un amante desesperado para poder pasar las noches con su amada. Y Ava tendría que plantearse poner fin a su relación con Joel cuanto antes—. Confío en que no tarde mucho en arreglarlo. No es conveniente prolongar demasiado este tipo de situaciones. Pueden acabar volviéndose muy desagradables, y entonces sería como prender la mecha que hace estallar la dinamita.

—Creo que Ava intentará solucionarlo pronto. Tengo mucha fe en ella.

—Bien. Confío en tu buen juicio, a menos que ella demuestre lo contrario. Pero recuerda: el Ferrari no es lo que importa aquí. Tú eres un buen hombre, Peter, un hombre decente y cabal. Y ella sería muy afortunada de tenerte.

—Gracias —respondió el joven.

Ambos se sentían conmovidos y, al mismo tiempo, exultantes. Peter estaba deseando contarle a Ava que Arthur había accedido a que pudieran pasar las noches juntos. Ya solo faltaba que ella encontrara la manera de hacerlo.

Durante el corto trayecto desde la casa de Arthur hasta la de Joel, Ava no pudo dejar de pensar en Peter. No tenía ni idea de qué hacer con su relación actual, algo que llevaba atormentándola desde hacía semanas. Al menos, durante el tiempo que habían pasado en la mansión de Meredith, ella y Peter habían podido verse constantemente, pero había llegado el momento en que tenían que volver a sus respectivas casas. Y Ava sentía que su corazón estaba con Peter, pero que su cuerpo pertenecía a Joel.

Joel acababa de llegar y estaba dejando algunos documentos encima de su escritorio. La casa seguía patas arriba: las obras acababan de empezar y había polvo por todas partes.

—¿Dónde estabas? —le preguntó, alzando la cabeza al verla entrar en la habitación.

Se había tomado algunas copas durante la reunión y estaba animado. En general, era un hombre afable y de buen carácter. Le gustaba disfrutar de la vida y por eso se oponía a la idea del matrimonio. Odiaba los dramas y los conflictos sentimentales. Ya había tenido más que suficiente de todo eso con su exmujer. Cuando se divorciaron, hubo de pagarle una auténtica fortuna. Y se alegraba mucho de no haber tenido hijos. Hacía tiempo que había decidido que no estaba hecho para la paternidad y no sentía ningún deseo de dejar una nueva generación para la posteridad. Quería vivir el momento y no tener que soportar los quebraderos de cabeza que sufrían sus amigos, obligados a lidiar con adolescentes problemáticos y con bebés que no paraban de llorar en toda la noche.

—He ido a llevarle una cosa a Meredith —mintió Ava, y se odió a sí misma en el mismo momento en que las palabras salieron de su boca.

Nunca le había mentido. Siempre había sido honesta en su relación, pero el confuso torbellino de sus sentimientos la estaba convirtiendo poco a poco en una persona totalmente distinta, una persona que quería proteger lo que sentía por Peter ocultándoselo a Joel.

—¿Cómo ha ido la reunión?

Siempre se interesaba por sus negocios y la impresionaba

lo creativo que era en su campo. Era un genio de las nuevas tecnologías.

—Ha ido estupendamente —respondió él sonriendo—. Vamos a absorber tres nuevas compañías de internet para acabar con la competencia. Todo el mundo ha quedado muy satisfecho con el acuerdo. Por cierto, la semana que viene nos vamos a Londres y a Berlín, y a la vuelta pasaremos por Nueva York.

Como siempre, él hacía y disponía a su voluntad sin preguntarle nunca a Ava. Ella no tenía voz ni voto, se limitaba a seguirle allá donde fuera. Él le dejaba que se comprara todo lo que se le antojara, aunque ella nunca se aprovechaba. Esa era otra de las ventajas a las que tendría que renunciar más pronto que tarde. Cuando Joel mencionó lo del viaje, a Ava se le aceleró el corazón. Lo único en lo que podía pensar era en encontrar una excusa para no acompañarle. Eso le permitiría pasar más tiempo con Peter y, tal vez, encontrar una salida a la situación.

—No creo que sea muy buena idea, tal y como está la casa ahora. Uno de nosotros debería quedarse para controlar las obras; si no, no se acabarán nunca.

—Es muy generoso por tu parte, pero no tienes que sacrificarte para quedarte aquí vigilando a los obreros. Eso lo puede hacer el contratista.

—Aun así, sigo pensando que es mejor que me quede —insistió Ava.

Él sonrió. Se acercó a ella para besarla y luego subieron a la habitación. La situación empeoraba por momentos. Ava se sentía como una mentirosa, como un fraude. No podía apartar a Peter de su mente ni de su corazón, pero Joel no se merecía que le engañara de aquella manera. Y era consciente de que no podría seguir mintiéndole mucho más tiempo.

—¿Estás bien? —le preguntó él.

Últimamente había estado muy callada, como ausente. Joel

se preguntó si se estaría acercando el fatídico momento en que las cosas se ponían serias, ese momento en el que las chicas se olvidaban de su advertencia inicial de que nunca se casaría con ellas. Siempre solía ocurrir cuando llegaban a la edad que tenía Ava en ese momento, sobre los veintinueve o treinta años. Confiaba en que no fuera el caso. Con ella se sentía mucho más a gusto que con sus predecesoras, aunque no lo suficiente para plantearse un futuro juntos. Y si Ava lo presionaba, sabía que saldría huyendo.

—Solo estoy un poco cansada —dijo ella con vaguedad—, y todo este polvo me da dolor de cabeza. La casa está hecha un desastre.

—Las obras acabarán pronto. Tal vez podríamos pasar un fin de semana juntos en París, antes de ir a Nueva York.

Joel se mostraba siempre atento y considerado con ella, pero solo hasta cierto punto. En el fondo, todo giraba en torno a él. Ella solo estaba en su vida para que él disfrutara, tanto sexualmente como en otros aspectos más mundanos. Sin embargo, Joel había cumplido con su parte del trato y le había dado una vida de lujo y placeres.

—Ya veremos cómo están las obras para entonces —contestó ella, aferrándose de forma desesperada a la única excusa que se le había ocurrido para no acompañarle.

Él no comentó nada y fue a darse una ducha antes de acostarse. Mientras estaba en el cuarto de baño, los ojos de Ava se llenaron de lágrimas, y cuando le oyó salir se obligó a forzar una sonrisa. Le observó caminar desnudo hacia la cama. Tenía un cuerpo magnífico, alto y poderoso. Trabajaba a fondo con su entrenador personal y se pasaba muchas horas en el gimnasio para mantenerse en forma. Peter era más auténtico: tenía un físico más natural, y lo que Ava amaba de él no era su complexión ni sus músculos, aunque también era muy atractivo. Su relación con Joel había sido muy satisfactoria durante dos años, pero había pasado a antojársele superficial, artificiosa y, tras haber tenido que mentirle, fraudulenta. Y ella era el fraude. Joel siempre había sido franco y directo con ella sobre lo que no podía ofrecerle. Siempre había ido con la verdad por delante y nunca había prometido lo que no tenía intención de dar. Sin embargo, en resumidas cuentas, todo se reducía a que Peter era un hombre con alma, y Joel, no.

Cuando se metió en la cama, Joel permaneció un rato callado. Luego le hizo una pregunta que ella al principio no entendió:

—¿Eso que oigo es el tictac del reloj? —Ava se volvió hacia la mesilla, hacia el reloj que reposaba siempre allí y que era digital—. No me refiero a ese, sino al tuyo.

Conocía bien a las mujeres y sabía que siempre anhelaban algo más.

—Ah. —Se quedó callada un momento. Él le estaba ofreciendo la oportunidad, y ella tenía miedo de aprovecharla. Era demasiado pronto. Ni siquiera se había acostado aún con Peter—. No lo sé... Quizá...

—No pensaba que hubieras llegado ya a ese punto.

Sonó triste al decirlo. Ambos sabían muy bien lo que significaba para él.

—Antes no lo estaba. No sé por qué, pero creo que el terremoto lo ha cambiado todo. Es como si me hubiera sacudido por dentro.

Joel nunca había sospechado de su interés por Peter, nunca lo había considerado una amenaza: un hombre sin dinero, que trabajaba de cuidador nocturno para un anciano ciego y escribía una novela que nunca se publicaría. Desde su punto de vista, no era una persona interesante, carecía del espíritu y el cerebro necesarios. Si acaso, sería por Andrew por quien se habría preocupado. Era más guapo que Peter, aunque desde la perspectiva de Joel, lo que él consideraba el mundo real, tampoco estaría nunca a su altura. Así que supuso que la extraña actitud de Ava tenía que ver con ella misma, y no con lo que pudiera sentir por otro hombre.

—¿Sabes? Aunque te pongas romántica con el matrimonio, da igual que encuentres a alguien para casarte y vivir juntos durante cincuenta años, al final uno de los dos muere y el otro acaba quedándose solo. ¿Qué sentido tiene?

—Los cincuenta años de compañía mutua —dijo ella en voz queda.

—Nosotros ya tenemos eso sin necesidad de estar casados, a menos que quieras tener hijos. Aunque, hoy en día, eso ya no es motivo para casarse. Y no es que yo quiera tener un hijo... —Ambos lo sabían muy bien. Él solo quería una mujer a su lado, nada más, de un modo casi genérico. Se volvió hacia ella para mirarla con más atención—. ¿Es eso lo que te ocurre? ¿Quieres casarte y tener hijos?

—Supongo que sí. Quiero tener todo eso algún día. Siempre lo he querido.

Joel asintió. Era algo que había oído antes de otras mujeres, aunque se alegraba de que Ava no fuera dada a montar escenitas. Era una persona sensata con la que se podía hablar.

—Así que hemos chocado finalmente con ese muro...

—Puede ser —contestó ella con un hilo de voz; se sentía como en una montaña rusa, aterrada por lo que iba a hacer. Apenas conocía a Peter. Quizá estuviera cometiendo una locura al poner en riesgo lo que tenía con Joel—. No lo sé.

—Tal vez deberíamos dejarlo ahora que estamos a tiempo —dijo él—. La verdad, no lo he visto venir —añadió con pesar.

—Yo tampoco —respondió ella, refiriéndose a Peter.

No lo había visto venir hasta aquella noche en que salió a la calle cinco minutos después del terremoto, desnuda bajo el albornoz, y vio a Peter mirándola con expresión embelesada. Nunca había creído en el amor a primera vista hasta que lo conoció a él. El mes que habían pasado en la casa de Meredith no había hecho más que acrecentar lo que sentían el uno por el otro. Y se disponía a arriesgarlo todo, su cómoda y predecible relación con Joel, para estar con Peter. Estaba perdiendo la cabeza de verdad. Tenía algo de dinero en el banco, pero no mucho. Aún no había empezado a ahorrar para planificar su escapada.

—No soporto que las cosas se alarguen hasta que la situación se vuelva insostenible. Ya he pasado por eso. Y también vi cómo les pasaba a mis padres. Cuando logres saber lo que sientes realmente, lo nuestro ya estará muy jodido. ¿Por eso no quieres venir conmigo a Europa?

—Puede. No lo sé. Así tendría tiempo para pensar.

—No le des demasiadas vueltas, Ava. Han sido unos años estupendos y los dos sabíamos que esto no duraría para siempre. Estaré fuera dos semanas, así tendrás tiempo de decidir adónde quieres ir, de buscarte un bonito apartamento. Yo pagaré los seis primeros meses y el depósito.

Era algo que ya había hecho antes. Y Ava sabía que, si se lo pedía, le pagaría un año entero de alquiler, pero no lo hizo. Ya había hecho bastante por ella los dos últimos años. No quería aprovecharse de él.

—¿Quieres que me marche mientras estás fuera?

Estaba aterrorizada por lo que iba a hacer y se preguntaba si acabaría arrepintiéndose. De todos modos, los dos sabían que su relación no tenía futuro. Él nunca le había dicho que la quería. Ella a él, sí, y lo creía cuando lo dijo, pero ya sabía que no era verdad. Amaba a Peter, y nunca había amado a ningún otro hombre.

—Probablemente sea lo más sensato —dijo él rodeándola con el brazo—. Voy a echarte de menos —añadió, como si solo fuera un viejo amigo que se marchaba de viaje—. Nunca pensé que lo que se derrumbaría durante el terremoto sería nuestra relación, pero también sabíamos que lo nuestro acabaría tarde o temprano. La vieja fecha de caducidad... Un día te despiertas y de pronto está ahí.

En su mundo era así como funcionaban las cosas. Nunca pertenecería a otra mujer. No le importaba pagar lo que fuera mientras duraba la relación, pero al menos no se había casado, no tendría que llegar a un sustancioso acuerdo económico ni pasar una pensión. Sin hijos, sin jaleos, sin problemas. Gracias por unos años estupendos y cuidado con la puerta al salir. Era cuanto podía ofrecer y Ava siempre lo había sabido. Tampoco se había esperado que todo acabara de forma tan rápida y sencilla, pero Joel era un hombre de negocios. Para él las relaciones personales eran como un contrato que, o bien funcionaba, o bien no.

Cuando apagaron las luces, quiso hacerle el amor, pero ella se negó. Tenía demasiado en lo que pensar. Él no insistió. Sabía cuándo había llegado el fin. Era como coger un bote de mayonesa de la nevera y ver que había caducado. Oh, qué lástima, y lo tirabas a la basura. Y cuando te acordabas comprabas otro bote. Los dos sabían que el final de su relación no suponía una gran tragedia, pero sí algo triste. Mientras Ava yacía despierta, una lágrima se le deslizó por la mejilla y cayó en la almohada. Oía a Joel roncando con suavidad, y cuando se despertó por la mañana ya se había marchado al gimnasio. Trató de recordar lo ocurrido la noche anterior, las palabras que se habían dicho. ¿De verdad se había acabado? ¿Era eso lo que habían acordado? Él se marcharía a Londres al cabo de una semana y, cuando regresara, ella tendría que haber dejado la casa. Sin embargo, no tenía ni idea de adónde ir. Quería contárselo a Peter, pero antes necesitaba digerirlo todo, pasar un breve duelo por su relación.

Tenía una llamada perdida de Peter, que la había telefoneado a mediodía durante la pausa del almuerzo en el trabajo. No volvió a llamarla hasta las cinco, ya de regreso a casa de Arthur. Ava había salido a dar un largo paseo y respondió con voz seria. Peter le soltó la noticia en cuanto descolgó.

—Arthur dice que puedes quedarte en la casa cuando quieras —anunció exultante.

Ella se rio pensando en lo irónico de la situación. ¿Cuando quiera? ¿Cuántas noches sería eso? Necesitaba encontrar trabajo y un apartamento, y solo tenía tres semanas para hacerlo.

—Joel y yo rompimos anoche.

Su tono inexpresivo trataba de enmascarar el pánico que sentía. Estaba renunciando a todo lo que tenía para lanzarse de cabeza a lo desconocido. Pero también lo había hecho porque quería ser una mujer honesta. Se había pasado un mes mintiendo a Joel y no quería seguir viviendo en el engaño.

—¡¿Qué?! —exclamó Peter.

—Que rompimos anoche. Se acabó. Tengo que marcharme de su casa.

—¿Le dijiste que era por mí? ¿Va a pegarme un tiro?

Ella se echó a reír.

—Se lo tomó bien. Para él solo era algo temporal. Me lo dijo desde el principio.

—¿Estás triste?

Ella se quedó pensando antes de responder. No quería mentirle a él también. No sería una buena manera de empezar su relación.

—La verdad es que no, pero estoy muerta de miedo. No sé lo que voy a hacer. Tengo que buscar un sitio para vivir y llevo dos años sin trabajar, algo que me costará mucho de explicar sin que la gente se piense que he estado en la cárcel o en rehabilitación.

—Lo siento mucho, de verdad. Sé que ahora estás muy asustada. Y también sé que lo que voy a decirte puede no parecer suficiente, pero te quiero, Ava. Y encontraremos la manera de que lo nuestro funcione.

Buscaría un trabajo mejor pagado que el que tenía en la revista. Y aunque sus sueños y esperanzas estaban centrados en la escritura, por el bien de Ava, tendría que dedicarse a algo más práctico y lucrativo.

—Al menos ahora podremos empezar de cero —dijo ella—. No quería seguir mintiendo a Joel, no me parecía justo. Y no tienes que preocuparte por mí, sé cuidar de mí misma. Pero la mayor locura de todas es que, pese a que te conozco hace solo un mes, y sin que aún nos hayamos acostado, yo también te quiero, Peter.

Ava sonrió al decirlo. Eran como dos chiquillos perdidamente enamorados. Se sentían como si estuvieran montados en una montaña rusa. Habían ido subiendo poco a poco por la pendiente, cada vez más y más alto, y se disponían a lanzarse cuesta abajo, chillando, asustados, abrazados el uno al otro... pero al final, si sobrevivían a la caída, disfrutarían de una vida maravillosa.

—Estamos locos, pero te quiero —repitió Ava casi sin aliento—. Si te va bien, pasaré a verte más tarde.

Al día siguiente, se pondría a buscar apartamento. El viaje en la montaña rusa había empezado y, mientras estaban suspendidos allí arriba, Ava sentía una felicidad rayana en la locura. Estaba siendo honesta. Era lo mejor que podía hacer por el momento.

8

Dos días después de su cena, Charles llamó a Meredith para invitarla a pasar el sábado en el valle de Napa. Tenía alquilada una casita allí, en los terrenos de una finca enorme. La propiedad contaba con grandes viñedos y un río que la atravesaba.

—Voy allí siempre que puedo escaparme, para despejar la mente.

—Suena muy agradable.

—Es como estar en Italia o en Francia. Y también hay restaurantes muy buenos por la zona.

Meredith aceptó la invitación y él le dijo que la recogería a las nueve de la mañana, a fin de poder aprovechar el día al máximo. Volverían por la noche, después de haber cenado en Bouchon, uno de los restaurantes que Charles pensaba que le gustarían.

Cuando pasó a buscarla en el coche, Meredith llevaba un jersey blanco de cachemira con cuello de cisne y una gruesa parka, ya que Charles le había advertido de que por allí podía hacer bastante frío. Charlaron de forma distendida durante la hora y media de trayecto. Compraron unos sándwiches al llegar a Yountville y luego se dirigieron a la casa. La finca estaba rodeada de viñedos que se extendían hasta donde alcanzaba la vista. Pasearon junto al río y montaron en bicicleta por las viñas. Después hicieron un pequeño pícnic en una mesa dispuesta en la terraza de la casa y disfrutaron de las hermosas vistas del valle. Había una pequeña chimenea exterior, y Charles encendió el fuego para que estuvieran calentitos mientras hablaban.

—Me encanta esto —dijo Meredith, más relajada de lo que él la había visto nunca—. Cada vez que salgo contigo, logras que me acuerde de lo que me he estado perdiendo todos estos años. Esto es el paraíso. Scott y yo vinimos aquí algunas veces cuando nos trasladamos a San Francisco, pero era difícil que coincidiéramos, porque uno de los dos siempre estaba rodando fuera. Además, por aquel entonces nuestra vida era bastante complicada. La prensa y los admiradores nos seguían a todas partes. Esa fue la razón por la que compramos la mansión en la ciudad. Supusimos que allí tendríamos más privacidad, y en principio así fue. Pero Kendall odiaba cuando salíamos y la gente nos paraba para pedirnos autógrafos o hacerse una foto con nosotros, o cuando los paparazzi robaban imágenes nuestras en situaciones familiares íntimas. Y en la escuela, los padres de sus compañeras también debían de hacer todo tipo de comentarios sobre nosotros. Imagino que no debió de resultarle fácil crecer en ese ambiente y por eso odiaba todo lo relacionado con nuestras carreras. Ahora debe de haberle sentado fatal que su hija quiera convertirse en actriz. Pero yo me alegré mucho cuando Kendall no quiso seguir nuestros pasos. No resulta fácil llevar una vida normal con todo el peso de la fama.

»Cuando Scott me dejó, ella ya estaba casada y vivía en Nueva York, pero todo el revuelo que se armó fue una auténtica pesadilla. La prensa nos perseguía constantemente. Scott y Silvana fueron juntos al Festival de Cannes para presentar la película que habían protagonizado, y entonces todo estalló. Kendall dijo que, si yo no hubiera trabajado tanto y hubiera estado más tiempo en casa, nada de aquello habría sucedido, pero creo que Scott habría acabado haciéndolo de todos modos. Él estaba aburrido, ella era joven y yo pasaba mucho tiempo fuera, y además Scott no llevaba demasiado bien mi éxito. Aunque su aventura con Silvana podría no haber ido a más, tarde o temprano se habría marchado con otra. Firmé los papeles del divorcio justo después de la muerte de Justin, ya que le echaba toda la culpa de lo ocurrido. Kendall pensó que mi reacción estuvo a punto de destruir a su padre y nunca me perdonó. Pero la relación de Silvana y Scott acabó llegando a buen puerto, y después de catorce años siguen juntos. La carrera de ella se hundió después de aquella primera película, aunque creo que le bastaba con ser la esposa de Scott Price. Yo me retiré después de la muerte de mi hijo, pero también estaba muy cansada del mundillo de Hollywood. La presión de la taquilla y todo eso. Nunca sabes qué es verdad y qué no. No obstante, con Silvana o sin ella, nuestro matrimonio habría terminado desmoronándose tarde o temprano. Me llevó años llegar a entenderlo. La muerte de Justin solo hizo que todo fuera más trágico, y casi acaba con nosotros. Scott se volvió adicto a las drogas y al alcohol durante un par de años, y yo desaparecí sin más. Resulta imposible superar algo así como pareja. Fueron golpes demasiado duros. Después de pasar por rehabilitación, Scott se centró nuevamente y ha hecho algunas películas muy buenas en los últimos años. Es un director con mucho talento y se ha convertido en una leyenda de Hollywood.

No había amargura en su voz. Era la historia de su vida y había acabado aceptando adónde la había conducido. Meredith había aprendido a convivir con todo lo que había perdido por el camino. Y Scott ya era historia pasada.

—Cuando se es tan famoso como lo erais vosotros, debe de resultar muy difícil tener un matrimonio estable y criar a unos hijos —dijo él en tono comprensivo.

Charles se esforzaba por entender qué le había ocurrido

para que huyera y se retirara del mundo durante tanto tiempo. Sus vidas habían sido tan distintas...

—Por eso nos mudamos a San Francisco. Queríamos alejarnos de toda aquella vorágine, pero es algo que te persigue vayas donde vayas. La fama es un arma de doble filo, y tienes que pagar un precio muy alto a cambio. Y aunque quisimos proteger a nuestros hijos de todo aquello, al final acabó afectándoles. Kendall se casó con un joven banquero conservador, perteneciente a una familia acaudalada, y se marchó lo más lejos que pudo. No la culpo por ello. Y ahora su hija quiere seguir los pasos de sus abuelos. Las familias de Hollywood son como la gente del circo: les encanta caminar sobre la cuerda floja y sin red. Lo llevan en la sangre.

Charles sonrió al oír el símil.

—La gente envidia a los famosos, pero no tienen ni idea de todo lo que tienen que pasar y la factura que deben pagar —comentó juiciosamente.

—Les envidian hasta que se vuelven demasiado famosos, y entonces les odian por ello. Solo los admiran durante un tiempo.

Entraron en la casa, y Charles encendió el fuego en la gran chimenea del salón. Meredith se acurrucó junto a él, deleitándose en el suave aroma de la leña ardiendo. La casa era pequeña y acogedora. Aparte del salón, tenía tres dormitorios y una encantadora cocina rústica. Charles le contó que era el lugar ideal para disfrutar de un fin de semana campestre o para estar con sus hijos cuando iban a visitarle, lo cual no era muy a menudo. Era él quien solía ir a verles.

Hacia el final del día, cuando el sol de octubre empezó a ponerse, el tiempo refrescó. Meredith se había llevado una elegante falda para ir a cenar a Bouchon, pero Charles le dijo que no hacía falta que se cambiara. Ella se tendió en el sofá junto a él, totalmente relajada, y entonces él se inclinó y la besó. Luego se incorporó un poco para poder admirarla.

—¿Cómo puedes seguir siendo tan hermosa? —le dijo, posando sobre su pecho una mano, que ella no apartó.

—Daphne dice que soy una bruja buena —repuso Meredith con una sonrisa.

—Pues empiezo a pensar que me has hechizado.

El salón estaba a oscuras mientras Charles le desabotonaba la blusa lentamente, le desabrochaba el sujetador y se inclinaba para besarle los senos. Hacer el amor era apenas un recuerdo lejano para Meredith, pero quería volver a sentirlo, quería entregarse a él. Charles la tomó de la mano, la condujo a su dormitorio y la desvistió muy despacio. Ella tendió los brazos hacia él, se tumbaron en la cama e hicieron el amor como si todo fuera completamente nuevo y el pasado quedara por fin atrás. Cuando acabaron, Meredith permaneció abrazada a él, sintiéndose en paz.

Charles trataba de no pensar en quién era la mujer que tenía entre sus brazos. Tan solo era la mujer de la que se estaba enamorando, pero cada vez que la miraba volvía a quedarse sin aliento. Acababa de hacer el amor con Meredith White. Era como un sueño hecho realidad.

—Quiero olvidar quién eres —le dijo con voz grave.

—¿Qué significa eso?

Meredith estaba feliz y saciada, sintiendo que se encontraba en el lugar apropiado con el hombre adecuado. No tenía ni idea de cómo habían llegado hasta allí, pero se alegraba de que sus caminos se hubieran cruzado.

—Significa que quiero olvidar que he hecho el amor con la estrella de cine más grande de todos los tiempos. Es algo que me intimida.

—Sabes muy bien que no es así. Ahora sabes de verdad quién soy. Esto es todo lo que hay y es lo único que importa.

Sentía que ambos estaban a la misma altura y era una sensación de lo más agradable. Ninguno de los dos era mejor ni más importante ni más poderoso que el otro. Eran solo un hombre y una mujer que se estaban enamorando perdidamente.

—No puedo dejar de pensar en que nunca te habría conocido de no ser por el terremoto. Tú seguirías aislada del mundo, y yo seguiría dando tumbos por la vida.

—Yo no diría que vayas dando tumbos por la vida precisamente —repuso ella con una sonrisa. Su empresa de seguridad era un negocio próspero con una clientela importantísima, y además se mantenía ocupado con otras actividades, como su labor colaborando con la Oficina de Servicios de Emergencia—. Y me alegro mucho de no seguir aislada del mundo —le susurró al oído.

Volvieron a hacer el amor y luego se ducharon juntos. A Meredith no dejaba de sorprenderle lo a gusto que se sentían el uno con el otro, como si llevaran juntos desde hacía mucho tiempo.

—¿Rodabas tú las escenas de desnudos en tus películas? —le preguntó Charles al salir de la ducha, viendo lo cómoda que se sentía con su cuerpo y con él.

La pregunta la hizo reír. Hacía tanto tiempo de aquello...

—Tenía una doble de cuerpo. Nunca aparecí desnuda en pantalla. Scott sí lo hacía, y Silvana, también. Seguramente por eso acabaron juntos. Pero yo no quería que mis hijos se avergonzaran si veían mis películas cuando fueran mayores, así que siempre exigía una doble de cuerpo en mis contratos. —Luego añadió bromeando—: Tal vez debería haber pedido una doble para ti ahora.

Sin embargo, Meredith continuaba teniendo un cuerpo precioso. Toda una vida de ejercicio y alimentación sana había dado sus frutos. Y Charles también se había mantenido esbelto y atlético después de acabar su carrera militar.

—No necesitas una doble de cuerpo. Estás fabulosa, Meredith.

Ella levantó una mano en señal de advertencia y le dio un beso cariñoso.

—Si empiezas otra vez, no llegamos a cenar —le dijo.

Él se echó a reír y tomó una rápida decisión: canceló la cena y volvieron a meterse en la cama. Fue una velada de lo más romántica y maravillosa, y luego regresaron a la ciudad conduciendo bajo una luna llena otoñal que colgaba en el cielo como si fuera un decorado cinematográfico. Poco a poco, Charles comenzaba a olvidarse de quién era Meredith White: estaba dejando de ser la leyenda del cine para convertirse en la mujer a la que amaba.

Apenas encontraron tráfico y llegaron a San Francisco a la una y media de la madrugada. Él la acompañó hasta la entrada de la casa. Meredith abrió con su llave, consciente de que el guardia de seguridad nocturno les estaba observando en uno de sus monitores.

—¿Quieres quedarte a dormir? —le preguntó, y él asintió.

Subieron juntos a su dormitorio, se acurrucaron en la enorme cama con dosel como dos niños pequeños y se quedaron dormidos en cuestión de minutos.

Se despertaron pronto y bajaron a la cocina a desayunar. El domingo era el día libre de sus empleados, así que Meredith sabía que estarían solos. Le pasó a Charles el *New York Times* que había dejado el vigilante nocturno sobre la mesa, y él lo leyó mientras ella preparaba unos huevos fritos con beicon. Luego sirvió dos tazas de humeante café y se sentó frente a él.

—Es sencillamente perfecto, ¿verdad? —dijo ella.

—Sí, lo es —respondió él mirándola a través de la mesa, y le dio las gracias por el desayuno.

Después salieron a dar un largo paseo por la playa, arrebujados contra el viento, y a mediodía regresaron a casa para almorzar. Luego volvieron a subir al dormitorio.

A Charles le costó mucho separarse de ella por la noche, pero tenía una reunión a primera hora y tampoco quería enfrentarse a la actitud hostil de Jack y Debbie cuando se levantara por la mañana.

—¿Les estás echando un ojo? —le preguntó a Meredith cuando salió el tema.

—No hace falta —respondió ella sonriendo—. Son tan honrados como puedo serlo yo.

—Espero que tengas razón —dijo él, aunque era evidente que no la creía.

Meredith decidió no discutir al respecto. Habían pasado un fin de semana maravilloso y no quería que nada lo estropeara. Nada podría hacerlo. Ambos sentían que estaban hechos el uno para el otro, y Charles tenía toda la razón: los ocho años de diferencia entre ellos no tenían la menor importancia.

—¡Hijo de puta! —explotó Debbie cuando entró en la sala de estar de su apartamento, donde Jack estaba viendo *Sunday Night Football* en la televisión. Él alzó la vista, sorprendido por la vehemencia de sus palabras—. He estado hablando con Harvey, el vigilante nocturno, y me ha dicho que el coronel se quedó a dormir anoche. Llegaron a la una y media de la madrugada, y él acaba de marcharse. Mierda, nunca nos libraremos de ese tío.

—No me lo puedo creer —repuso él, conmocionado—. No se había acostado con nadie desde que Scott la dejó.

—Y ahora es amiga de medio barrio, da fiestas para los vecinos y encima tiene novio. ¿Qué vamos a hacer nosotros?

Jack se quedó un rato pensativo y al final se encogió de hombros.

—Pues lo que siempre hemos hecho, supongo. Trincar un poco de aquí, un poco de allá, algunas mordidas y comisiones. Seguiremos aquí siempre que nos necesite, y cuando llegue el día se mostrará muy agradecida con nosotros y nos dejará una buena pasta en su testamento.

—No será tan simple —objetó Debbie mientras se servía en una copa lo que quedaba de una botella de Château Margaux. Llevaban bebiendo todo el día—. Ese tío tiene una empresa de seguridad. Si anda rondando por aquí, nos vigilará todo el tiempo. Meredith ya no se sentirá tan sola como antes, y tampoco es tan mayor como para que pensemos ya en su testamento. La cosa puede ir para largo.

—El coronel no se quedará mucho por aquí. Ella es mucho mayor que él, y además lleva una vida muy aburrida.

—Ella es Meredith White —le recordó Debbie—. ¿Qué hombre no querría alardear de estar con una actriz tan legendaria? ¿Y si acaba casándose con él?

—A su edad, ya no lo hará. ¿Para qué iba a casarse? Tarde o temprano él encontrará a una más joven con la que divertirse. El factor fama no dura eternamente —concluyó Jack, e hizo un gesto despectivo con la mano.

—No me gusta ese tío. Tengo un mal presentimiento —dijo Debbie con expresión sombría.

—A mí tampoco me gusta, pero está demasiado ocupado para estar pendiente de nosotros. Lo mejor será que actuemos con discreción durante un tiempo.

Aun así, a Debbie seguía sin hacerle ninguna gracia el giro que estaban tomando los acontecimientos. Todo había sido mucho más sencillo cuando Meredith no tenía amigos, ni pareja, ni hijos ni familia. De todos modos, sabía que continuaría mostrándoles su lealtad y que no olvidaría todos los años que habían permanecido a su lado. Siempre les estaba pidiendo consejo y continuaban ejerciendo una enorme influencia sobre ella. Sin embargo, la inquietaba muchísimo que estuviera abriéndose de nuevo al mundo exterior. El poder que tenían sobre ella podría escurrírseles entre los dedos y todo lo que habían conseguido mediante sus continuas y astutas artimañas de robo y manipulación podría irse al traste. El mero pensamiento la hizo estremecerse.

Esa noche, Ava estaba con Peter y Arthur. Habían pedido comida a un restaurante vietnamita cercano y estaban cenando en la cocina. Arthur exhibía una gran destreza con los palillos. Y, cuando acabaron de cenar, les hizo una proposición que dejó boquiabiertos a los dos jóvenes.

Antes de que ella llegara, Peter le había contado que Ava había roto con Joel y que estaba buscando apartamento. El anciano se mostró muy satisfecho por la decisión que había tomado. Estaba claro que Ava no podía seguir jugando a dos bandas. Había hecho lo que debía sin prolongar demasiado la situación y se había ganado su respeto por ello.

—¿Te gustaría vivir aquí con Ava? —le preguntó a Peter—. Podríamos intentarlo, siempre que ella acepte vivir con las mismas normas que tú. Tiene mucho más sentido que ella se instale aquí a que se busque un apartamento que no puede permitirse y luego se venga a pasar las noches contigo.

Arthur intentaba hacer cuanto estuviera en su mano para no perder a Peter. Además, por las pocas conversaciones que habían mantenido mientras se encontraban en casa de Meredith, la chica le caía muy bien. Sabía que Peter estaba loco por ella y que estaba convencido de que estaban hechos el uno para el otro. Eran casi de la misma edad, y Ava parecía una joven muy inteligente. Ya se había deshecho de su narcisista novio, de modo que Arthur estaba dispuesto a echarles una mano.

Durante la cena, Ava y Peter se quedaron extasiados al escuchar su proposición. Era como un sueño hecho realidad para ambos.

—Si quieres, puedes venirte a vivir aquí —le dijo Arthur a Ava, mientras Peter se levantaba para abrazarle con una gran sonrisa.

Por supuesto, ella ya sabía que había unas normas. No podían invadir su espacio ni interferir en sus momentos de creatividad ni hacer ruido mientras ensayaba al piano. Normalmente Peter se quedaba casi siempre en el pequeño cuarto del desván, pero tendría que seguir estando disponible para Arthur siempre que le necesitara. A ambos les parecían unas condiciones muy razonables.

Hacia el final de la velada, Arthur les planteó la segunda parte de su propuesta. Aquello los pilló por sorpresa a ambos. De hecho, se quedaron estupefactos. Después de acabar de cenar, el anciano se volvió hacia Ava y se dirigió a ella de forma directa.

—He estado pensando, Ava. Necesito a una persona que se encargue de organizar mis viajes. También recibo mucha correspondencia que no está en braille y me iría muy bien que alguien se ocupara de revisarla a fin de tener más tiempo para ensayar. Así que he pensado en contratar a un asistente personal. Iba a ofrecerle el puesto a Peter, pero él tiene que concentrarse en su novela y además trabaja por el día. Tú ahora necesitas un empleo. Así pues, ¿te interesaría trabajar como mi asistente?

Luego añadió lo que podría pagarle, que era algo más de lo que ganaba cuando Joel le pidió que dejara su empleo. Ava se quedó sin habla y se limitó a asentir entusiasmada. Aquello solucionaría todos sus problemas. Era como una recompensa por haber hecho lo que debía poniendo fin a su relación con Joel.

Al cabo de un largo momento de silencio en la mesa, Arthur preguntó:

—No me has contestado. ¿Significa eso que no estás interesada?

—Está asintiendo —respondió Peter por ella—, y parece que se vaya a desmayar de un momento a otro.

—Desmayarse no estará permitido por contrato, y si quieres que te oiga vas a tener que hablarme —dijo Arthur, y los dos jóvenes se echaron a reír.

—Es que no sé qué decir, señor Harriman. Por supuesto

que me encantaría. Y también puedo aprender braille para contestar a toda su correspondencia.

—Eso estaría muy bien —dijo él. Se le veía también muy contento. Estaba encantado de poder ayudarles y de hacer todo aquello por su joven amor. En el fondo era un romántico. No había tenido hijos, había acogido a Peter bajo su tutela y estaba dispuesto a dar a Ava la oportunidad de demostrar su valía ante sí misma, ante Peter y ante él—. ¿Cuándo puedes empezar? —le preguntó, al tiempo que se levantaba de la mesa y extendía la mano para alcanzar el bastón, que ella le pasó.

—Mañana mismo —respondió Ava sin vacilar.

Era la solución perfecta, justo lo que todos necesitaban. Tendría un trabajo y un lugar donde vivir, y además con Peter, quien no tendría que abandonar a Arthur para estar con ella. Si todo salía bien, podría ser una bendición para los tres; y si no, al menos sabrían que lo habían intentado.

Después de recoger la cocina, Ava y Peter subieron a la buhardilla para hablar y hacer planes. Ella pensaba trasladarse cuando Joel se marchara a Europa, aunque para eso aún faltaban unos días. Hasta entonces podría pasar las noches con Peter, pero solo recogería sus cosas y se mudaría cuando Joel ya no estuviera. De ese modo, todo resultaría menos violento. Sabía que a Joel tampoco le gustaban las despedidas melodramáticas. En cuanto acababa una relación, seguía adelante sin mirar atrás, y ella sospechaba que no tardaría en encontrarle una sustituta.

También hablaron mucho sobre lo generoso que había sido Arthur al ofrecerle un trabajo a Ava y dejar que se quedara allí. Estaba sentada en el pequeño sofá del desván cuando Peter se acercó sonriendo y tomó asiento a su lado.

—¿Sabes? Aún hay un asunto que no hemos solucionado. Ya hemos arreglado todas las cuestiones prácticas: tu trabajo, tu sueldo, el traslado de la casa de Joel, las clases de braille...

Ava pareció desconcertada mientras él enumeraba la lista. A ella le parecía que ya estaba todo. En cierto sentido, había roto una relación para empezar directamente otra. Eso hacía que se sintiera un poco incómoda, pero Peter y ella habían pasado un mes viviendo bajo el mismo techo, o mejor dicho, tres semanas. Había sido tiempo suficiente para enamorarse.

—¿Qué se me ha pasado por alto? —preguntó Ava.

—Nosotros —respondió él con expresión traviesa.

—¿Qué quieres decir con «nosotros»? —A modo de respuesta, él la besó y le deslizó suavemente una mano bajo el jersey. Ella sonrió al comprender a qué se refería—. Ah... eso...

Tenían algo que celebrar y nada que les retuviera o se interpusiera entre ellos. Joel había puesto fin a su relación de forma rápida y simple, y Ava estaba asombrada de que Peter y ella hubieran encontrado una solución para su vida en común sin haber hecho el amor siquiera. La condujo hasta la cama y la desvistió en aquel humilde cuarto en el que vivirían juntos, y casi como si fuera una novia en su noche de bodas, le hizo el amor por primera vez, al principio con delicadeza y luego de forma apasionada, y ella se entregó a él como si nunca hubiera estado con otro hombre. Fue algo sencillo, dulce, inocente y honesto. Todo lo que nunca había tenido con Joel.

Pasó la noche con Peter y envió un mensaje a Joel diciéndole que no volvería a casa, que no se preocupara. Él no le contestó, aunque Ava tampoco esperaba que lo hiciera. Una puerta se había cerrado tras ella. Joel ya era el pasado, y Peter, el futuro.

Se quedó con él hasta que Joel se marchó de la ciudad, y entonces fue a recoger sus cosas. Peter la ayudó a trasladarse a la casa de Arthur. Ava dejó su antiguo hogar en un estado impecable. Había pasado dos años allí. Se encontraba sola cuando cerró la puerta por última vez, recorriendo con la mirada todo lo que dejaba atrás. No creía que fuera a echarlo de menos. Lo que había vivido con Joel nunca había sido real. No había sido más que un extraño interludio en su vida.

Caminó cargada con su última maleta hasta la casa de Arthur, sintiendo que cada paso que daba la conducía hacia un nuevo futuro. Peter la estaba esperando a medio camino. Le cogió la maleta y recorrieron juntos el último trecho hasta llegar a la buhardilla. Para ella, era como el paraíso.

9

La mañana del lunes, después del fin de semana con Charles, durante el desayuno, Meredith anunció a Debbie que el sábado invitaría a cenar al grupo que se había alojado en su casa tras el terremoto. Todos se echaban de menos y estaban deseando ponerse al día, comentar cómo avanzaban las reparaciones y volver a compartir una comida.

Esa semana Charles tenía que viajar a Seattle durante tres días para reunirse con un cliente importante, pero estaría de vuelta el viernes. Meredith y Tyla hablaban casi a diario, y ella y Andrew irían con los niños. Arthur y Peter aceptaron la invitación encantados, y Ava, también. Esta le dijo que Joel estaría en Londres, pero pensó que sería mejor explicarle la nueva situación en persona. No le parecía bien contárselo por mensaje, así que se limitó a comentarle que iría con Arthur y con Peter. Meredith le dijo a Debbie que serían nueve en total y le preguntó si no le importaba preparar la cena. Si le resultaba más cómodo, podían cenar en la cocina.

Debbie informó a Jack durante la pausa para almorzar.

—Por Dios, Meredith quiere dar una cena para esa gente. Nunca nos libraremos de ellos, sobre todo ahora que se acuesta con el coronel. Son como esos invitados que no se marchan nunca. La hemos perdido, Jack —concluyó en tono desdichado.

—Tranquila, ten paciencia. Ya te lo dije. Se hartarán unos de otros. No son un grupo de gente tan interesante. Y el coronel también se cansará de ella.

—Al menos no tendré que hacer de niñera para esos mocosos, aunque también vendrán a cenar.

En opinión de Meredith, Jack y Debbie parecían estar de mejor humor desde que los vecinos se habían marchado. Ya no tenían tantas tareas de las que encargarse, ni camas que hacer ni comidas que servir, y tampoco debían preocuparse porque pudieran robar algún objeto de la casa. Se les veía un poco tensos cada vez que Meredith mencionaba a los antiguos huéspedes, pero a lo largo de la semana Debbie hizo un esfuerzo extra por mostrarse agradable y le preparó todas sus comidas favoritas. En secreto, estaba encantada porque el coronel no hubiera dado más señales de vida. Volvían a tener a Meredith para ellos solos, como en los viejos tiempos. No sabían que Charles estaba de viaje de negocios en Seattle. Debbie solo daba gracias por que el hombre no apareciera por allí y confiaba en que ya se hubiera cansado de Meredith. Y esa semana tampoco se pasó por la casa ninguno de los vecinos. Las dos volvieron a mantener largas conversaciones durante el desayuno, y Meredith le contó que estaba haciendo un trabajo de investigación, aunque no le explicó de qué se trataba. Era algo que llevaba rondándole la cabeza desde que había hablado con su hija. No había sabido nada más de Kendall. Le había prometido que volvería a llamarla, pero, como de costumbre, no lo había hecho.

Debbie tenía la impresión de que volvían a estar tan unidas como antes. La caja de Fabergé seguía sin aparecer, pero Meredith estaba convencida de que tarde o temprano la encontrarían en algún cajón, donde alguien la habría guardado para que no se rompiera. Se habían producido varias réplicas bastante fuertes y se habían caído algunos cuadros más. Jack se los había llevado para que los enmarcaran de nuevo, cobrando sustanciosas comisiones bajo mano, al igual que con el resto de las reparaciones.

También había contactado con un ingeniero estructural para revisar el estado de las lámparas de araña. Una se hallaba ligeramente suelta, pero las demás estaban bien sujetas. Teniendo en cuenta la magnitud del terremoto, la mansión había sufrido muy pocos daños, a diferencia de otros muchos edificios. Seguían recuperando cuerpos de debajo de los escombros, aunque ya no había supervivientes.

Por desgracia, las obras de reconstrucción se prolongarían varios meses. Los contratistas y las empresas de reformas estaban sobrepasados, incluidos los enmarcadores. Había demasiada demanda, y mientras arreglaban todos los cuadros dañados las paredes de la casa se veían desnudas. Era inevitable. En contrapartida, Jack y Debbie estuvieron reconstruyendo y pegando con esmero un sinfín de objetos frágiles que se habían hecho añicos durante el terremoto. Meredith se lo agradeció de todo corazón. Ambos sabían lo mucho que aquellos pequeños tesoros significaban para ella.

Durante varios días con sus respectivas noches, Meredith se dedicó a navegar por internet haciéndose pasar por una directora de casting que estaba preparando el reparto para una película independiente. Quería ver todas las grabaciones de su nieta, Julia, que estuvieran disponibles en la red. Pidió que se las enviaran en formato digital lo antes posible o que se las mandaran por FedEx. Por fin, el jueves de esa semana, había recopilado ya varias horas de material: las audiciones que le había enviado la agente de Julia, dos anuncios que había rodado en Nueva York, otro en Los Ángeles para una firma de vaqueros, y otro de un champú, además de algunas apariciones breves en series y telefilmes.

Visionó diligentemente todas las grabaciones, algunas varias veces, y al final llegó a la conclusión de que Julia tenía talento. Como nombre artístico utilizaba el apellido de su abuelo —no el de su abuela—, que era también el de soltera de su madre: Julia Price. Su nombre real era Julia Holbrook. Meredith habría preferido que utilizara ese apellido en lugar del de Scott.

Las grabaciones de las audiciones eran muy buenas, y también sus apariciones en las dos series en las que había intervenido. Meredith tenía algunas de esas cintas encima de su escritorio, y el viernes por la noche le habló de ellas a Charles. Tras contarle que su viaje a Seattle había ido muy bien, él visionó el material de vídeo y se quedó realmente fascinado. Julia era alta como su abuelo y hermosa como su abuela, con una melena pelirroja larga y ondulada. Tenía solo diecinueve años y había interpretado tanto a adolescentes como a jóvenes sofisticadas. Pero en todas sus actuaciones había algo que quedaba muy claro: Julia era una actriz nata, como su abuela.

Después de ver juntos las grabaciones, Charles le preguntó:

—¿Qué piensas hacer con todo esto?

—Nada. Solo quería hacerme una idea de si Julia tenía talento o si estaba malgastando su tiempo en Los Ángeles. Pero es realmente buena. Si trabaja duro y perfecciona sus aptitudes, puede llegar a convertirse en una gran actriz. Lo que me gustaría de verdad es verme con ella. Tal vez podría alentar sus aspiraciones o presentarle a algunos contactos importantes. Kendall me dijo que Scott la está ayudando, pero me gustaría aportar mi granito de arena. Eso si acepta quedar conmigo, claro. Apenas me conoce. No la he visto desde que tenía diez años, y tal vez ya no quiera volver a verme.

—¿Vas a invitarla a venir aquí?

—Me gustaría, pero primero quiero ir a verla a Los Ángeles. Ni siquiera sé si responderá a una llamada o un mensaje míos. Tengo la impresión de que Kendall la habrá puesto en mi contra durante todos estos años.

—Inténtalo. Lo peor que puede pasar es que se niegue a verte. —Charles no alcanzaba a imaginar lo doloroso que podría ser eso para una abuela, pero pensaba que valía la pena intentarlo y así se lo dijo. Le emocionaba que Meredith estuviera dando pasos al frente en lugar de retroceder. Cada vez afrontaba la vida con más valentía—. Si quieres puedo acompañarte —le ofreció—. Tengo varios clientes allí con los que puedo reunirme mientras tú te ves con Julia. Y también podríamos divertirnos un poco juntos.

Quería hacer cosas con ella y ayudarla a abrirse de nuevo al mundo que había abandonado. Trataba de animarla con delicadeza, pues tampoco pretendía presionarla.

—Me lo estoy pensando —admitió Meredith—. Aún no estoy preparada para escribirle, pero lo haré pronto.

Charles no sabía muy bien a qué estaba esperando, aunque sospechaba que estaba intentando reunir el valor suficiente para reencontrarse por fin con su nieta. No resultaría fácil después de tanto tiempo. Y tampoco sería sencillo de explicar.

Ambos se sentían muy felices de volver a estar juntos después de su estancia en Seattle. El viaje había ido muy bien. Charles había ideado un exhaustivo plan de protección personal para el presidente ejecutivo de una importante empresa. El hombre llevaba meses recibiendo amenazas de muerte por las medidas medioambientales que había implementado, y tenía miedo por su mujer y sus hijos. La gente que le amenazaba ya había puesto una bomba en la casa de otro directivo, y no quería que algo así pudiera pasarle a su familia. Era el tipo de trabajo en el que Charles era realmente bueno. Su compañía también realizaba operaciones de contraespionaje industrial, algo que Meredith encontraba fascinante. Nunca alardeaba de sus logros, pero el gobierno le había concedido plena autorización de acceso a información secreta, y era sumamente respetado en el sector. También había hecho algunas sugerencias a Meredith, que se estaba planteando aplicarlas con su personal de seguridad. Charles opinaba que necesitaba más protección de la que tenía y que estaba infravalorando los riesgos que corría. Trató de hablar con Jack al respecto, pero este desestimó la idea alegando que ya contaban con todos los sistemas de protección necesarios.

Cuando llegó el sábado, Meredith estaba muy emocionada por la cena. Cortó las flores del jardín que adornarían la casa y escogió el menú con Debbie. Servirían crema de langosta de entrante, gallinas de caza de Cornualles y, de postre, suflé de chocolate con nata montada y crema inglesa. Era una de las especialidades de Debbie.

Esta le dijo a Jack que odiaba malgastar su talento con aquellos vecinos metomentodo, pero Meredith le dio las gracias de forma efusiva varias veces, así que Debbie pensó que aquello ayudaría a estrechar de nuevo sus lazos. La relación entre ambas se había deteriorado mucho mientras los vecinos habían estado en la casa, y Debbie nunca perdía la oportunidad de manifestar su desagrado.

—Tienes que aflojar un poco —le aconsejó Jack, y ella pensó que tal vez tuviera razón.

En cuanto dio muestras de esforzarse en la elaboración del menú, Meredith volvió a comportarse del modo más agradable con ella. Estaba claro que quería impresionar a sus nuevos amigos, o así era como lo veía Debbie. Pero lo cierto era que Meredith solo quería pasar un buen rato con ellos, disfrutando de una buena comida y unos vinos excelentes. Para los niños, Debbie había hecho pizza margarita con patatas fritas y una copa de helado. Charles contempló admirado lo bonita que había quedado la mesa. Llevaba el toque mágico de Meredith, adornada con velas y unos bonitos platos con un diseño floral en vivos colores. El conjunto presentaba un aspecto de lo más festivo.

Y el ambiente se volvió aún más alegre en cuanto llegaron los invitados. Se sirvieron martinis, margaritas y champán, con unos aperitivos que había preparado Debbie. Se reunieron en el salón y en la biblioteca, y Tyla no tardó en darse cuenta de lo unidos que parecían Peter y Ava. Se seguían de una estancia a otra y no paraban de cuchichear entre ellos.

—¿Qué está pasando entre Peter y Ava? —le preguntó Tyla a Meredith.

Esta sonrió con aire misterioso. Luego le confió en un susurro:

—Ava ha roto con Joel. Arthur le ha ofrecido un trabajo como asistente personal y ahora vive en casa con Peter.

—¡Santo cielo! —exclamó Tyla—. Eso sí que son cambios. ¿Y cuándo ha ocurrido todo eso?

—Esta última semana, creo.

—¿Por eso no ha venido Joel?

—Ella dice que está en Londres, pero seguramente tampoco habría venido. Y también me ha contado que la ruptura fue muy civilizada y nada traumática.

Tyla sabía que a Andrew le decepcionaría ver que Joel no estaba. Llegó tarde, y lo primero que hizo fue preguntar por él. Ava le contó por encima que se encontraba de viaje de negocios en Londres, pero no le explicó el resto. Peter y ella no estaban preparados para hacer un gran anuncio y preferían limitarse a confirmar su nueva relación cuando la gente les preguntara. A Ava le parecía de mal gusto anunciarlo a bombo y platillo cuando había pasado tan poco tiempo desde la ruptura.

—Menuda puta —comentó Andrew a su mujer entre dientes—. Joel se marcha de la ciudad unos días, y ya está arrimándose a Peter.

A Tyla no le hizo ninguna gracia que hablara así de su amiga, así que le aclaró la situación.

—Ava ha roto con Joel, y creo que ahora está saliendo con Peter.

No le contó que estaban viviendo en la misma casa, pero él lo dedujo cuando Arthur dijo que Ava era su nueva asistente personal. Al oírlo, los ojos de Andrew refulgieron de odio y envidia.

Durante la cena, que recibió encendidos elogios por parte de los comensales, a todos les quedó bastante claro que entre Charles y Meredith había algo más que una simple amistad. Él parecía resplandecer cada vez que la miraba, y a ella se la veía muy relajada y feliz. La comida estaba exquisita. Daphne dijo que era la mejor pizza que había probado nunca, y Will se comió un plato entero de patatas fritas. Y ambos devoraron sus copas de helado, al igual que hicieron los adultos con los suflés.

Meredith propuso un brindis para felicitar a la cocinera por un banquete tan delicioso, y Debbie casi enrojeció de orgullo ante los elogios tan sinceros y merecidos que le dedicaron todos.

Después de cenar, se trasladaron a la biblioteca, donde se sirvieron copas y licores dispuestos en una bandeja de plata. Charles ayudó a Meredith a llevar los cafés, mientras Jack y Debbie recogían la cocina. Después de que todo el mundo hubiera ensalzado su comida e incluso le hubiera dedicado un pequeño aplauso, Debbie estaba más suave de lo que había estado en mucho tiempo. Meredith le había dado incluso un abrazo por primera vez en semanas, y ella se pavoneaba muy ufana mientras se lo contaba a Jack. Poco a poco empezaban a recuperar el terreno perdido.

Como al día siguiente no había que trabajar, los invitados se marcharon pasada la medianoche. Meredith y Charles se quedaron un rato a solas en la biblioteca, comentando la velada. Era una de las cosas que más le gustaba hacer a Meredith cuando estaba casada, y se pasaron un rato hablando sobre la encantadora pareja que formaban Peter y Ava y lo enamorados que estaban. Cuando agotaron el tema, subieron al dormitorio, se acostaron y encendieron el televisor para ver una película. Ambos se quedaron dormidos al rato de que empezara, no sin antes comentar por última vez lo agradable que había sido la velada.

Andrew no parecía ser de la misma opinión. Tyla había ido a acostar a los niños. Después de una cena tan estupenda y de lo tarde que era para ellos, Daphne ya estaba profundamente dormida cuando su madre la arropó. Luego entró en su dormitorio, donde Andrew estaba en la cama viendo la televisión. Se giró hacia ella con gesto desdeñoso. Había bebido mucho vino durante la cena, además de un martini de aperitivo y del coñac que se tomó después en la biblioteca. Tyla se dio cuenta de que tal vez se hubiera excedido con la bebida.

—Menuda zorrita está hecha esa Ava, yéndose a vivir con Peter —comentó despectivamente—. Seguro que se los está tirando a los dos, a él y a Joel, y haciéndole mamadas al viejo.

Tyla odiaba oírle hablar así. Ava se había convertido en su amiga y sintió que debía defender su honor, algo que no siempre era una buena idea con alguien como Andrew.

—Primero rompió con Joel y luego Arthur le pidió que se fuera a vivir con ellos. No ha vuelto a ver a Joel desde que lo dejaron.

—No me lo creo. Esa Ava tiene pinta de puta y se comporta como una puta. Por Dios, pero si estaba desnuda en medio de la calle después del terremoto.

—Llevaba un albornoz —le corrigió Tyla.

—Ya, ¿y qué te crees que estaban haciendo antes de eso?

Sin duda mucho más de lo que hacemos nosotros. —Tyla sabía que era mejor no decir nada. Andrew podía ponerse hecho una furia completamente sobrio, no digamos cuando estaba borracho—. Esa es una zorra —prosiguió—, ¡y tú también! —Se giró hacia ella a la velocidad del rayo y la agarró por la garganta, dejándola sin aire y empujándola con fuerza contra el colchón. A Tyla se le pasó fugazmente por la cabeza que al día siguiente tendría las marcas de sus manos en el cuello, si es que sobrevivía—. ¿Te estás tirando a Joel? ¿Por eso no ha venido esta noche, porque tenía miedo de enfrentarse a mí? ¿Es por eso?

Apretó con más fuerza, la arrastró hasta el cabecero de la cama y empezó a golpearle la cabeza contra él. El ruido era espantoso, y ella forcejeó desesperada para zafarse, pero tenía miedo de despertar a los niños si gritaba.

Tyla hizo lo único que se le ocurrió: le propinó un fuerte rodillazo en la entrepierna. Él se dobló de dolor y acto seguido le asestó un tremendo bofetón en la cara que la arrojó de nuevo contra el cabecero, golpeándose aún más fuerte en la cabeza. Entonces la arrastró fuera de la cama y la tiró al suelo, donde empezó a darle patadas con todas sus fuerzas.

—¡No vuelvas a hacer algo así nunca más, zorra! —le gritó.

Tyla estaba aturdida por el dolor, la sangre le salía a borbotones por la nariz y podía notar su sabor en la boca. Y entonces Andrew, por si no había tenido bastante, empezó a estamparle la cabeza contra el suelo. Ella se sentía como si estuviera debajo del agua, y se dio cuenta de que tenía tanta sangre cubriéndole los ojos que apenas veía. Él continuó golpeándole y asestándole patadas, mientras ella iba perdiendo la conciencia por momentos. Estaba convencida de que iba a matarla, pero no le importaba. No tenía manera de pararle ni de defenderse, y tampoco había nadie que pudiera ayudarla. Lo único que quería era que sus hijos no vieran cómo ocurría todo, pero también se olvidó de eso cuando perdió definitivamente el conocimiento. Todo se volvió negro mientras Tyla iba hundiéndose cada vez más y más hacia el fondo del océano, flotando en medio de un torrente de sangre. Era la única forma de escapar de él.

Una hora después de que los invitados se hubieran marchado, llamaron al timbre de la verja principal. Charles y Meredith estaban dormidos con el televisor encendido, y ella se despertó sobresaltada con el sonido del intercomunicador de su habitación. Cuando respondió, vio que se trataba del vigilante que estaba de turno esa noche. Era nuevo, ya que la empresa de seguridad solía cambiar al personal siguiendo un sistema de rotación.

—Siento molestarla, señora —dijo el hombre educadamente—. Hay una niña aquí. Ha llamado al timbre de la verja y dice que vive en esta misma calle, que necesita su ayuda. Su madre está enferma o algo así.

—¿Cómo se llama? —preguntó Meredith, que saltó de la cama.

—Daphne. Está muy alterada. ¿Quiere que llame al 911?

—No... no sé... Ahora se lo digo. Dígale a la niña que bajo enseguida. —Zarandeó a Charles, que se despertó al momento—. Charles... levanta... Tienes que ayudarme. Daphne está abajo. Se trata de Tyla. Seguro que Andrew ha vuelto a pegarle. ¿Debemos llamar a la policía?

—Por supuesto —dijo él agarrando su móvil de la mesilla.

Llamó al 911 y avisó de que había una persona herida que había sido atacada por un intruso. Les dio la dirección de la casa de los Johnson y se vistió rápidamente con la ropa que llevaba durante la cena. Meredith ya se había puesto unos vaqueros y los zapatos, y se enfundó un jersey mientras bajaba las escaleras, con Charles pisándole los talones. Daphne estaba sollozando en el vestíbulo, con su pequeño camisón y los pies descalzos. La niña era incapaz de hablar, y Meredith la tomó de la mano y salieron a toda prisa por la puerta principal. El vigilante de seguridad les abrió la verja y los tres corrieron calle abajo.

—Cuéntame qué ha pasado —le dijo Meredith a Daphne.

—Creo que la ha matado... Papá le ha pegado una y otra vez, y creo que mamá está muerta.

En ese momento ya se oían las sirenas policiales, y dos coches patrulla que llegaban desde ambos lados de la calle se detuvieron al mismo tiempo ante la entrada de la casa de los Johnson. Los agentes salieron con las pistolas desenfundadas. Charles había hecho muy bien en decirles que se trataba del ataque de un intruso, ya que si hubiera dicho que se trataba de un episodio de violencia doméstica habrían tardado el doble de tiempo en acudir.

Al ver que habían sacado las armas, Meredith se apresuró a avisarles:

—¡Hay un niño de once años en la casa!

La puerta se había cerrado detrás de Daphne al salir, pero los agentes eran jóvenes y fornidos y, tras embestir con fuerza, la abrieron con facilidad. Charles le dijo a Meredith que se quedara con la niña en la acera y los siguió al interior. Ella la rodeó con el brazo y la estrechó contra sí, dando gracias por que hubiera ido a buscarla.

Mientras esperaban, Daphne preguntó entre sollozos:

—¿Van a disparar a mi papá?

Meredith no supo qué responder. En ese momento llegaron otros dos policías, que entraron corriendo en la casa hablando por radio. Al cabo de dos minutos, salieron llevando a Andrew con las muñecas esposadas a la espalda. Tenía la camisa y las manos ensangrentadas, y por un momento Meredith temió que la niña tuviera razón y su madre estuviera muerta. Metieron a Andrew a empujones en uno de los coches patrulla y arrancaron a toda prisa. No había mirado a Daphne en ningún momento. Meredith pensó que ni siquiera la había visto. No había parado de gritar y forcejear mientras lo sacaban a rastras, y los agentes tuvieron que emplearse con dureza. Al verlo salir, la niña había hundido la carita en el regazo de Meredith. Un par de minutos después, llegó una ambulancia y tres paramédicos entraron corriendo en la casa. Todavía no sabían nada, si Tyla seguía con vida, y Daphne no paraba de sollozar. Al cabo de un rato, Charles salió con Will. El niño estaba blanco como la cera. Se había escondido bajo el edredón de su cama, pero había oído gritar a su madre mientras Andrew la golpeaba.

—Vuestra madre está viva —les dijo Charles a los pequeños, y luego miró a Meredith con expresión sombría—. Voy a llevarme a los niños a tu casa. Tú ve con Tyla en la ambulancia.

Meredith asintió. Quería preguntarle si su estado era muy grave, pero no podía hacerlo con los niños delante. Poco después sacaron a Tyla en una camilla. Tenía la cabeza ensangrentada por completo, y su rostro era un amasijo sanguinolento prácticamente irreconocible. Estaba inconsciente y llevaba una máscara de oxígeno y una vía intravenosa en cada brazo. Meredith entregó a la niña a Charles y subió con Tyla a la ambulancia. Arrancaron a toda velocidad, con las luces destellando y las sirenas aullando, y Meredith vio que Charles cerraba la puerta principal y se encaminaba con los niños colina arriba hacia la mansión. Luego centró toda su atención en Tyla.

—¿Está muy grave? —preguntó a uno de los paramédicos, que se limitó a sacudir la cabeza en respuesta.

Tenía el pulso muy débil y apenas respiraba. Meredith oyó que uno de los sanitarios decía que había sufrido una contusión severa. La llevaron a la unidad de traumatología del hospital más cercano, y Meredith no se apartó de ella en ningún momento. Les dio toda la información que necesitaban saber y, cuando le preguntaron cuál era su relación con ella, respondió que era su madre para que la dejaran quedarse.

Tardaron media hora en evaluar su situación de forma superficial, y para entonces su presión sanguínea ya se había estabilizado un poco. Se la llevaron para hacerle un TAC, una resonancia y radiografías, y hacia las cuatro de la madrugada determinaron que el cráneo estaba intacto, no presentaba fracturas ni signos de aplastamiento, pero sí una contusión grave. Tenía rota la nariz, los pómulos y la mandíbula, además de un brazo. También había sufrido una hemorragia interna en la zona del abdomen donde Andrew la había pateado, pero gracias a Dios no se temía por su vida. Iba a sobrevivir. Un cirujano plástico le operó las fracturas faciales y le enyesaron el brazo, y cuando la llevaron de vuelta a la habitación, cubierta de vendajes, parecía una momia. Informaron a Meredith de que habían tomado fotografías de todas las lesiones para poder iniciar procedimientos penales. Tyla estaba fuertemente sedada y le dijeron que su «hija» seguiría inconsciente varias horas. Le aconsejaron que se fuera a casa y volviera hacia el mediodía. La paciente estaría muy adormilada durante un par de días y le administrarían morfina para aliviarle el dolor.

Cuando se disponía a marcharse, Meredith se dio cuenta de que no tenía el bolso ni el móvil para pedir un taxi o un Uber. La dejaron telefonear a Charles desde el puesto de enfermería, y él le dijo que le pediría un taxi y pagaría la carrera cuando llegara a casa.

Charles la estaba esperando en el patio para pagar al taxista, y Meredith le informó del alcance de las lesiones de Tyla. Ambos parecían muy abatidos cuando entraron en la casa. Los niños estaban acostados en la cama de Meredith, delante del televisor. Los dejó durmiendo allí, y ella y Charles fueron a su estudio para poder hablar en voz baja. Luego él se marchó a su casa y Meredith se acostó en el sofá para estar cerca de los pequeños.

Cuando se despertaron por la mañana, les contó una versión edulcorada del estado de su madre y les prometió que se pondría bien.

—¿Podemos verla? —le preguntó Will, que se doblaba sobre sí mismo por culpa de uno de sus dolores de estómago.

—¿Van a meter a mi papá en la cárcel? —quiso saber Daphne.

Meredith no le dijo que ya estaba allí y que esperaba que no saliera nunca.

—No creo que podamos ir a ver a vuestra madre hoy. Me han dicho que va a estar muy dormida. Tal vez mañana.

Luego bajó con ellos a la cocina y les preparó un desayuno a base de cereales y tostadas. Cuando llegó, Charles le comentó en un aparte que, en cuanto la policía hubiera acabado de examinar el escenario del crimen, contrataría un servicio especial para que limpiara a fondo la sangre de todas las superficies. Por la tarde la llamó para explicarle la situación a la que se enfrentaba Andrew. Al día siguiente comparecería ante el juez y, dado el estado en que había dejado a Tyla, la ley caería sobre él con todo su peso. Iban a acusarlo de agresión como se contempla en dos secciones del código penal de California: «infligir lesiones corporales graves» y «conducta intencionada para causar daño físico con resultado de condición traumática». También lo acusarían de proferir amenazas de muerte. Si lo condenaban, podrían caerle hasta cuatro años de prisión. El juez fijaría la fianza, y más adelante se celebraría el juicio, a menos que se declarara culpable. Charles añadió que probablemente perdería la licencia para ejercer la medicina. Dictarían una orden de alejamiento para que no pudiera acercarse a Tyla, y seguramente tampoco podría ver a sus hijos.

—Quiero que Tyla y los niños se queden aquí —dijo Meredith.

Los pequeños pasaron un día tranquilo. Los llevaron un rato al parque y Meredith les preparó el almuerzo y la cena.

Hacia el final del día, Charles se quedó con ellos cuando Meredith fue al hospital para ver a Tyla un momento, pero estaba dormida. Seguía estando irreconocible bajo todos aquellos vendajes. Se encontraba grave pero estable, y sus constantes vitales eran normales.

Al día siguiente, tal como había prometido, Charles hizo ir al servicio especial de limpieza, y luego Meredith y los niños pudieron ir a la casa para recoger algunas cosas. Los instaló juntos en una habitación, con dos camas pequeñas y un gran televisor. Los llevó a la escuela y los recogió. A última hora del día, Charles le comunicó el resultado de la comparecencia de Andrew. Se había declarado no culpable. El juez lo dejó en libertad provisional sin fianza, ya que se trataba de un cirujano respetado y además era su primera detención. Su abogado, un criminalista prestigioso, había jugado muy bien sus cartas. También se dictó una orden de alejamiento que le impedía acercarse a Tyla, a los niños y a la casa. La vista siguiente se celebraría al cabo de un mes. Meredith se puso enferma mientras lo escuchaba, pero seguía dando gracias a Dios por que Daphne hubiera ido a buscarla. De no ser así, estaba convencida de que Tyla estaría muerta.

Los niños se adaptaron enseguida a su nueva rutina. Y por fin, el miércoles, Tyla estuvo lo bastante consciente para reconocer a Meredith y hablar con ella, aunque le costaba mucho porque tenía la mandíbula cosida.

—Vas a quedarte conmigo —le dijo Meredith.

Tyla se esforzó por sonreír y no puso la menor objeción.

—¿Los niños están bien? —preguntó.

—Sí —respondió Meredith.

El resto de lo que quería decirle tendría que esperar a que Tyla se encontrara mejor.

Meredith les explicó a Ava, Arthur y Peter lo que había sucedido. Los tres se quedaron horrorizados y manifestaron su profunda compasión por la pobre Tyla.

—Espero que Andrew acabe en la cárcel —dijo Ava con vehemencia.

Unos días más tarde, fueron todos a verla, y a la semana siguiente le dieron el alta y se instaló en casa de Meredith. Le dijeron que debía descansar mucho hasta que se recuperara de la contusión, y además tendría que alimentarse mediante una pajita hasta que tuviera bien la mandíbula. Meredith la cuidó como si fuera su propia hija y, poco a poco, Tyla fue mejorando y los niños también se tranquilizaron al ver que su madre se recuperaba.

Meredith animó a Tyla para que buscara asesoramiento legal, pese a que era el estado el que había presentado los cargos. El abogado que le consiguió presentó un requerimiento judicial ante el tribunal de familia, solicitando que Tyla pudiera disponer de una de las cuentas bancarias de Andrew para mantenerse a ella y a sus hijos mientras durasen las diligencias. El juez se lo concedió en el acto. Y el abogado le sugirió además que interpusiera una demanda civil para recibir una pensión en caso de que Andrew fuera condenado, y para quedarse también con la casa. Daba por sentado que, pasara lo que pasase, ella pediría el divorcio.

—¡Por Dios! —exclamó Debbie el día que Tyla llegó del hospital—, ahora también tenemos que llevar una enfermería. Primero un albergue para los vecinos del barrio, y ahora esto. La mujer solo puede beber líquidos, y además tienen que ser nutritivos. Y encima han vuelto esos dos chiquillos del demonio.

—Procura que no te oiga Meredith —le advirtió Jack—. Tenemos la oportunidad de demostrarle lo mucho que nos importan ella y sus amigos.

—¿De verdad tengo que hacerlo? —repuso ella en tono suplicante, ya que nunca le habían gustado los niños.

—Sí, tienes que hacerlo, si no quieres que acabemos en prisión como Andrew.

Durante quince años habían estado sustrayendo dinero de las cuentas de la casa, robando objetos valiosos y rapiñando todo lo que podían. Tal vez Debbie ya lo hubiera olvidado, pero Jack siempre lo tenía muy presente. Y no tenía intención de volver a la cárcel. Debbie estaba jugando con fuego al comportarse de esa manera, y él lo sabía. Debían volver a ganarse la confianza de Meredith, recordarle lo mucho que se preocupaban por ella y esperar que se aburriera pronto de sus nuevos amigos, a fin de que él y Debbie pudieran continuar con sus turbios negocios.

10

La convalecencia de Tyla duró más de lo previsto. La contusión seguía provocándole un terrible dolor de cabeza cuando leía o veía la televisión, o cuando intentaba revisar sus mensajes o mirar una pantalla de ordenador. Quería jugar con sus hijos, pero se cansaba enseguida. El brazo en cabestrillo era un gran incordio y odiaba tener la mandíbula cosida. Lo único bueno que sacó de todo aquello fue lo que le dijo a Meredith en un susurro cuando le quitaron los vendajes de la cara y se miró en el espejo:

—¡Uau, me encanta mi nueva nariz!

—Me alegro mucho —repuso Meredith poniendo los ojos en blanco—. Pero la próxima vez que quieras una rinoplastia, concertamos una cita con un cirujano plástico, ¿de acuerdo?

Nadie ponía en duda que Tyla había escapado de la muerte por los pelos y que si había una próxima vez tal vez no tuviera tanta suerte, si es que podía llamársele así. Sin embargo, ella le comentó varias veces a Meredith que todo había ocurrido porque esa noche Andrew había bebido demasiado. Normalmente no era tan violento.

—¿«Tan violento»? ¿Qué significa eso? ¿Un poco menos violento habría sido aceptable? Tyla, no puedes seguir con Andrew. Es un hombre peligroso y tienes que divorciarte de él. No puedes correr más riesgos con alguien así. ¿Y si le hace daño a alguno de los niños?

—Nunca haría algo así. Es un padre maravilloso.

Y un marido horrible.

—¡Es un hombre muy peligroso! —insistió Meredith.

Andrew la llamaba varias veces al día, suplicándole que le diera otra oportunidad y pidiéndole que retirara los cargos. Si lo condenaban, perdería la licencia para practicar la medicina. Pero no era Tyla quien había presentado los cargos, sino la fiscalía del estado. Aun así, Andrew quería que ella convenciera a la policía para que los retirara.

Will no mencionaba nunca a su padre, pero Daphne preguntaba por él y quería saber si estaba bien. Meredith le respondió que estaba segura de que sí.

Al menos en la casa de Meredith estaban a salvo. Les dijo que podían quedarse todo el tiempo que quisieran y confiaba en que así fuera. Los Servicios de Protección al Menor se presentaron para hablar con Tyla, Meredith y los niños, y se quedaron muy satisfechos al comprobar que, mientras vivieran allí, los pequeños estarían en buenas manos. Andrew tenía prohibido verlos hasta que lo decidiera un juez y pasara un examen psiquiátrico.

Siempre que Andrew llamaba a Tyla, Meredith hacía lo posible por salir de la habitación, pero las veces que los había escuchado sin querer intuía que él no paraba de engatusarla, suplicándole, rogándole y pidiéndole perdón. No dejaba de recordarle a Tyla que era un médico respetable y le prometía que asistiría a sesiones para controlar la ira. Meredith odiaba ver cómo intentaba manipularla y esperaba de todo corazón que esa estrategia no le funcionara.

Entonces las cosas empezaron a descontrolarse. Will pegó a un niño de la escuela que le había insultado. Era la primera vez que mostraba tendencias violentas, y no había que buscar muy lejos para saber quién había sido su ejemplo. Lo expulsaron tres días, algo que nunca había sucedido. Por otra parte, Jack se quejó de que le habían robado su navaja suiza, y Debbie la encontró debajo de la almohada de Will. El niño juraba que él no había sido, y Meredith quería creerle, pero las pruebas eran contundentes. Sin embargo, lo peor de todo fue lo que ocurrió con una figurita de un caballo, una hermosa talla en marfil que había pertenecido a los padres de Meredith. Ocupaba un lugar preeminente en la biblioteca y todos en la casa sabían que le tenía un gran cariño. Hasta Debbie tenía prohibido quitarle el polvo, pero poco después la figurita apareció hecha añicos, como si alguien la hubiera estampado contra el suelo a propósito. Se había roto en un millón de pedacitos y resultaría imposible restaurarla. Esta vez Meredith dudó. Y lo que era peor aún: Debbie juraba y perjuraba que había visto a Will hacerlo. El niño lloró de forma desconsolada, asegurando que él no lo había hecho.

Una mañana, cuando estaban solas, Meredith le habló a Tyla del asunto con la mayor delicadeza posible. Le comentó que últimamente se habían producido varios incidentes violentos en los que Will se había visto implicado y que estaba muy preocupada por él.

—¿Quieres que nos marchemos?

Tyla pareció devastada. Creía firmemente que su hijo decía la verdad, y le juró a Meredith que nunca había sido un chico problemático ni agresivo.

—Lo sé, pero es que antes nunca había visto, u oído, cómo su padre golpeaba a su madre hasta casi matarla. Por supuesto que no quiero que os marchéis. Pero tal vez Will necesite terapia de algún tipo, alguien con quien pueda hablar.

—Will no tiene problemas —insistió Tyla.

—Está sufriendo, que es muy distinto —señaló Meredith.

Todos ellos estaban sufriendo un trauma indescriptible: en el caso de Tyla, físico; y en el de toda la familia, emocional.

Meredith habló con Charles sobre el asunto. Él se mostró de acuerdo en que Will necesitaba ayuda psicológica, y Daphne también. Habían tenido que pasar por demasiadas cosas, y estaba claro que el sufrimiento aún no había acabado. Si Andrew era condenado, pasaría varios años en prisión y también resultaría muy traumático para los niños.

—Por otra parte —añadió Charles—, no me fío demasiado de Debbie como testigo objetivo de todos esos incidentes.

—¿Sigues sin confiar en ella? —preguntó Meredith, sorprendida.

—Sí, no confío en ella. Le encantaría que Tyla y los niños se marcharan de tu casa, y la veo muy capaz de hacer lo que sea para conseguirlo.

Meredith pareció muy triste al oírle decir eso.

—Tú no la conoces.

Él no quiso discutir. Sabía que sentía debilidad por Jack y Debbie, y su lealtad hacia ellos era absoluta.

—En fin, hay otra cosa que quería recordarte para que la tengas muy presente. Muchas mujeres maltratadas por sus maridos o parejas vuelven con ellos, aun después de haberse separado. Las consecuencias pueden ser trágicas. Y no siempre sobreviven a un segundo asalto.

La mera idea hizo estremecerse a Meredith y confió en que Charles se equivocara. Pensaba que Tyla hablaba demasiado a menudo con Andrew y que, a pesar de lo que le había hecho, se mostraba excesivamente comprensiva con él. Y en ocasiones le mentía y le aseguraba que no estaba hablando con Andrew, cuando Meredith sabía muy bien que así era. Puede que Tyla no fuera del todo honesta con ella, pero sí creía a Will cuando le decía que él no había robado ni destrozado nada. Sin embargo, Debbie tampoco era una mentirosa. Las emociones en la casa empezaban a desbocarse.

Hacia el final de la semana, se produjo otro incidente: una valiosa pieza tallada en jade desapareció del salón. Debbie informó de inmediato a Meredith, pero esta vez la figura no apareció en el cuarto de Will, ni en ninguna otra parte. En esa ocasión Charles se mostró todavía más escéptico y, directamente, no creyó nada de lo que decía Debbie.

—No es el tipo de cosa que querría un niño. No le serviría para nada.

Aquello despertó aún más las sospechas de Charles, y esa tarde entró en la cocina, cogió varias bolsas Ziploc de envasado al vacío y fue metiendo en ellas algunos objetos de uso cotidiano: el salero que Debbie utilizaba mientras cocinaba, una taza de café de la que ella acababa de beber, unas tijeras de cocina y un vaso que había visto utilizar hacía un rato a Jack y que aún no habían lavado. Lo metió todo en una bolsa de papel y salió de la casa en dirección a su coche. Cuando regresó al cabo de una hora, Debbie ya se estaba quejando de que no encontraba las tijeras ni el salero por ninguna parte. Charles no hizo el menor comentario. Nadie le había visto mientras recogía su pequeño botín, que había entregado a uno de sus empleados para que lo llevara al laboratorio forense a fin de extraer las huellas dactilares.

Al día siguiente, recibió la llamada de uno de sus contactos en la policía y nada de lo que le dijo le pilló por sorpresa. Era lo que se había esperado y supo que le resultaría muy doloroso tener que contarle a Meredith que había sido traicionada vilmente por unas personas a las que apreciaba tanto.

Charles le explicó lo que había hecho, y al principio Meredith se quedó escandalizada. Le contó que había cogido algunos objetos que sabía que tenían las huellas de Jack y Debbie, y había hecho que las cotejaran con los registros policiales interestatales y con los archivos del Sistema de Justicia Criminal de California, a fin de comprobar si tenían antecedentes o condenas previas.

—Odio tener que decirte esto, pero los dos tienen antecedentes penales por sustracción y uso fraudulento de tarjetas de crédito, hurto menor y posesión de drogas con fines de tráfico. Su historial delictivo es interminable, y ambos han estado en prisión. Se sospecha que también robaron dinero en sus dos empleos anteriores, pero la gente para la que trabajaban murió antes de que se demostrara nada y sus familias decidieron no remover más el asunto. Esa pareja a la que tanto quieres, y que se han acabado convirtiendo en tus mejores amigos, son unos delincuentes, unos criminales convictos. Y estoy seguro de que si haces que revisen de forma cuidadosa tus cuentas de gastos de la casa, descubrirás que también te han estado robando dinero. Esos dos no son quienes crees que son. Lo siento mucho, Meredith —concluyó Charles, lamentando muchísimo tener que darle tan malas noticias.

—No puede ser cierto —dijo ella destrozada, con lágrimas en los ojos—. Se presentaron con unas referencias intachables.

—Seguramente las falsificaron. ¿Hablaste con la gente que se supone que escribió esas referencias?

Ella negó con la cabeza.

—Eran tan buenas que no vi la necesidad de hacerlo.

—Por lo que he podido observar, y por lo que tú misma me has contado, creo que han estado controlándote y manipulándote todos estos años para intentar aislarte del mundo, hasta que llegué yo e hiciste nuevos amigos y dejaste de ser tan vulnerable. Por eso no soportaban que tus vecinos se alojaran en esta casa y que yo viniera por aquí. Querían que siguieras estando sola y que no hubiera nadie para vigilarles. Esos dos me dieron muy mala espina en cuanto los vi. Y ahora me gustaría hacer una cosa contigo. ¿Dónde están en este momento?

—No lo sé. Creo que Jack ha ido a la ferretería y Debbie tenía que comprar leche. Los niños se la han bebido toda.

—Quiero que me acompañes a su apartamento para echar un vistazo.

—¡No puedo consentir que hagas eso! —exclamó ella, horrorizada—. Son gente honrada y respeto su privacidad —siguió defendiéndoles, con el afecto que le inspiraban todos aquellos años de lealtad mutua.

—Tienen antecedentes penales —le recordó Charles—. Son delincuentes con un larguísimo historial delictivo.

Los hechos eran innegables, pero Meredith estaba convencida de que sus empleados nunca le robarían. Pondría la mano en el fuego por ellos y quería demostrárselo a Charles.

Se levantó casi a regañadientes y salieron juntos del estudio. Bajaron las escaleras, y Meredith cogió de un armarito cerrado una llave que solo se utilizaba en situaciones de emergencia, como en caso de incendio. Al abrir la puerta del apartamento, casi se estremeció. Confiaba en ellos y estaba segura de que no encontrarían nada que los incriminara. Sentía que estaba violando no solo su privacidad, sino también todos los años de afecto y apoyo que le habían brindado.

Entraron en la sala de estar del apartamento, el lugar en el que Jack y Debbie se sentían completamente seguros porque Meredith no había puesto el pie allí desde hacía quince años y sabían que nunca lo haría. Era demasiado decente y respetuosa para hacer algo así.

La pieza tallada en jade estaba encima de la mesita de café, en medio de un montón de periódicos, junto con un cortaúñas y un paquete de cigarrillos. La caja de Fabergé que había desaparecido después del terremoto descansaba en la cómoda del dormitorio. Meredith contuvo el aliento mientras recorría la habitación con la mirada. Las dos valiosísimas pinturas francesas que ella y Scott habían comprado en París estaban colgadas sobre la cama. Por lo visto les habían gustado tanto como para robarlas, y además las tenían a la vista, conscientes de que ella nunca entraría en el dormitorio. Meredith no recordaba cuándo habían desaparecido aquellos cuadros, ni siquiera se había percatado de que faltaban.

Charles abrió la puerta del armario y en su interior había cuatro bolsos de piel de cocodrilo que Meredith no veía desde hacía diez o doce años y hasta había olvidado que tenía. No pudo evitar preguntarse si habrían sido ellos quienes habían destrozado el caballo de marfil para luego acusar a Will y quienes habían colocado bajo su almohada la navaja suiza de Jack. De ser así, no cabría la menor duda de que eran personas crueles y malvadas que la habían tomado por una completa estúpida. Se preguntó también si Charles tendría razón: si habían intentado aislarla de forma deliberada para manipularla y controlarla; o si simplemente se habían aprovechado del hecho de que ella misma se había retirado del mundo y los únicos amigos que le hubieran quedado fueran ellos dos, un par de vulgares delincuentes que la habían utilizado a su antojo.

—Lo siento mucho, Meredith —dijo Charles al ver la expresión de su cara—. Si me das permiso, puedo investigar las tiendas y los proveedores que os suministran servicios. Inflar las facturas y cobrar comisiones bajo mano es uno de los métodos que suele usar esta gente. Los propietarios de esos comercios y negocios no lo reconocerán, pero cuando les interrogue la policía acabarán admitiéndolo. Has sido de mucho provecho para Jack y Debbie, mucho más de lo que te imaginas. Y es muy probable que también te hayan robado dinero siguiendo métodos más sutiles.

Meredith pensó en el flamante Mercedes que Jack se había comprado hacía poco. Le había impresionado que la pareja hubiera conseguido ahorrar tanto dinero.

—Sí, hazlo. Quiero saberlo todo —respondió con voz ahogada, mientras se sentaba en el sofá a esperarlos.

Charles tomó asiento en una silla frente a ella. Permanecieron inmóviles como estatuas hasta que los oyeron llegar. Venían hablando y riendo, y Debbie soltó un grito al entrar en la sala y verlos allí. Parecía como si no supiera en qué dirección salir huyendo. Sus ojos se movieron con nerviosismo desde la figura de jade hasta el al rostro de Meredith, y luego entró corriendo en el dormitorio y volvió a salir.

—Se acabó el juego —dijo Charles con voz calmada—. Os habéis montado aquí un negocio de lo más provechoso, ¿verdad?

—¿Qué cojones estáis haciendo en nuestro apartamento? —gritó Jack, que avanzó amenazadoramente hacia él.

Charles permaneció impertérrito.

—Yo que tú no lo haría. He enviado vuestras huellas a la policía y tenemos vuestro historial de detenciones. Vamos a pasarles una lista de todo lo que habéis robado aquí, todo lo que podamos ver de momento. Lo cotejaremos también con los registros de la compañía de seguros de la señora White para comprobar todo lo que ha desaparecido de la casa a lo largo de estos años. Imagino que habréis vendido muchas cosas y que también habréis ido rapiñando una buena suma de dinero, ¿verdad? Dos de mis agentes ya están de camino. Vigilarán cómo recogéis vuestras cosas y os acompañarán hasta la puerta. Vuestra carrera delictiva ha acabado aquí. La señora White presentará cargos contra vosotros y ordenará que se realice una auditoría exhaustiva de todas las cuentas de gastos de la casa.

Meredith le había contado que Debbie tenía autorización para extender cheques de esas cuentas. Y Charles se encargaría de que cambiaran todas las cerraduras.

—¡Eres una bruja por dejarle que haga esto! —le gritó Debbie a Meredith, que permanecía sentada muy quieta mirando a la mujer que había fingido cuidarla y preocuparse de ella durante tantos años—. Somos los mejores amigos que has tenido nunca.

Meredith no respondió. No sabía qué decir. Se la veía destrozada y se quedó sin habla durante un buen rato.

—Los amigos no se roban entre ellos —replicó Charles—,

y tampoco mienten, engañan y manipulan. Tenéis media hora para recoger vuestras cosas y os vigilaremos muy estrechamente mientras lo hacéis. La señora White decidirá si finalmente os lleva o no a juicio, pero yo le recomendaré que lo haga. Y también os aconsejo que no salgáis de la ciudad —concluyó con frialdad.

—¡Que te jodan! —le espetó Debbie, como si se estuviera dirigiendo a un guardia de prisiones.

Ya no tenían nada que perder. Se habían transformado en unas personas a las que Meredith ni siquiera reconocía, aunque entonces comprendió que siempre habían sido así.

Jack entró en el dormitorio, sacó una maleta y fue metiendo sus cosas bajo la atenta mirada de Charles. Este cogió la caja de Fabergé y la colocó delante de Meredith para que pudiera controlarla, y también se aseguró de que los dos cuadros colgados encima de la cama no volvieran a desaparecer. El silencio era absoluto mientras recogían sus pertenencias. Al cabo de diez minutos, los dos empleados de Charles llamaron a la puerta trasera y Meredith los dejó pasar. El pequeño apartamento estaba abarrotado. Uno de los hombres se colocó a apenas un palmo de Debbie, y el otro, muy cerca de Jack. Sabían que no tenían ningún margen de maniobra. Charles tenía razón: el juego había acabado. En el rostro de Meredith había una expresión fúnebre mientras Jack y Debbie acababan de cerrar las bolsas y echaban un último vistazo a su alrededor. Luego se quedaron mirándolo. En sus caras no había ni rastro de disculpa, gratitud o arrepentimiento. Eran solo dos personas viles y despreciables, unos sociópatas que se habían lucrado a su costa y se habían aprovechado de las tragedias de su vida a lo largo de muchos años.

Los empleados de Charles los escoltaron hasta la calle, donde tenían aparcado el coche. Meredith no hizo el menor amago de despedirse de ellos. Era totalmente incapaz de hablar.

Charles ordenó a uno de sus hombres que llamara a un cerrajero, mientras ella iba recogiendo los objetos robados que habían recuperado y los depositaba encima de la cama.

—Te los subiré más tarde —le prometió Charles, y luego salieron del sofocante apartamento.

Había sido uno de los momentos más desagradables y tristes de su vida. Todas sus ilusiones sobre la bondad del ser humano se habían derrumbado a su alrededor. No dijo nada mientras subía las escaleras con Charles. La única palabra que consiguió pronunciar fue: «Gracias». Luego se dirigió a la habitación de Tyla y, plantada al pie de su cama, le habló mientras Charles esperaba en el pasillo:

—Os debo una disculpa, a ti y a Will. Y quiero que lo sepas por mí. Hemos encontrado la figura de jade, la caja de Fabergé y otros objetos robados. Ahora sé que Will no rompió el caballo de marfil ni robó la navaja suiza. Charles ha descubierto que Jack y Debbie tenían antecedentes penales y hemos encontrado en su habitación todo un alijo de artículos robados, algunos de los cuales llevaban mucho tiempo desaparecidos. Acabo de echarlos de la casa.

Mientras Tyla la miraba y asentía, Meredith se sentía como si una parte de ella hubiera muerto por dentro. Luego fue a su estudio. No podía apartar de su mente todo lo ocurrido. Charles se sentó a su lado, y vio cómo las lágrimas de dolor y decepción le resbalaban por las mejillas. La rodeó entre sus brazos y la estrechó con fuerza, y entonces Meredith rompió a llorar mientras se le desgarraba el corazón.

Más tarde fue a buscar a Will y, con gesto de gravedad, le pidió disculpas por haber cuestionado su honestidad. Él la abrazó y le prometió que nunca le había robado nada ni haría nada que pudiera hacerle daño.

Esa tarde, Charles fue a hablar con los proveedores. Tampoco se había equivocado en eso. Meredith le escuchó asintiendo mientras él le contaba que habían estado recibiendo sustanciosas comisiones durante años. Sabían muy bien cómo sacar provecho del sistema, eran auténticos estafadores.

—Siento haber tenido razón —dijo él, después de haberle enumerado la lista de proveedores que habían estado inflando las facturas a su costa.

—Yo también —respondió ella sonriendo con tristeza—. Pero me alegro de que me hayas abierto los ojos. Jack y Debbie no forman parte de esta casa. Supongo que nunca lo hicieron.

Había sido un duro despertar a la realidad descubrir quiénes eran verdaderamente.

La estrechó de nuevo entre sus brazos. Esa vez no lloró. No quería volver a pensar en ellos nunca. Ya no le quedaban lágrimas para gente malvada y mezquina en su vida.

Al final, después de reflexionar mucho, y en contra de la opinión de Charles, decidió lo que quería hacer: no iba a presentar cargos contra ellos. Resultaría demasiado complicado determinar todo lo que le habían robado y el dinero que le habían sustraído. La policía le había dicho que ese tipo de delitos prescribían al cabo de tres años, y las comisiones se habían cobrado en efectivo, de modo que sería imposible demostrar nada. No quería pasar más años de dolor y frustración intentando recuperar el dinero y litigando para que los metieran en prisión. Tenía suficiente con haberlos echado de su vida, y además, gracias a la intervención de Charles, había puesto fin a la sangría y había recuperado algunos objetos muy preciados. No merecía la pena malgastar tiempo y dinero tratando de percibir una pequeña fracción de lo que le habían robado y de las comisiones que habían cobrado.

No había forma de detener a la gente de esa calaña. Seguramente no tardarían en encontrar a una nueva víctima, y Meredith sentía lástima por la siguiente persona a la que engañaran. Ella y Charles estaban seguros de que volverían a hacerlo. Habían sido tan convincentes, se habían mostrado tan buenos y afectuosos, que Meredith había creído hasta la última palabra que le habían dicho. En ese momento, se daba cuenta de que todo había sido una mentira. Nada en ellos había sido honesto ni sincero. Su supuesta amistad no había sido más que una estratagema para manipularla. Pensar en ello le partía el corazón, y solo quería pasar página y seguir adelante con su vida. No había manera de parar los pies a aquella gente, tampoco de rehacer el pasado. Meredith decidió reducirlo todo a una experiencia horrible y una espantosa traición que nunca olvidaría. Por otra parte, también había quedado muy claro que en la agencia de contratación no habían comprobado sus antecedentes penales. Las personas como Jack y Debbie sabían muy bien cómo manipular el sistema y eran expertas en encontrar a víctimas inocentes, tal como habían hecho con ella. Las circunstancias personales de Meredith habían jugado totalmente a su favor. Fue un terrible mazazo para ella darse cuenta de lo ingenua que había sido y descubrir lo malvada que podía llegar a ser la gente.

11

Después de que Jack y Debbie se marcharan, Charles esperó unos días antes de volver a sacar el tema. Para entonces pasaba casi todas las noches con Meredith. Ya había lidiado con problemas similares en el terreno profesional, pero nunca habían afectado a su vida personal y, en cierto modo, todo aquello era nuevo para él. No así para Meredith, quien durante años había sido engañada y estafada por unas personas en las que había confiado ciegamente. Ahora veía con claridad que esos dos nunca habían sido sus amigos. Habían sido unos impostores y unos vulgares delincuentes desde el principio hasta el final. Meredith no tenía ni idea de dónde estaban, y tampoco le importaba.

Una noche, después de que Tyla y los niños se hubieran acostado, Charles y Meredith se encontraban a solas en el estudio. La casa estaba tranquila y silenciosa. Esa misma tarde, Meredith había entrevistado a una pareja para sustituir a sus antiguos empleados, y habían presentado referencias auténticas que ella y Charles se habían encargado de comprobar. Los había contratado y empezarían el fin de semana. La mujer era una guatemalteca encantadora, y su marido era peruano; los dos muy educados y con un aspecto impecable. Sus antiguos empleadores se habían mudado a Londres y no habían podido ir con ellos.

—Meredith —empezó Charles con voz calmada—, quería hablar contigo acerca de tu sistema de seguridad. Todos los dispositivos que tienes instalados son bastante buenos, pero ya sabes que la tecnología avanza a un ritmo vertiginoso. Me gustaría que me dejaras actualizarlos, ponerlos un poco al día, sin que te suponga un gran coste. Y hay otra cosa que me preocupa. Puede que tú no seas consciente, pero ser quien eres te convierte en un objetivo muy codiciado para estafadores y gente corrupta. Y, aunque no hay necesidad de caer en la paranoia, te pido que tengas mucho cuidado. Te quiero, Meredith, y no me gustaría que te hicieran daño.

No mencionó en ningún momento a Jack y a Debbie, pero se sobreentendía perfectamente.

—Gracias. —Meredith sonrió al oír el «Te quiero». Era una novedad. Ella también estaba enamorada de él y ya se lo había dicho cuando estaban en la cama—. Debo de parecerte una tonta. Poco tiempo después de que Jack y Debbie entraran a trabajar aquí, mi vida entera se derrumbó. No fui yo misma durante un par de años. No podía pensar en nada, y ni siquiera me importaba. Me convertí en una presa fácil, pero ya no lo soy. Solo Dios sabe cuánto me habrán robado y estafado. Tuvieron mucha suerte conmigo: me pillaron en el peor momento, cuando más hundida estaba. Pero por fin he abierto los ojos.

—He visto cómo presidentes de grandes corporaciones se convertían sin darse cuenta en víctimas y prisioneros de sus propios empleados. Solo hace falta que se den las circunstancias apropiadas: una muerte en la familia, la pérdida de un cónyuge, una enfermedad, una desgracia, un momento de debilidad, una mala época... Y, de pronto, son ellos los que tienen la sartén por el mango. Quiero que sepas que puedes contar conmigo y que, mientras yo esté por aquí, no dejaré que nada de eso vuelva a ocurrirte nunca.

—Sé que lo harás, y también que tenías razón acerca de

ellos. Al principio pensé que estabas loco, pero resulta que era yo la que había perdido la cabeza.

—No, solo eran personas malvadas que sabían muy bien lo que se hacían. Normalmente los métodos más sencillos son los que mejor funcionan. Lo que pasa es que al resto de la gente nos cuesta ponernos en su piel y pensar como ellos. Es triste tener que tomar tantas precauciones, pero en tu caso no te queda otra elección.

Meredith se mostró de acuerdo, y poco después fueron a acostarse. Ella se acurrucó entre sus brazos. Era un hombre alto y poderoso, en todos los sentidos, y se sentía a salvo con él. No iba a permitir que le ocurriera nada malo. La sensación era maravillosa. Se alegraba mucho de que Jack y Debbie se hubieran marchado, y de que Tyla y los niños siguieran viviendo allí por el momento.

Por la mañana, Meredith fue a llevar a Will y Daphne a la escuela.

Dos horas más tarde, la llamaron para que fuera a recoger a Will: tenía otro de sus dolores de estómago. Meredith se quedó muy preocupada por él. Era el primer dolor que sufría desde la noche en que su padre había golpeado a su madre hasta casi matarla. En el trayecto de vuelta a casa, Will le había hecho una pregunta un tanto desconcertante:

—¿Crees que mamá volverá alguna vez con papá o que se verán en alguna parte?

—Espero que no. Al menos hasta que tu padre reciba ayuda psicológica. Quedar ahora con él no sería muy buena idea.

Meredith procuraba tener el máximo cuidado posible y, por el bien de los niños, no quería hablarles mal de su padre. Will asintió y, cuando llegaron a casa, se fue directo a su cuarto.

—Creo que me voy a acostar un rato —dijo.

Y cuando Meredith se pasó a ver a Tyla, la encontró de

muy buen humor, como hacía tiempo que no la veía. Le contó lo del dolor de estómago de Will, y ella pareció muy sorprendida.

—Será algo que ha comido.

—No lo había pensado. —Meredith sonrió, y entonces se acordó de su hijo—. A Justin también solía dolerle la barriga cuando estaba preocupado por algo. Y en ocasiones solía fingirlo para librarse de ir a la escuela; por ejemplo, cuando tenía un examen muy difícil.

—Will también ha hecho eso alguna vez —admitió Tyla—, aunque es muy buen estudiante, salvo en matemáticas. Andrew siempre se pone muy duro con el tema de las notas. Tal vez hoy Will tuviera miedo de que no le fuera bien en un examen.

—Tal vez —dijo Meredith.

Luego volvió a su estudio, donde tenía un montón de papeles sobre el escritorio. Le gustaba llevar a Will y a Daphne a la escuela. Le recordaba tiempos pasados más felices, y eran unos niños adorables. Esperaba de todo corazón que las cosas se arreglaran para ellos lo antes posible.

Meredith continuaba sentada a su escritorio cuando Tyla salió de casa. Ya se sentía más fuerte, sus heridas estaban sanando bien y de vez en cuando salía a dar un paseo para tomar el aire. Continuaba hablando con Andrew por teléfono, con más frecuencia de la que Meredith pensaba que debería. Ella creía que no debería hablar con él en absoluto. Andrew le decía que iba a acudir a unas sesiones para controlar la ira, que la echaba muchísimo de menos, que tenía muchas ganas de verla, a ella y a los niños, y que estaba profundamente arrepentido por lo que le había hecho. Le suplicaba que le dejara volver, o al menos que se vieran para poder hablar en persona. Le decía que ni siquiera tenía una foto suya con los niños, que estaba viviendo en una mísera habitación de hotel y que añoraba su casa. A Tyla le daba mucha pena oírle hablar así. Le habían suspendido del colegio de médicos de manera temporal, hasta que se resolvieran los cargos pendientes contra él, y estaba terriblemente deprimido. Tyla y los niños seguían recibiendo asistencia económica por orden judicial, pero a Andrew le aterraba pensar qué ocurriría si no podía volver a practicar la medicina. ¿Cómo se mantendría? ¿Y qué pasaría si al final iba a prisión?

Will estaba mirando por la ventana cuando vio que su madre salía y echaba a andar calle abajo hacia su casa. Se había fijado en que siempre tomaba esa dirección cuando iba a pasear. Se preguntó si ella también añoraría su casa. Él echaba de menos sus juguetes. Solo se había llevado unos pocos y le gustaría ir a buscar algunos más, pero su madre le había dicho que no quería llevarse muchas cosas y que su habitación se viera muy abarrotada.

Al cabo de unos minutos, Meredith fue a buscar a Tyla para preguntarle algo y le sorprendió descubrir que no se encontraba en su habitación. Por la mañana le había dicho que estaba muy cansada, aunque la había visto de muy buen humor. Meredith se asomó al cuarto de Will para ver cómo se encontraba. Pensó que a lo mejor estaría durmiendo, pero en lugar de eso estaba de pie, mirando por la ventana.

—Hola, Will, ¿cómo te encuentras? —le preguntó con una sonrisa.

—Estoy bien —respondió el niño, que se volvió hacia ella con gesto triste.

—¿Sabes dónde está tu madre?

—Se ha ido a dar un paseo. Por ahí. —Señaló hacia su casa.

Después de salir del cuarto, Meredith se quedó pensativa un momento, sintiendo una extraña sensación en la boca del estómago. ¿Por qué parecía Tyla tan contenta esa mañana?

¿Era solo una coincidencia o acaso tenía algún plan? ¿Había ido a ver a Andrew?

Meredith bajó las escaleras y cogió un abrigo del armario del vestíbulo. No sabía por qué, pero quería asegurarse de que Tyla se encontraba bien. Hacía un día gris y brumoso. Unos minutos después, plantada delante de la casa de los Johnson, vio que había luz en el salón de la planta baja. El pánico se apoderó de ella. Estaba segura de que Tyla había ido a encontrarse con Andrew. Tal vez él había querido que se vieran allí. Aun así Meredith todavía esperaba equivocarse. Pero ¿por qué estaban las luces encendidas? Quizá Tyla solo había ido a su casa para pasar un rato a solas e intentar exorcizar los fantasmas del pasado.

Llamó al timbre y, al momento, la puerta se abrió con brusquedad. Allí estaba Andrew. Parecía bastante hecho polvo, con unas ojeras muy oscuras bajo los ojos. Su aspecto era desaliñado: necesitaba un buen corte de pelo, iba sin afeitar y llevaba la ropa desarrapada. Se le veía furioso y con la mirada desquiciada.

—¿Está Tyla? —preguntó Meredith con voz fría, tratando de no parecer sorprendida de que estuviera allí.

—¿Por qué no lo compruebas por ti misma? —espetó él, la agarró del brazo y la arrastró al interior.

Entonces vio a Tyla encogida en un sillón, con un hilillo de sangre que le corría desde el labio hasta el mentón. Ya la había golpeado al menos una vez, y los ojos demenciales de Andrew le decían que pensaba seguir haciéndolo.

—Andrew, no tienes por qué seguir haciendo esto —dijo Meredith con voz pausada—. No necesitas buscarte más problemas, tampoco Tyla ni los niños. Ya tenéis bastante de lo que preocuparos.

—Aaah, mira lo que dice la señorita Santurrona. No estaría metido en problemas si tú no le hubieras llenado la cabeza con tanta mierda. Antes Tyla sabía cómo comportarse. Pero, si no retira los cargos, me quitarán la licencia. Y si eso ocurre, ¿cómo voy a ganarme la vida?

Clavó aquella mirada salvaje en la de Meredith. El terror ante la idea de volver a ser pobre estaba devorándolo.

—Entonces no empeores más las cosas —prosiguió ella en tono calmado.

Quería sacar a Tyla de la casa y que las dos pudieran escapar antes de que Andrew estallara y perdiera el control.

—No he venido buscando problemas —explicó él—. He venido porque quería algunas fotos de mis hijos. Tyla me dijo que me las daría. No tengo ni una maldita foto de los niños conmigo y estoy viviendo en un hotel que es un estercolero, y todo gracias a ella —añadió, apuntando furioso a su mujer.

Estaba totalmente fuera de sí. Tyla había acabado cediendo ante las promesas que le había hecho Andrew. Era muy probable que se sintiera injustamente culpable de su situación, algo de lo que él no hacía más que acusarla por teléfono. Todo había sido culpa suya. Y, como casi todas las mujeres maltratadas, ella le había creído. Meredith se preguntó si lo que había dicho Charles sería cierto: que la mayoría de las mujeres que sufrían malos tratos volvían con sus maltratadores.

—Estoy segura de que tendrás cosas que hacer —dijo Meredith con voz firme—, y nosotras también.

Hizo una señal a Tyla para que se acercara, pero la mujer estaba paralizada por el miedo. La aterraba lo que pudiera ocurrir cuando pasara junto a él para dirigirse a la puerta. Sabía muy bien de lo que era capaz. Ahora todos lo sabían.

En cuanto Meredith había salido de la mansión, Will llamó a Charles. Tenía su número de móvil en la cartera y, cuando le respondió, empezó a hablar a toda velocidad, casi sin aliento.

—Creo que mi madre ha ido a ver a mi padre a nuestra casa, y Meredith ha ido a buscarla.

—¿Te lo han dicho ellas? —le preguntó, percibiendo la urgencia en la voz de Will.

—No, solo me lo imagino. Pero las he visto ir hacia allí.

Charles no lo dudó un instante. Le prometió a Will que volvería a llamarle y luego telefoneó a un número interno de la policía para casos de emergencia, al que siempre recurría en contingencias como aquella. Les explicó la situación: que Andrew era un hombre peligroso, que tenía una orden de alejamiento a la espera de juicio por una agresión brutal contra su esposa, y que posiblemente estaba reteniendo a dos mujeres en contra de su voluntad en su antigua casa.

—Vamos, Tyla —insistió Meredith, que hizo un amago de acercarse a la puerta para intentar abrirla.

Entonces, de pronto, Andrew desató toda su ira. Meredith apenas se había movido cuando el hombre la agarró por el cuello y la estampó con violencia contra la pared, haciendo que se golpeara con fuerza en la cabeza.

—Tú empezaste todo esto, ¿no, zorra? —le espetó—. Tú le llenaste la cabeza de ideas de libertad e independencia y le dijiste que no me escuchara, y ahora no me deja volver a casa. Ya ni siquiera vive aquí, está viviendo contigo y con ese novio fascista tuyo que se cree el amo del mundo.

Meredith no dijo nada. Se preguntaba cómo iban a escapar de la casa cuando vio a dos policías que se acercaban con cautela a la puerta principal. De pronto estalló una ventana y salieron volando cristales por todas partes. Uno de los agentes saltó a través de ella, y el otro embistió la puerta, agarró a Andrew y, en cuestión de segundos, lo tuvieron inmovilizado contra el suelo y con las manos esposadas a la espalda. Tyla salió corriendo hacia Meredith y se abrazó a ella con fuerza. Andrew no paraba de lanzarle improperios desde el suelo, y cuando se lo llevaron a rastras no dejaba de gritarle lo que le haría si volvía a ponerle la mano encima. Meredith miró a Tyla y le pasó la mano por la cabeza para tranquilizarla. Para entonces ya habían sacado a Andrew de la casa.

—¿Cómo sabías que estaba aquí? —le preguntó Tyla, desconcertada, limpiándose la sangre de la cara.

No le había contado a nadie que iba a reunirse con Andrew.

—Will me ha dicho que habías salido a dar un paseo y que habías venido en esta dirección. Te estaba vigilando, y creo que intuía que vendrías aquí. Y cuando me lo ha dicho yo también me lo he imaginado, así que he decidido venir a echar un vistazo.

—¿Y has llamado a la policía antes de salir de casa?

Meredith negó con la cabeza.

—Puede que lo haya hecho Will. Tyla, no puedes volver a ver a Andrew. Al final te matará.

Todo el mundo estaba convencido de ello, salvo Tyla.

Ella dejó caer la cabeza, avergonzada.

—Ahora ya lo sé. Me daba mucha lástima, así que acepté quedar con él.

—No puedes permitir que vuelva a ocurrir. Tienes dos hijos que te necesitan, y la próxima vez, o alguna de las siguientes, acabará matándote.

—No volveré a verle nunca.

La policía continuaba fuera cuando Tyla apagó las luces y cerró la puerta de la casa. La cerradura y la ventana estaban rotas. Tendría que llamar para que las arreglaran. Tyla ya había visto aquella película demasiadas veces. Ya la habían visto todos. Un agente les dijo que pasarían más tarde por casa de Meredith para tomarles declaración a ambas.

En el momento en que ambas mujeres estaban llegando a la mansión, Charles detuvo el coche delante de la verja. Se encontraba cerca, en su casa, cuando Will le llamó.

—¿Estáis bien?

Las dos asintieron, aunque Tyla tenía un corte en el labio del bofetón que Andrew le había propinado, y a Meredith empezaba a salirle un chichón en la zona donde le había estampado la cabeza contra la pared.

—¿Has llamado tú a la policía? —le preguntó Meredith, perpleja, ya que no sabía cómo se había enterado.

—Will me ha llamado. Se figuraba que habíais ido a la casa de Tyla, así que he llamado al número de intervención rápida. ¿Estaba Andrew con vosotras?

Tyla asintió con gesto abochornado y arrepentido.

—Acepté quedar con él para darle algunas fotografías. Pero está totalmente fuera de sí.

Se lo habían llevado a la cárcel.

—Esta vez no lo dejarán salir ni bajo fianza —le dijo Charles—. Lo someterán a un examen exhaustivo en algún hospital psiquiátrico que cuente con un pabellón de seguridad, que es donde debe estar. Y lo más probable es que lo tengan allí encerrado hasta que se celebre el juicio.

Lo cual supondría un alivio para todos ellos.

Entraron en la mansión, y Tyla subió al cuarto de Will para decirle que se encontraban bien. Volvió al cabo de un momento sosteniendo un trozo de papel. Contenía unas palabras escritas a mano por el niño.

—¡Oh, Dios mío! —exclamó Tyla, entregándoles la nota con lágrimas en los ojos. Decía simplemente: «No dejéis que mate a mi mamá». Y no había ni rastro de Will en la habitación—. Creo que se ha escapado —añadió, presa del pánico.

—Tenía miedo de que volvieras con su padre y te matara. Me lo ha dicho esta mañana —explicó Meredith—. Creo que debe de haber oído alguna de tus conversaciones con Andrew.

Tyla se dejó caer en una silla. Parecía a punto de desmayarse.

—¿Y ahora qué hacemos? —preguntó, terriblemente asustada por Will.

—Daremos una vuelta en coche —respondió Charles en

tono sereno y sensato. Nunca se dejaba llevar por el pánico en una crisis.

Salieron al patio en busca de su SUV. Él se sentó rápidamente al volante y encendió el motor.

—No puede haber ido muy lejos. Lo encontraremos —tranquilizó a Tyla.

—Voy contigo —dijo ella, y se subió al asiento del acompañante.

Su encuentro con Andrew había desencadenado otra situación angustiosa.

—Yo también iré a dar una vuelta —dijo Meredith sacando la llave de su coche, que también estaba en el patio.

Salieron por la verja uno detrás del otro y fueron recorriendo el barrio por separado. Al cabo de un par de horas, regresaron con unos minutos de diferencia. No había ni rastro de Will por ninguna parte. Poco después, Meredith fue a buscar a Daphne a la escuela y la llevó de vuelta a casa.

—¿Deberíamos llamar a la policía? —preguntó Tyla a Charles.

—Creo que será lo mejor. No me gustaría que se pusiera a hacer autoestop o que deambulara por ahí solo de noche.

Tenía apenas once años y, exceptuando la violencia de su padre, siempre había llevado una vida muy protegida. No sabía nada de la vida en las calles, y quedaría muy claro que no pertenecía a ese mundo, lo que lo convertiría en presa fácil para todo tipo de depredadores.

—¿Cómo iba vestido? —preguntó Charles, desconcertado porque no hubieran logrado encontrarlo, y echó mano a su móvil para llamar a la policía.

—Llevaba el uniforme escolar: pantalones grises, camisa blanca y chaqueta y corbata azul marino —contestó Meredith.

El corazón le latía cada vez más deprisa. ¿Y si no lo encontraban? ¿Y si le había pasado algo? Tyla había cometido una terrible estupidez quedando con Andrew, y Will se había asustado tanto que se había escapado de casa. O tal vez lo tuviera planeado desde hacía tiempo. Habían ocurrido tantas cosas últimamente que el niño quizá sintiera que había perdido el control sobre todo lo que le rodeaba.

La policía se presentó en la casa al cabo de media hora, anotaron la información y emitieron un boletín de búsqueda para toda el Área de la Bahía. Muchas zonas seguían cerradas y sin suministro eléctrico, pero la mayor parte de la ciudad volvía a funcionar con normalidad. Los puentes ya estaban abiertos, por lo que si alguien lo había secuestrado le resultaría fácil salir de San Francisco. Por si acaso, la policía lanzó una Alerta Amber en la que avisaba a los conductores del posible secuestro de un niño. Se activarían carteles luminosos en todas las carreteras y autopistas del estado.

Después de que los agentes se marcharan, Meredith preguntó a Charles:

—¿Y ahora qué?

—Solo queda esperar. —Y rezar, aunque no lo dijo en voz alta.

12

La espera de noticias de la policía sobre Will se les hizo interminable. Tyla se devanaba los sesos, pero no se le ocurría ningún lugar al que pudiera haber ido. Llamó a las madres de todos los chicos de la escuela con los que más relación tenía, pero ninguno lo había visto. Los demás padres habían oído rumores de que los Johnson tenían problemas, y de que Tyla y los niños estaban viviendo en casa de una amiga. Will les había contado que era porque su casa seguía afectada a consecuencia del terremoto, pero se rumoreaba que sus padres se habían separado. Nadie conocía los detalles de la historia e, increíblemente, tampoco había llegado a la prensa.

Hacia las siete de la tarde, Tyla ya había llamado a toda la gente que creía que podría saber algo, pero nadie tenía la menor idea de su paradero. Will tenía un móvil que su madre le permitía usar de forma ocasional, pero se lo había dejado en su cuarto. Aunque Meredith y Charles la ayudaron a registrar la habitación en busca de pistas, no encontraron nada.

Will había sufrido demasiado: la tensión constante que había soportado en su casa durante años; el temor permanente a los estallidos de ira de su padre; los malos tratos que este había infligido a su madre, unos malos tratos de los que Daphne y él habían sido plenamente conscientes y que se habían visto obligados a mantener en secreto; la brutal paliza que le había propinado hacía poco a su madre, sin que él pudiera hacer nada para protegerla; el temor a que ella volviera con él y toda la pesadilla empezara de nuevo; y, lo peor de todo, el miedo a que su padre matara a su madre, lo cual era una posibilidad muy real.

Mientras Tyla aguardaba en su habitación junto a Daphne y trataba de tranquilizar a la pequeña, Charles y Meredith hablaron en el estudio sobre la situación.

—En estos casos suele darse una contradicción terrible —dijo Charles muy serio—. Las mujeres maltratadas deciden aguantar por el bien de sus hijos, para no romper la familia, pero las consecuencias para los hijos son peores que las de un divorcio, y los daños que sufren pueden llegar a ser mucho peores. Las estadísticas al respecto son espantosas, y a veces pueden desembocar incluso en suicidio infantil. Los niños se sienten incapaces de proteger a sus madres y no saben cómo gestionar el problema. Sin duda resulta muy duro para los adultos, pero los niños se ven superados por unas circunstancias sobre las que no tienen ningún control.

—¿Crees que Will podría intentar hacerse daño a sí mismo? —preguntó Meredith, que parecía destrozada.

—No lo conozco tan bien como para juzgarlo —contestó Charles con franqueza—. Espero que no. Creo que es más probable que pueda sufrir algún daño en las calles, al lidiar con situaciones con las que no está familiarizado: chicos duros, bandas callejeras, drogadictos, camellos... Es muy inocente y no tiene ninguna picardía, y si encima lleva el uniforme escolar atraerá a esa gente como un imán. —Además, aparentaba menos edad de la que tenía. Y peor aún, podía tener la desgracia de cruzarse con algún pedófilo que intentara secuestrarlo. Había un mundo muy peligroso ahí fuera, casi tanto como aquel en el que se había criado, en el que la persona en la que más debería confiar, su padre, era la más tóxica y perniciosa—. Si de verdad pensaba que Tyla iba a reunirse con

Andrew, o incluso si se lo había oído decir, tal vez se imaginara que esta vez sí que iba a matarla, y como no podía hacer nada para detenerla o para protegerla, salió huyendo, sintiéndose culpable y asustado. Según Tyla, podría llevar unos diez dólares encima. Con eso no llegará muy lejos. A estas alturas tendrá frío y estará cansado y hambriento. Si se presenta en un albergue para indigentes o en un comedor social como el de Glide, llamarán a los Servicios de Protección al Menor para que vayan a recogerlo. No dejan que niños de esa edad deambulen por las calles. Con chavales de trece o catorce años que se han escapado de casa aún pueden hacer la vista gorda, pero no con un niño de once.

Meredith se sentía muy agradecida por tener a alguien como Charles a su lado. Desde que le habían conocido, no había hecho más que mejorar sus vidas, en especial la suya. Era un hombre cabal, responsable, intuitivo y lleno de recursos, el tipo de persona que necesitabas en momentos de crisis. Y también hacía que todo pareciera mucho mejor en las situaciones normales de la vida.

Claro que nada parecía haber sido muy normal desde el terremoto. Habían pasado ya casi dos meses, y desde entonces Ava y Joel habían roto, la vida de Peter había cambiado radicalmente para bien, y Arthur tenía a dos jóvenes viviendo con él en lugar de a uno. Andrew se había trastornado por completo y se enfrentaba a una pena de prisión por intento de asesinato. Tyla había estado a punto de perder la vida. Y desde la noche del terremoto, Meredith había tenido la casa llena de invitados y había descubierto que los dos empleados en quienes más confiaba y a los que consideraba sus mejores amigos eran en realidad unos estafadores que habían estado robándole y manipulándola durante quince años. Incluso la vida de los niños se había visto profundamente afectada, y Will se había escapado de casa y solo Dios sabía lo que podría pasarle en esas calles. Habían ocurrido demasiadas cosas, y no solo a ellos, sino también a todos aquellos que habían perdido a sus seres queridos y sus hogares. Para todos ellos estaba siendo una época convulsa y llena de cambios. Para Meredith, en cierto sentido, se había tratado de un cambio bueno, aunque también había venido acompañado de una conmoción emocional tremenda. Y Charles siempre había estado ahí para ayudarla, había superado todas las pruebas y había afrontado todos los retos sin vacilar. En muchos aspectos, Meredith se sentía afortunada, pero también estaba muy preocupada por sus amigos. Y cuando se celebrara el juicio contra Andrew, Tyla y sus hijos tendrían que enfrentarse a momentos muy difíciles.

A las ocho de la noche, Meredith no soportó más la tensión de la espera. Le dolía la cabeza del golpe recibido cuando fue a salvar a Tyla, pero no le importaba.

—¿No hay nada que podamos hacer? —le preguntó a Charles.

Cualquier cosa sería mejor que estar allí sentados de brazos cruzados, imaginando todas las cosas terribles que podrían pasarle a Will. Charles había llamado varias veces a sus contactos en la policía, pero de momento no tenían nada. Los coches patrulla y los agentes de a pie continuaban con la búsqueda, pero nadie había visto nada. Habían acudido a los comedores sociales y a los albergues para indigentes, y también a los lugares donde estos solían acampar en South of Market.

—Si quieres podemos salir a dar vueltas en coche por la ciudad —le sugirió Charles—, pero no conseguiremos mucho más que la policía. Tarde o temprano alguien informará de que lo ha visto. No puede haberse esfumado sin más.

Sin embargo, ambos eran conscientes de que todos los días desaparecían niños y que, si Will caía en manos de ciertos individuos, era posible que no volvieran a verlo nunca más. Si se había subido al coche de alguien, en estos momentos podría estar en cualquier parte, corriendo grave peligro o incluso muerto.

Los informativos de las once darían la noticia de su desaparición y mostrarían la foto escolar que Tyla había proporcionado a la policía. No lo habían hecho en los boletines de las seis porque pensaban que era demasiado pronto. Todavía cabía la posibilidad de que Will estuviera en casa de algún amigo, alguien a quien Tyla no hubiera pensado en llamar, o que acabara regresando a casa por su propio pie. Esa era la mayor esperanza de Charles, que solo se tratara de un gran malentendido, pero en su fuero interno sabía que no era así. Sus pensamientos eran igual de angustiosos que los de Meredith y Tyla, aunque no quería empeorar la situación admitiéndolo.

—¿Por qué no vamos a echar un vistazo por South of Market? —le propuso a Meredith—. Puede que tengamos suerte. Tal vez esté merodeando junto a algún restaurante de comida rápida, esperando que le den algo de comer.

La idea de que Will pudiera estar pasando hambre, rebuscando entre la basura de algún McDonald's, hizo que a Meredith se le revolviera el estómago. Además, uno de los mayores peligros de San Francisco era que los barrios normales daban paso a los más conflictivos sin apenas solución de continuidad. El elegante distrito comercial del centro, con sus tiendas exclusivas, estaba a solo una manzana del Tenderloin, un lugar lleno de camellos, drogadictos y antros de mala muerte. Los grandes centros comerciales de Market Street se encontraban a apenas dos manzanas de algunas de las calles más peligrosas de la ciudad, donde todas las noches disparaban a alguien. Los mejores vecindarios y las áreas residenciales de moda estaban literalmente pegados a los complejos de viviendas sociales, donde jóvenes delincuentes merodeaban en busca de problemas. Y todo ello en un espacio urbano muy compacto y reducido. Si Will entraba sin darse cuenta en alguna de esas zonas conflictivas, se convertiría en una presa fácil y su vida correría serio peligro.

Meredith subió a ponerse unos vaqueros, un jersey grueso y unas zapatillas, y Charles también fue a cambiarse de ropa. Meredith fue a avisar a Tyla de lo que iban a hacer. Daphne estaba dormida en la cama junto a su madre, que miraba la televisión sin verla. Cada vez era más consciente de lo estúpida que había sido al quedar a solas con Andrew en su casa, y de lo aterrador que habría sido para Will sospechar que iban a verse o incluso oírla aceptar su proposición. Gracias a Dios que el niño había llamado a Charles antes de escaparse; de lo contrario, para entonces podría estar muerta. Y era probable que Will pensase que así era, y hubiese huido porque tenía miedo de enterarse.

Meredith le dijo en voz baja que iban a salir a dar vueltas en el coche, y Tyla le susurró «Gracias» mientras acariciaba el pelo de Daphne. Había estado pensando en la comparecencia judicial de Andrew al día siguiente, y en lo que había dicho Charles de que en esa ocasión era poco probable que le dejasen salir bajo fianza. Tyla comprendió que era lo mejor. Andrew era demasiado peligroso para andar suelto por ahí, tratando a pacientes y ocultando su naturaleza violenta bajo una fina capa de afabilidad. Más que nunca se daba cuenta de que estaba muy enfermo.

Antes de que se produjera la última agresión, Tyla siempre se había sentido culpable por despertar su ira, y una parte de ella creía a Andrew cuando le decía que todo era culpa suya. Pero ya no. Había comprendido que él la maltrataría hiciera lo que hiciese, sin importar lo intachable que fuera su comportamiento. Andrew sentía una necesidad patológica de castigarla por unas faltas que no había cometido, tal vez por los pecados de su madre al abandonarle cuando era pequeño. Fuera como fuese, Tyla sabía que el problema estaba por encima de todos ellos, incluso del propio Andrew.

Tenía un demonio en su interior al que nada ni nadie podía detener. Y tal vez Will, a pesar de no ser más que un niño, lo hubiera comprendido antes que ella.

Salieron en el SUV de Meredith, con Charles al volante. Era un coche nada ostentoso que no atraería la atención en la zona de South of Market, poblada de camellos, drogadictos, indigentes, personas que dormían en los portales y los peores elementos de la sociedad que se robaban unos a otros, gente miserable que ya había perdido toda esperanza de futuro. A Meredith le dolía en el alma pensar que Will pudiera estar allí.

—¿Llevas pistola? —le preguntó de repente a Charles mientras se dirigían hacia el sur de la ciudad.

Nunca se lo había planteado, pero no le habría sorprendido, teniendo en cuenta el tipo de trabajo al que se dedicaba.

Él sonrió al oír la pregunta.

—Esto no es Texas, y yo tampoco soy un cowboy —bromeó—. Algunos de mis empleados sí llevan, siempre que lo pida el cliente, pero yo prefiero no hacerlo. A veces he tenido que ir armado, pero por lo general confío más en mi instinto que en las armas. ¿Por qué lo dices? ¿Quieres que lleve una? —le preguntó sorprendido, ya que Meredith era una persona de lo más pacífica.

—No, me alegro de que no vayas armado. Solo me lo preguntaba.

Pero ambos sabían que la mayoría de la gente de los bajos fondos sí llevaba armas, incluso muchachos de la edad de Will. Chavales de doce y trece años podían comprar una pistola robada por veinticinco dólares, si tenían el dinero, y muchos lo tenían. Will no sabría cómo lidiar con esa clase de chicos, que lo verían como un objetivo fácil, con su pulcro corte de pelo y su ropa limpia.

Unos minutos más tarde, atravesaron Market Street, abarrotada de multitudes de compradores de última hora y algunos vagabundos. El Tenderloin transcurría en paralelo, lleno de camellos que traficaban en sórdidos portales y en cada esquina. Cruzaron Mission Street, y Charles siguió un recorrido zigzagueante, subiendo por calles y avenidas y bajando por las siguientes. Había basura amontonada junto a los bordillos que semejaban formas sin vida, figuras acurrucadas en los portales que parecían desechos humanos hasta que se removían un poco, y borrachos y drogadictos inconscientes en las aceras. La policía solía recogerlos y enviarlos a un hospital o al calabozo para que pasaran la noche, pero últimamente había tantos que muchos se quedaban tirados en la calle. Algunos parecían haberse montado su propio cuchitril con un carrito de la compra y unas cajas de cartón, acompañados por un chucho sarnoso o un par de gatos. A Meredith le rompía el corazón ver todo aquello. Costaba determinar la edad o el sexo de la gente que poblaba aquellas calles, todos muy sucios, con el pelo apelmazado y arrebujados en capas y más capas de la ropa desechada que habían podido encontrar.

—Santo Dios, esto es deprimente. —Suspiró, a lo que Charles asintió—. Espero que Will no haya venido por aquí.

No alcanzaba a imaginar cómo sobreviviría una noche en un lugar así.

—Si quieres, después podemos ir al Panhandle del parque Golden Gate. Allí es donde se juntan los drogadictos adolescentes y los chavales que se han escapado de casa, aunque tampoco creo que el pobre Will encaje mucho allí.

Se encontraba en el límite de Haight-Ashbury, el hogar del movimiento hippie en los años sesenta, aunque había degenerado muchísimo con los años. Se veía lleno de suciedad y drogas, con gente muy castigada por los reveses del destino y con muchachos para los cuales vivir en sus casas era peor aún que arriesgar su vida en las calles. Charles le explicó que los jóvenes tendían a agruparse en bandas y que podían ser muy violentos cuando se sentían amenazados. La policía solía dejarlos en paz, siempre que no molestaran a los transeúntes o montaran broncas entre ellos. Muchos habían caído en las drogas duras.

Charles hizo especial hincapié en parar en todos los locales de comida, y Meredith entraba corriendo para echar un vistazo e incluso miraba en los lavabos. También preguntaba por Will enseñando a la gente una fotografía suya, pero nadie lo había visto.

Cuando pararon por quinta vez, un coche patrulla se detuvo junto a ellos y el agente que iba dentro les preguntó qué estaban haciendo. Charles le mostró sus credenciales, incluyendo la identificación de la Oficina de Servicios de Emergencia y la autorización especial del Pentágono. El policía se las devolvió con gesto respetuoso.

—¿Y qué les trae por aquí?

Charles le explicó la situación, haciendo que sonara como si se tratase de una travesura desafortunada o de un malentendido. Meredith le enseñó la foto de Will.

—Cuando vemos a niños de esa edad llamamos enseguida a los Servicios de Protección al Menor —les tranquilizó el policía—. No se manejan muy bien por estos barrios. La mayoría de los chavales de por aquí viven en la calle desde hace tiempo. Podría decirse que ya son veteranos, muchos se drogan y no quieren a otros chicos rondando por su territorio. A veces ellos mismos nos avisan de que han visto a un niño recién fugado. Esto es la jungla. Si por casualidad acaba viniendo por aquí, volverá a casa corriendo —les dijo sonriendo, y le devolvió la foto a Meredith—. Yo tengo un chaval de la misma edad. Un día le di un pequeño recorrido por estos barrios para que se diera cuenta de que las cosas en casa no son tan malas como se piensa. Lo que hay que procurar evitar a toda costa es que caiga en manos de algún desalmado, traficantes sexuales o de drogas, o algo peor.

La idea de que pudieran drogar a Will o arrastrarlo a alguna red de prostitución de menores hizo que Meredith se estremeciera. Charles le entregó al policía una tarjeta con su número de móvil y le pidió que le llamara si se enteraba de algo. El hombre le prometió que lo haría.

Un par de manzanas más adelante, el agente estaba comprobando el pulso de un borracho tirado boca abajo en la acera, cuando un chaval montado en una maltrecha bicicleta se paró junto a él. Movido por su instinto policial, le preguntó si había visto a un niño fugado de unos once años. El chico de la bici y el agente se conocían de vista, pero nunca habían hablado.

—Dicen que hay un niño en un portal de la zona de Mission que parece recién salido de Pacific Heights. Iban a llamar a los Servicios de Protección al Menor, pero no quieren tener enredos con la policía. Se ve que han acampado por allí esta noche.

Muchos indigentes se instalaban en las entradas de comercios, bancos y edificios de oficinas, y se marchaban a primera hora de la mañana, antes de que abrieran los negocios.

—Gracias. Iré a echar un vistazo.

El chaval de la bici se alejó pedaleando a toda velocidad mientras el agente llamaba a un furgón policial para que se llevara al borracho, que todavía respiraba. Solo estaba inconsciente. Llegó al cabo de unos minutos, y entonces el agente se montó en su coche patrulla y se dirigió hacia Mission Street, que al menos estaba más iluminada y era algo menos peligrosa que los callejones adyacentes y las avenidas más grandes de la zona sur. Las aceras y los portales estaban llenos de grupos de indigentes acurrucados en sacos de dormir o bajo montones de cartones y mantas. Pensaba recorrer la calle en ambas direcciones, y hacerlo a pie si era preciso. Decidió llamar a Charles, por si quería pasarse también a echar una ojeada. Antes solían patrullar por la zona en parejas, pero con los recortes presupuestarios en ese momento tenían que ir solos, lo cual resultaba más peligroso. Si necesitaban refuerzos, debían pedirlos por radio y esperar a que llegara otro coche patrulla a tiempo.

—¿Quién era? —le preguntó Meredith a Charles.

—El agente con el que acabamos de hablar. Ha recibido un soplo de que hay un niño en un portal de Mission Street que podría encajar con la descripción de Will. No les gusta que la policía les incordie o les detenga por culpa de un chico que pueda haberse escapado. Ahora se dirige hacia allí para echar un vistazo. Nosotros también vamos para allá.

Charles condujo hacia la parte más poblada de Mission y circuló despacio mientras Meredith forzaba la vista atisbando en cada portal. De repente alzó una mano.

—¡Espera! ¡Para! En ese grupo de ahí se ve a alguien muy pequeño que podría ser un niño.

Meredith abrió la puerta para salir corriendo, pero Charles le dijo que esperara hasta que paró el coche, puso los intermitentes y bajaron juntos. Caminaron hacia el lugar, situado a la entrada de una tienda que vendía souvenirs para turistas y dispositivos electrónicos baratos. Había cinco personas dentro de sacos de dormir, cuatro hombres y una mujer, que era la proporción habitual de la gente que dormía en las calles. Y acurrucado junto a la mujer había un niño con un gorro de lana. Tenía la cara muy sucia y parecía muerto de frío. Como no tenía saco, estaba metido entre cartones para intentar mantenerse caliente. El niño alzó la vista hacia ellos y los ojos de Meredith se llenaron de lágrimas: era Will. Pareció asustado al verlos, y uno de los hombres del grupo que aún seguía despierto se volvió hacia él. Tenía una botella de vino peleón en la mano, pero no parecía amenazador, y se dirigió al niño en tono afectuoso.

—¿Son tus padres? —Will negó con la cabeza dentro de los cartones. Aún iba vestido con el uniforme escolar—. ¿Les conoces? —El niño asintió y el viejo borracho dirigió una sonrisa desdentada a Meredith y a Charles—. Es un buen chico. No sean muy duros con él. Vete a casa, hijo —le dijo a Will—. Y no vuelvas nunca por aquí. Haz siempre lo que te digan ellos. No querrás acabar como yo, ¿verdad?

El hombre alzó la botella hacia Meredith y Charles a modo de saludo, y Will se levantó de entre los cartones. Le dio las gracias en un susurro para no despertar a los demás, y también a la mujer que estaba junto a él. Luego le devolvió el gorro de lana y ella le dedicó una sonrisa en la que faltaban también todos los dientes. Resultaba imposible discernir sus edades; podrían tener entre treinta y cinco y setenta años. Will se acercó a Charles, quien le pasó un brazo alrededor de los hombros, dio las gracias al grupo que lo había acogido y luego se encaminaron hacia el coche. Meredith iba detrás de ellos, abrumada por la gratitud de haber conseguido encontrar al niño. Cuando se subían al vehículo, el coche patrulla del agente que les había ayudado pasó por el otro lado de la calle y aminoró la marcha. Charles le saludó con la mano y articuló un «Gracias» silencioso. El policía alzó los pulgares con una amplia sonrisa.

—¡Llamaré para informar! —le gritó por la ventanilla, y Charles asintió.

Eran las diez y media, y la fotografía de Will aún no había aparecido en las noticias. Para entonces los Servicios de Protección al Menor ya lo habían registrado como niño fugado. Charles sabía que se presentarían al día siguiente para interrogarlos a todos, y sobre todo para preguntar a Will por qué se había escapado, a fin de determinar si estaba recibiendo malos tratos y si era preciso sacarlo de la casa. De todos modos, iban a hacer un seguimiento exhaustivo de la familia, debido al gravísimo incidente del intento de asesinato de Tyla a manos de Andrew. Si lo consideraban necesario, enviarían a Will y a Daphne a una casa de acogida, aunque Charles creía que era muy improbable. El niño tendría mucho que explicar al trabajador social que fuera a verle, pero todo era por su propio bien.

Will los miró a los dos desde el asiento trasero, con aspecto dócil y compungido, temblando de frío dentro de su fino uniforme escolar. Llevaba la camisa blanca muy sucia, y Meredith pensó que tenía sangre en la chaqueta, pero luego se dio cuenta de que era kétchup.

—¿Mamá está bien? —fueron sus primeras palabras.

—Está bien, pero muy preocupada por ti. Todos lo estábamos.

Charles se sentía sumamente aliviado por haberlo encontrado, pero también pensaba que había que escarmentarlo un poco. Les había dado un susto de muerte, y Charles no quería que convirtiese el acto de fugarse en una costumbre. Algunos chicos lo hacían, y después de la primera, cada vez les resultaba más fácil hacerlo.

Meredith ya estaba llamando a Tyla para contarle la feliz noticia, y dijo que después informaría a la policía de que ya habían encontrado a Will. Charles sabía que el agente que les había ayudado también lo haría.

—Creía que mi padre iba a matarla y no sabía qué hacer —dijo Will totalmente abatido.

Parecía como si todo el aire hubiera escapado de su pequeño cuerpo. Esa noche había descubierto un mundo que ni siquiera sabía que existía y esperaba no volver a verlo nunca.

—Huir nunca es la solución —respondió Charles muy serio—, pero me alegro de que al menos me llamaras antes de escaparte. Y tenías razón: tu padre estaba con ella en la casa, pero no le dio tiempo a hacerle daño. Gracias a tu llamada, pude avisar a la policía y se presentaron en cuestión de minutos. Así que esta vez sí que has salvado a tu madre.

Los ojos de Will se abrieron de par en par al oírlo.

—Siento mucho haberme escapado —les dijo muy arrepentido, y ambos sabían que lo decía de corazón. Luego se giró hacia Meredith—. ¿Tú también estabas en la casa? —Ella se limitó a asentir. No quería contarle más de lo que su madre querría que supiera: que habían vuelto a detener a su padre y que se enfrentaba a nuevos cargos—. Me han dado de cenar —prosiguió el niño—. Lo han sacado de los cubos de basura del McDonald's. Me he comido un Big Mac.

Charles se esforzó por no sonreír. Eso explicaba las manchas de kétchup en la chaqueta. Pero la idea de que hubiera comido de los restos de un cubo de basura de Market Street resultaba de lo más deprimente.

Después el niño guardó silencio durante el resto del trayecto hasta la mansión. Cuando se abrió la verja, Tyla les estaba esperando en el patio. Corrió a estrechar a Will entre sus brazos y ambos rompieron a llorar, y también Meredith y Charles al contemplar la escena. Luego entraron todos en la casa. Bajaron a la cocina para comer algo, pero Will no tenía hambre. Seguía teniendo mucho frío, así que Tyla lo llevó arriba para que pudiera darse un baño caliente, mientras Meredith y Charles se sentaban a la mesa, exhaustos por todo lo vivido esa noche. Aquello era nuevo para ellos. Ninguno de sus hijos se había escapado nunca de casa, aunque tampoco habían pasado por la terrible experiencia de ver cómo su padre intentaba matar a su madre.

—No puedo dejar de pensar en todo lo que podría haberle ocurrido —dijo Meredith.

Empezaba a liberarse de toda la tensión, y era como si la hubiera arrollado un autobús.

—Yo también —admitió Charles—. Ahí fuera podrían haberle sucedido cosas terribles. Gracias a Dios, no ha pasado nada.

—Tenías razón. Will sabía que Tyla iba a reunirse con Andrew y no soportó la idea de lo que podría hacerle.

Apagaron las luces de la cocina y subieron a acostarse. Meredith quería darse un baño, pero estaba demasiado agotada. Se puso el camisón y se desplomó en la cama. Charles entró en el cuarto de baño para ducharse y, cuando se deslizó entre las sábanas, Meredith ya estaba medio dormida.

—Dios, menudo día —dijo. Primero el violento incidente con Andrew y su posterior detención. Y luego la fuga de Will y su búsqueda desesperada, pensando en todo lo que podría haberle pasado—. Por cierto, ¿cómo tienes la cabeza?

Con todas las preocupaciones del día, ambos se habían olvidado por completo del golpe que había sufrido Meredith.

—Bien —respondió ella, adormilada—. Me duele un poco, pero estoy muy feliz de haber encontrado a Will sano y salvo.

Se abrazó a Charles, apoyó la cabeza en su hombro y, casi al momento, se quedó profundamente dormida. Will también dormía con placidez junto a su madre en la enorme cama, caliente y acogedora. Pero, antes de que lograra conciliar el sueño, no pudo dejar de pensar en toda la gente que había conocido en las calles. Y supo que nunca olvidaría aquella experiencia.

13

A la mañana siguiente, cuando Daphne entró dando saltitos en la cocina, sonreía con una expresión radiante.

—¡Sabía que eras una bruja buena! ¡Encontraste a Will! —le dijo a Meredith, y ella se echó a reír.

—Con la ayuda de Charles. Y también de la policía.

Los niños no irían a la escuela ese día, ya que un funcionario de los Servicios de Protección al Menor iría a la casa para hablar con todos ellos, incluida Daphne.

Tyla le confió a Meredith que estaba muy nerviosa por la inspección. ¿Y si consideraban que no era apta para cuidar de los niños y se los quitaban?

—No van a hacer nada de eso —la tranquilizó Meredith—. Y Charles y yo declararemos que eres una madre estupenda.

—Pero he dejado que vivieran toda su vida en un hogar donde había malos tratos —repuso ella profundamente arrepentida. Por la noche, cuando Will regresó a casa, le había confesado que no quería volver a ver a su padre nunca más y que esperaba que lo encerraran para siempre en la cárcel—. Y Daphne también le tiene miedo. Todos le tenemos miedo.

—Ahora está en la cárcel, así que ya no es un problema —dijo Meredith con voz calmada, aunque era consciente de que volvería a serlo algún día.

Dudaba mucho de que Andrew pudiera cambiar. Estaba

demasiado enfermo. Finalmente, Tyla también había llegado a esa conclusión. Y comprendía que nada de lo ocurrido había sido culpa suya.

—Cuando las cosas se tranquilicen, quiero volver a la escuela de enfermería. Haré un curso de repaso para ponerme rápido al día, y luego quiero estudiar para ser enfermera facultativa, no una simple instrumentista de quirófano. —Así era como había conocido a Andrew—. Debería haberle abandonado hace años —comentó con tristeza—. No sé cómo he podido dejar que esta pesadilla se prolongara durante tanto tiempo. Siempre pensé que la situación acabaría mejorando. Él no paraba de prometérmelo, y yo le creía. Pero ahora yo tampoco quiero volver a verle nunca.

Charles se había ido a su despacho antes de desayunar para arreglar algunos asuntos y volvió cuando supo la hora a la que llegarían los de los Servicios de Protección al Menor, ya que también querían hablar con él.

Enviaron a Jane Applegate, una joven afroamericana dinámica e inteligente que tenía una manera cálida y afectuosa de tratar con los niños, aunque mucho más directa con los adultos. A Tyla le cayó bien. Le contó con total sinceridad la situación por la que habían pasado, y también lo que creía que podrían haber visto los niños. Ella siempre había intentado ocultárselo todo para protegerles. A Jane no pareció sorprenderle que Tyla hubiese aguantado tanto tiempo en su matrimonio. Ni siquiera que hubiera ido a reunirse con Andrew para darle una última oportunidad de hablar de forma civilizada, algo que él no había soportado.

—No hay nada más difícil en este mundo que salir de una relación de maltrato. Es mucho peor que dejar las drogas. Aguantas tratando de convencer a tu maltratador de que tú no eres una mala persona. —Tyla pareció aliviada cuando lo dijo. Era justo lo que ella había intentado hacer—. Es imposible razonar con un maltratador. Tienes que cortar por lo sano y echar a correr sin mirar atrás. Al final es lo mejor para los niños, para ti y para todo el mundo. —Jane había estudiado en la Universidad de California en Los Ángeles, donde se graduó como trabajadora social. A lo largo de los quince años que llevaba trabajando para los Servicios de Protección al Menor, había visto de todo—. Esta mañana he hablado con la gente del tribunal y Andrew sigue aún detenido. El juez no va a fijar ninguna fianza por el momento y seguramente permanecerá encerrado hasta que se celebre el juicio. Pero estoy segura de que un abogado avispado podría revertir la situación. Al menos, de momento, no tenemos que preocuparnos por el régimen de visitas.

—Nunca ha hecho daño a los niños —dijo Tyla en defensa de Andrew.

—Eso no significa que no pueda empezar a hacerlo en cualquier momento —repuso Jane con firmeza—. Si al final se decide que puede visitar a los niños, exigiremos que sea en régimen tutelado, bajo la presencia de un supervisor asignado por el tribunal.

Tyla pareció muy aliviada al escuchar aquello.

—Mi hijo dice que no quiere volver a verle nunca.

—Ya escucharé lo que tiene que decir cuando hable con él.

La mujer no se ponía de parte de ninguno de los progenitores. Estaba allí para proteger los intereses de los niños, no los de los adultos. Luego le preguntó por qué estaban viviendo en una casa que no era la suya, aunque sin duda, comentó, se trataba de una mansión magnífica.

—Todavía están reparando la nuestra después del terremoto. Estábamos viviendo allí, pero sigue estando manga por hombro y ahora nos trae muy malos recuerdos a todos. Los niños la echan de menos, aunque yo quiero venderla cuando tramitemos el divorcio. No podría volver a vivir allí. Y Meredith ha sido muy amable al dejar que nos quedemos aquí y cuidarme después de... cuando Andrew...

—Después de la agresión —concluyó la trabajadora social.

—Sí. Ha sido muy buena con nosotros. Adora a los niños, y a todos nos encanta vivir aquí.

—No tengo ningún problema con eso —dijo Jane en tono pragmático—. A mí tampoco me importaría vivir aquí —añadió con una sonrisa—. ¿Quién más vive en la casa?

Había espacio y habitaciones suficientes para alojar a un ejército.

—Nadie más. Meredith vive sola. Tiene una pareja, Charles, que se queda de vez en cuando. Fueron ellos quienes encontraron a Will anoche. Él es el dueño de una prestigiosa empresa de seguridad que se encarga de proteger a celebridades y gente importante. Y Meredith tiene a un matrimonio interino que se ocupa de la casa.

—¿No tiene hijos?

—Sí, una hija que vive en Nueva York y que es más o menos de mi edad.

Jane no pudo evitar pensar en cómo debía de sentirse viviendo sola en aquella mansión tan enorme. Aunque, por otra parte, había sido una gran suerte para Tyla y los niños.

Tyla le explicó sus planes de volver a estudiar para convertirse en enfermera facultativa, y Jane lo anotó con diligencia.

Después habló con Will. El niño le contó lo mismo que le había dicho a Tyla: que no quería volver a ver a su padre y que le odiaba por lo que le había hecho a su madre.

—Siempre le estaba pegando y haciendo daño. Ellos creían que no lo sabíamos, pero los oíamos.

—¿Alguna vez viste cómo le pegaba?

—Sí, a veces. Mi madre siempre intentaba que él no se enfadara cuando estaba cerca de nosotros.

—Debió de resultar muy angustioso —dijo Jane en tono compasivo, preguntándose si el niño añadiría algo más, pero no lo hizo. Todavía no la conocía lo suficiente—. ¿Tu padre te ha pegado?

—A veces. Pero sobre todo le pega a mi madre. Él es médico y se supone que los médicos no deben hacer algo así.

—Nadie debe pegar a nadie, sea médico o no lo sea. ¿Y cómo te sientes viviendo aquí con la señora White?

—Me gusta mucho —respondió Will sonriendo—. Me gusta más que nuestra casa. No quiero volver allí. Mi padre nos encontraría y volvería a pegar a mamá.

—¿Por qué te escapaste ayer, Will?

El niño bajó la cabeza y respondió sin mirarla a la cara.

—Porque oí que iba a verse con él y pensé que él le pegaría. Debería haber ido para impedirlo, pero no lo hice. Estaba muy asustado. También estaba muy asustado la noche en que él le hizo daño de verdad y tampoco hice nada. Me escondí en mi cuarto.

—No puedes parar a un hombre de su tamaño —le hizo ver Jane—. Nadie espera de ti que protejas a tu madre físicamente. Tienen que hacerlo los adultos.

Will negó con la cabeza.

—Debería haberlo intentado. Pero ayer también me asusté mucho y salí huyendo.

—Ahora ya no puede haceros daño, Will. Está en la cárcel.

—Pero volverá a salir algún día y entonces irá a buscarla para pegarle otra vez. Le odio.

La trabajadora familiar quería que el niño recibiera ayuda psicológica. No le sorprendía nada de lo que le estaba diciendo. Era la reacción normal de alguien que ha vivido una situación tan traumática durante casi toda su vida.

—Voy a darte una tarjeta con mi número de teléfono. La próxima vez que pienses en escaparte, quiero que me llames. Si quieres, yo vendré a buscarte y te ayudaré. Si vuelves a fugarte podrían hacerte mucho daño, incluso secuestrarte. Ayer tuviste mucha suerte, pero será mejor que no vuelvas a intentarlo, ¿de acuerdo?

Will asintió. Ella sacó una tarjeta y se la entregó, y él se la guardó en el bolsillo del pantalón.

Hablaron un poco más. Luego Will salió de la habitación y entró Daphne, que abrazaba muy fuerte a Martha.

—Vaya, ¿quién es? —preguntó Jane, observando la muñeca con expresión afable.

—Martha —respondió la niña—. Hoy le duele la cabeza.

—¿Y eso por qué?

—Ayer se cayó y se dio un golpe ahí.

Sonaba a una situación que la niña hubiera presenciado, o a una de las excusas que ponía su madre para justificar sus lesiones.

—Lamento mucho oír eso. ¿Se cae muy a menudo?

—A veces. Una vez se rompió la nariz.

—Debió de dolerle mucho.

Había leído en el informe que una de las consecuencias de la última paliza de Andrew había sido una fractura de nariz.

—Mi mamá también se la rompió, pero le gusta más su nueva nariz.

Jane trató de reprimir una sonrisa. Debía de habérselo oído decir a su madre.

—Pues es una suerte para ella. Pero lo que no está bien es que te hagan daño. Eso da mucho miedo.

La niña asintió con la cabeza.

—Mi hermano se escapó ayer —le contó a la trabajadora social—. Se comió un Big Mac de un cubo de basura del McDonald's y se manchó la chaqueta del uniforme de kétchup. —Daphne era una fuente de información inagotable, y además era una chiquilla muy graciosa. Se quedó mirando las Converse rosas de Jane—. Me encantan tus zapatillas. Yo tengo unas que cuando corro se encienden unas lucecitas. Me gusta bailar con ellas. Y también voy a ballet.

Era una niña muy parlanchina y se la veía bastante relajada, a pesar de la terrible situación que había sufrido en casa.

Will parecía más afectado, ya que se sentía más responsable de su madre.

—¿Y cómo te sientes viviendo ahora en esta casa?

—Me gusta mucho, y a Martha también. Meredith es una bruja buena, aunque no tiene varita mágica. Cuando mi mamá se hizo daño fui a buscarla. Ella llamó a la policía, y vino una *autolancia* con luces y sirenas para llevársela.

Jane sabía que se refería a una ambulancia.

—¿Y fuiste tú sola a buscar a Meredith? —le preguntó, impresionada: era un acto muy valiente para una niña de su edad.

—Es una bruja, pero también es como una abuelita. Llamé al timbre de la verja y entonces fueron a buscarla.

Posiblemente esa fuera también la razón por la que Will se sentía tan culpable, porque él se había escondido en su cuarto mientras que su hermanita había ido a buscar ayuda.

—¿Por qué piensas que Meredith es una bruja? —quiso saber Jane, llena de curiosidad.

—Mi papá decía que era una bruja, pero cuando hablé con ella le dije que era una bruja buena, aunque no tenga varita. Y yo sé que es una bruja porque lo arregla todo y siempre nos ayuda, como anoche, cuando encontró a Will.

—Parece que es una buena amiga. ¿Qué piensa Martha de ella?

Daphne esbozó una gran sonrisa en la que faltaban algunos dientes.

—Martha la adora. También es como una abuelita para ella.

La trabajadora social llevó a la niña con su madre, y luego se reunió brevemente con Charles y Meredith.

—Tiene un gran club de admiradores aquí —le dijo sonriendo a Meredith—. Los tres Johnson, ¡y también Martha! Y tengo entendido que es usted una bruja buena.

—No estoy segura de si el padre de Daphne me llamaba

bruja o algo peor —respondió entre risas—, pero, en cualquier caso, ¡he hecho todo lo posible por limpiar mi imagen!

Los tres se echaron a reír.

—Por lo visto se ha portado muy bien con ellos.

—Les tengo mucho cariño, y han tenido que pasar por una situación horrible.

Meredith respondió lo mejor que pudo a las preguntas de Jane acerca de los niños, y dijo que creía que entre todos lo estaban llevando bastante bien. También afirmó que Tyla era una madre excelente. Charles confirmó sus palabras. Expresó asimismo su preocupación por el peligro que Andrew seguía representando para ellos, y esperaba que no tuviera la oportunidad de volver a hacerles daño ni a Tyla ni a los niños.

—Al parecer permanecerá en prisión hasta que se celebre el juicio —comentó Jane.

Le caía muy bien la pareja, y tuvo que contenerse para no decirle a Meredith que su madre era una de sus admiradoras más fervientes. Pensaba que no quedaría muy profesional decir algo así, pero sí que podría contarle a su madre que había conocido a la mismísima Meredith White y que seguía siendo una mujer muy hermosa. Y, por lo que había podido observar, también era una buenísima persona.

Jane les dijo que se iría pasando por la casa de vez en cuando y que procuraría causarles las menores molestias posibles.

—Puede venir siempre que quiera —respondió Meredith, pues no tenían nada que ocultar.

La trabajadora social se marchó poco después, muy satisfecha con todo lo que había visto. Tyla era una madre responsable, los niños se hallaban muy bien cuidados y estaban llevando la situación bastante bien. Además, contaban con unos abuelos adoptivos entregados, y vivían en una casa que sería el sueño de cualquiera. Solo esperaba que Andrew Johnson no se las arreglara para librarse de los cargos que se habían presentado contra él y que cumpliera condena por los delitos que había cometido.

—¿Cómo crees que ha ido? —le preguntó Meredith a Tyla después de que Jane se hubiera marchado.

—No lo sé, pero era una mujer muy agradable. Aunque al principio estaba muy asustada, no se ha mostrado nada intimidante. Tenía mucho miedo de que me quitara a los niños y se los llevara a una casa de acogida.

—No creo que tengas que preocuparte por eso.

Charles se despidió de Meredith con un beso y se apresuró a volver al despacho. Tenía un día muy ajetreado por delante.

Por la tarde, Peter llamó a Meredith.

—Ayer vimos a la policía delante de casa de los Johnson, y Ava dice que el cristal de la ventana del salón estaba roto. ¿Es que han entrado a robar?

—No —respondió Meredith con un suspiro—. Se trata de Andrew otra vez. Tyla accedió a quedar con él. Fue una terrible equivocación, y él volvió a perder los estribos por completo. Esta mañana lo han llevado de nuevo ante el juez y ahora está en prisión sin posibilidad de fianza.

—¿Ha vuelto a hacerle daño? —preguntó Peter, horrorizado.

—Apenas. La policía llegó antes de que Andrew se volviera completamente loco, pero está claro que iba a agredirla otra vez. Tuvieron que romper la ventana para entrar a detenerlo. —Habían ido a repararla por la mañana—. Creo que Tyla ha aprendido la lección, sabe que no puede acercarse a él para nada. La engatusó para que aceptara quedar con él a solas, y en cuanto la vio aparecer se puso hecho una furia.

—Espero que tengas razón y esta vez no lo dejen salir bajo fianza —dijo Peter. Sabía que Arthur y Ava también se indignarían mucho cuando se enteraran de lo ocurrido.

—Bueno, ¿y cómo estáis vosotros?

—Estupendamente —respondió con voz animada—. Ava ha convertido mi buhardilla en un ropero, y hemos tenido que alquilar un pequeño trastero para guardar algunas de sus cosas. Arthur está muy contento de tener una asistente, a Ava le encanta su trabajo y yo soy el hombre más feliz de la tierra. ¿Y vosotros qué tal?

—Estamos bien. —No se habían visto en semanas, desde que Tyla estaba en el hospital—. ¿Por qué no venís a cenar los tres mañana por la noche? Tenemos una cocinera nueva. Bueno, de hecho una pareja nueva que se encarga de cuidar de la casa. Son muy agradables, y ella cocina de maravilla. Prepara una comida mexicana fabulosa.

Después de vivir cerca de un mes con ellos tras el terremoto, Meredith sabía que la comida mexicana era una de las favoritas de Peter.

—Nos encantaría —respondió él de parte de los tres, consciente de que a Arthur también le haría mucha ilusión volver a reunirse con todos ellos—. ¿Jack y Debbie ya no están? —preguntó sorprendido.

—No, no están. Es una larga historia. Descubrimos algunas cosas muy desagradables de ellos.

—Pensaba que se quedarían en tu casa para siempre.

—Yo también lo pensaba, pero resulta que llevaban años robándome. Ha sido algo espantoso.

—Lo siento mucho, es terrible... En fin, nos vemos mañana —se despidió Peter, y fue a informar a Arthur y a Ava de la cena en casa de Meredith y a explicarles el incidente del día anterior con Andrew.

Esa noche, cuando Charles llegó a casa, le contó a Meredith que había hablado con la policía sobre la comparecencia de Andrew. El juez lo había enviado a un pabellón psiquiátrico de alta seguridad para que lo sometieran a una evaluación exhaustiva durante treinta días, a fin de determinar si estaba en condiciones de ser procesado judicialmente.

—¿Eso son buenas o malas noticias? —le preguntó a Charles, sin saber muy bien cómo interpretarlo.

—Posiblemente las dos cosas. Por un lado, evitará que ande suelto por las calles durante el próximo mes; pero, por otro, puede conllevar que le retiren los cargos y sea enviado a un centro psiquiátrico en lugar de a la cárcel. Depende de lo que se decida finalmente, pero si cuenta con un buen abogado es muy probable que alegue enajenación mental para librarlo de la cárcel, y que más tarde consiga que lo saquen del hospital psiquiátrico alegando que se ha curado de su demencia.

A ninguno de los dos les hizo la menor gracia esa posibilidad.

A la mañana siguiente, cuando Meredith bajó a desayunar, se encontró con lo que Tyla tanto había temido desde el principio: la noticia de la brutal agresión de Andrew aparecía en primera página. Iba acompañada de una vieja fotografía suya en la que se le veía muy guapo y distinguido. El artículo contaba que se trataba de un médico respetadísimo, enumeraba los cargos presentados contra él y mencionaba que hacía dos días se había producido un segundo incidente. A las nueve de la mañana ya habían llamado al móvil de Tyla varios periódicos y una cadena de televisión. Eso significaba que todos los padres de los amigos de Will y Daphne en la escuela ya estarían al tanto de que Andrew había sido acusado de intento de homicidio. Aquello añadía un elemento sórdido a un momento de sus vidas ya de por sí muy doloroso.

—Lo lamento —le dijo Meredith a Tyla mientras tomaban café, después de que Will y Daphne se hubieran marchado a la escuela.

—Yo lo siento por los niños —contestó ella con un suspiro—, pero estaba claro que tarde o temprano la historia acabaría saliendo a la luz. Es un médico eminente con un gran número de pacientes. Esto es algo que no podía mantenerse en secreto para siempre, o al menos no durante mucho tiempo.

Dos equipos de televisión se pasaron todo el día aparcados delante de su casa. No sabían que Tyla y los niños no vivían allí en esos momentos, lo cual les proporcionó cierto alivio. Y cuando llamaba algún periodista, Tyla dejaba que saltara directamente el buzón de voz.

Esa noche, después de que los niños se acostaran, hablaron de todo el asunto con Peter, Ava y Arthur. El anciano seguía conmocionado. No alcanzaba a entender que un hombre tan educado e inteligente, con el que resultaba tan agradable y entretenido conversar, hubiera estado a punto de asesinar a su mujer.

—¡Tendrían que colgarlo! —exclamó con severidad.

Ava acababa de confiar a Tyla y a Meredith que había visto a Joel hacía unos días. Estaba ayudando a una joven rubia muy guapa, con pinta de modelo, a entrar un montón de maletas en la casa.

—Así que ya me ha encontrado sustituta —añadió sin más.

—¿Y te afectó mucho? —preguntó Tyla con delicadeza.

—La verdad es que no —contestó ella sonriendo—. Fue una sensación un tanto extraña. A él nunca le lleva mucho tiempo buscarse a otra. La chica parece que tenga dieciocho años, aunque seguramente tendrá unos veintiuno o veintidós. Resultará un poco raro vivir en la misma calle, pero es muy probable que nunca nos encontremos.

—¿Te saludó? —preguntó Meredith.

—No me vio. Yo estaba en el coche... ¡espiándole! —dijo Ava entre risas—. Es una chica muy guapa.

—Tú también lo eres —repuso Meredith con convicción—. Mucho mejor que eso: eres una mujer hermosa, inteligente e interesante, y él no te merecía.

—No me estoy quejando. Si no hubiera vivido con él, nunca habría conocido a Peter ni a ninguno de vosotros durante el terremoto —comentó con una sonrisa.

Resultaba agradable estar juntos de nuevo, aunque dos miembros del grupo original habían desaparecido de sus filas: Joel y Andrew. En apenas dos meses, la vida de todos ellos había dado un giro radical.

Hablaron sobre sus planes para Acción de Gracias. Peter, Ava y Arthur dijeron que se quedarían en casa, al igual que Tyla y los niños. Hacía años que Meredith no veía a su hija durante las fiestas. Kendall nunca le pedía que fuera a visitarla y se había pasado una década declinando todas las invitaciones de su madre hasta que esta finalmente había desistido. Durante años, Meredith había pasado todas las festividades —Acción de Gracias, Navidad y su cumpleaños— con la única compañía de Jack y Debbie.

—¿Por qué no pasamos Acción de Gracias juntos? —propuso Meredith—. Podemos celebrarlo aquí.

A todos les pareció una gran idea. Ninguno de ellos solía ir a casa para las fiestas, así que pensaron que estaría muy bien pasar ese día juntos. Normalmente Charles iba a visitar a su hija a Texas, pero pensaba pedirle que ese año le excusara para poder estar con Meredith. Ya le había hablado de ella a su hija y esta se mostró muy feliz por él.

Como siempre, disfrutaron de una velada estupenda. Tyla se sintió fuertemente apoyada por sus amigos. Trataba de no pensar en Andrew, que ese año pasaría las fiestas solo, ya fuera en un hospital psiquiátrico o en la cárcel. Recordó lo que había dicho la trabajadora social sobre que no había nada más difícil que salir de una relación de maltrato, así que se obligó a pensar en el presente. Tenía a sus hijos, tenía amigos, estaba viviendo por el momento en una casa fabulosa e, increíblemente, a pesar de Andrew, ¡estaba viva!

Cuando Charles y Meredith se despertaron a la mañana siguiente, ambos reconocieron que se sentían agotados. Había sido una semana de lo más estresante, llena de momentos difíciles: el nuevo intento de agresión de Andrew, que habían logrado frenar justo a tiempo; la fuga de Andrew, que les había hecho pasarse media noche buscándole; la visita de la trabajadora social de los Servicios de Protección al Menor; las frecuentes reuniones de trabajo de Charles; y Meredith poniendo al día a la nueva pareja que cuidaba de la casa y atendiendo también a Tyla y a los niños.

—¿Qué te parece si te rapto y te llevo a mi *château* del valle de Napa? —propuso Charles de buen humor.

Su pequeña y acogedora casa tenía un significado especial para ellos, ya que era allí donde habían hecho el amor por primera vez.

—Suena de maravilla —respondió Meredith con una sonrisa. Todavía le dolía un poco la cabeza del golpe que le había dado Andrew, pero estaba agradecida de que la cosa no hubiera ido a más—. Me iría muy bien pasar unos días de tranquilidad contigo.

—Pensaba que las mujeres retiradas del mundo llevaban una vida de lo más tranquila y aburrida, sin apenas nada que hacer, pero lo cierto es que no hemos parado ni cinco minutos. —Y los dramas se habían sucedido uno tras otro—. Parece que tu carnet de ermitaña está a punto de caducar. ¿Cuánto tardarías en preparar el equipaje para el fin de semana?

—Dame veinte minutos y me reúno contigo en el coche —contestó ella encantada.

Iban a ser unos días fríos y ventosos, pero incluso estar encerrados en aquella casita en medio de los viñedos supondría un agradable descanso de la vida en la ciudad y de los problemas que habían tenido que afrontar durante la semana.

Meredith cumplió su palabra y, al cabo de veinte minutos, ya estaba preparada. Había informado a Tyla de que pasarían el fin de semana fuera, y poco después salían en el coche de Charles y se dirigían hacia el puente Golden Gate.

Ambos disfrutaron del trayecto, y cuando llegaron a Napa el tiempo era frío, pero hacía un día brillante y soleado. Dejaron las bolsas de viaje en la casa y fueron a dar un largo paseo por los viñedos, respirando el aire fresco y vigorizante, y oliendo a lo lejos el humo de leña de las chimeneas.

—Me encanta venir aquí —dijo Meredith, y aspiró con fuerza el aire de campo, que olía a tierra y uvas nuevas—. Me alegro mucho de que tengas esta casa.

También había estado en su casa de la ciudad, que era pequeña y austera, muy práctica para un hombre que vivía solo, pero Charles no se había esforzado mucho en decorarla. Viajaba sin parar y, desde que había enviudado, solía comer fuera. A Meredith le gustaba que pasara las noches en su casa. La de Charles se había convertido prácticamente en un despacho y un vestidor para cambiarse de ropa. Desde que estaban juntos, rara vez dormía allí. Por el contrario, su casita en el valle de Napa tenía mucho encanto y suponía un cambio muy agradable respecto a la grandiosidad de la mansión de Meredith y al ajetreo rutinario de su vida en la ciudad, con vigilantes de seguridad, personal de limpieza, operarios de reparación y servicios, además de la nueva pareja encargada de cuidar de la casa.

—Estoy pensando en ir a Los Ángeles la semana que viene —le dijo ella cuando regresaron de su paseo. Él había encendido la chimenea y le había servido una copa de vino—. Querría haber ido antes, pero con todo lo que ha ocurrido últimamente...

—¿Quieres que te acompañe? —se ofreció Charles, y ella sonrió.

—Me encantaría, pero me gustaría pasar un tiempo con mi nieta. ¿Tienes algo que hacer mientras estemos allí?

—Tengo que reunirme con un par de clientes. Puedo hacerlo cuando tú estés con Julia.

—Suena muy bien —dijo ella. Hasta el momento, sus planes y horarios habían ido encajando sin problemas—. Aunque no sé si ella querrá verme. Quiero llamarla una vez que esté allí y plantear la situación como un encuentro más bien casual. Si intento concertar una cita con ella de antemano, puede que me rechace. Si se parece en algo a su madre, no se mostrará nada receptiva. Pero no la he visto desde que tenía diez años, cuando vinieron a visitarme por última vez a San Francisco, y me gustaría llegar a conocerla mejor. Tiene un talento asombroso y parece ser una joven muy interesante.

A Charles se le antojaba triste que Meredith tuviera que hacer tantos malabarismos, dar tantas vueltas al simple hecho de ver a su nieta. La relación de Charles con su propia hija era fluida y natural. Kendall, en cambio, se comportaba como lo haría un cliente difícil, con una animadversión personal, incluso resentimiento, hacia su propia madre. Eso hacía que Meredith experimentara la amarga sensación de no tener una hija. Y, por esa razón, temía que su nieta actuara con ella del mismo modo. Meredith esperaba conocer pronto a los hijos de Charles, que parecían mantener una relación muy estrecha con su padre. Le llamaban una o dos veces por semana, a menudo para pedirle consejo, y estaba claro que él disfrutaba mucho con ellos. Pero cada familia era un mundo, y siempre hay algún miembro más difícil y problemático que los demás. Kendall se había mostrado fría y distante incluso de niña, incluso antes del divorcio y del accidente de su hermano. A Meredith le caía muy bien su marido, George, pero nunca había tenido la oportunidad de hablar mucho con él. Albergaba la esperanza de poder restablecer algunos vínculos afectivos, al menos con su nieta. Era la única familia que tenía.

Los dos días que pasaron en Napa fueron justo lo que necesitaban. El domingo salieron a montar en bicicleta, dieron otro largo paseo, compraron queso y paté en Oakville Grocery, y para cuando regresaron a la ciudad por la noche Meredith se sentía como si hubiera disfrutado de dos semanas de vacaciones. También habían podido acostarse tarde y hacer el amor al despertarse, sin que el intercomunicador sonara cada cinco minutos porque alguien requería su atención.

Desde que sus empleados se habían marchado, Meredith había descubierto lo sencillo que era encargarse del cuidado de aquella casa. Ellos siempre habían exagerado lo complicado que resultaba todo, a fin de darse importancia y hacer ver que su presencia era esencial e imprescindible. Pero, desde que los había echado, Meredith se había dado cuenta de que todo resultaba mucho más simple y, sobre todo, menos costoso, sin que ellos se embolsaran parte del dinero de las cuentas e inflaran las facturas a su costa. Cada vez era más consciente de lo corruptos que habían sido y se avergonzaba de no haberse percatado antes. Tenía un trato muy directo y agradable con la nueva pareja encargada de cuidar la casa.

—¿Cómo ha ido el fin de semana? —les preguntó Tyla cuando llegaron.

Ambos tenían las mejillas sonrosadas y presentaban un aspecto de lo más saludable y relajado vestidos con sus vaqueros y sus jerséis gruesos.

—Perfecto —respondió Meredith sonriendo.

—Sabía que había alquilado esa casa por alguna razón —comentó Charles mientras preparaban unos sándwiches para cenar—. Pensaba que no la utilizaría nunca.

—¿Y cómo os ha ido a vosotros? —le preguntó Meredith a Tyla, aunque resultaba evidente que la mujer se sentía mucho mejor.

—Muy bien. He llevado a los niños al museo de ciencias y al cine.

Era muy agradable no tener que vivir temiendo que Andrew llegara a la casa y estallara en uno de sus ataques de ira. Los niños también estaban más tranquilos. Nadie iba a enfadarse con ellos ni a pegar a su madre.

La semana pasó volando y por fin llegó Acción de Gracias. Tal como habían planeado, Arthur, Peter y Ava fueron a cenar a casa de Meredith. Todos se arreglaron para la ocasión con trajes y vestidos elegantes, y la cena se sirvió en el comedor. Meredith había contratado a un chef para prepararla, y el pavo estaba delicioso. La conversación en torno a la mesa fue distendida y animada. Arthur tenía previsto dar otro concierto fuera de la ciudad y, como contaba con alguien para que le acompañara en el viaje, sus dos jóvenes empleados tendrían unos días de descanso. Peter había comprado unas entradas de teatro para dar una sorpresa a Ava. Los ingresos de la pareja eran modestos, a diferencia del lujoso tren de vida que ella había llevado con Joel, pero ambos disfrutaban de los pequeños placeres de la vida y Ava no echaba de menos tener un Ferrari. De vez en cuando pensaba en Joel y se preguntaba si él pensaría en ella alguna vez. Sin embargo, Joel ya era parte de su pasado y Ava se sentía como si llevara toda la vida con Peter. Formaban una pareja perfecta, algo que nunca había sucedido con Joel. A él le gustaba exhibirla como si fuera un objeto, pero nunca la había valorado como persona. Peter sí lo hacía.

Partieron hacia Los Ángeles el lunes después de Acción de Gracias. Charles había concertado algunas reuniones con un par de clientes. Habían reservado un bungalow en el hotel Beverly Hills, un establecimiento que conservaba el encanto del viejo Hollywood de los años cincuenta y que había acogido a grandes celebridades y estrellas de cine. Meredith y Scott solían alojarse allí, les encantaba el lugar. Ella no había regresado al hotel desde que se habían separado, al principio porque quería evitar a los paparazzi y todo el revuelo que se había formado tras su sonada ruptura. Pero después ya no había tenido ninguna razón para volver a Los Ángeles.

Cuando llegaron al hotel, les trataron como si hubiera regresado alguien de la realeza. Charles era tan atractivo como cualquier actor, con su espeso cabello entrecano, sus brillantes ojos azules y su porte esbelto y atlético.

—¡Uau! Nunca me habían tratado así cuando me he alojado aquí —bromeó.

En el bungalow, como detalle de cortesía, les esperaban una botella mágnum de champán, tres grandes jarrones con rosas rojas de tallo largo y todas las revistas favoritas de Meredith. También había todo tipo de pastas, dulces y bombones, y caviar en la nevera.

—Esta es la meca de las viejas glorias del cine —repuso ella sonriendo—. Todas vienen a morir aquí, como los elefantes —añadió, con lo que hizo reír a Charles.

Antes de que él se marchara a su primera reunión, almorzaron en el Polo Lounge, donde también había un par de estrellas importantes y un montón de agentes.

Cuando Meredith volvió al bungalow, abrió el grueso dosier sobre Julia que había llevado consigo. Contenía varios artículos, algunas fotografías, la información de contacto de su agente y una pequeña biografía que se había bajado de internet. Incluso había echado una ojeada a su Instagram y le había gustado lo que había visto. Mientras permanecía sentada revisando todo el material, sabía que estaba postergando lo que había ido a hacer. ¿Y si Julia no le devolvía las llamadas, no le respondía o incluso le colgaba el teléfono? Tal vez ya tuviera aires de diva o fuera un calco de su madre.

Al final decidió llamar primero a su agente. Se trataba de una mujer, al parecer bastante joven, que había fundado su propia agencia después de trabajar para la prestigiosa ICM y que se encargaba de representar sobre todo a jóvenes talentos.

Una recepcionista respondió al teléfono, y Meredith puso su mejor voz de Hollywood. No la había utilizado desde hacía años y, por un momento, le hizo gracia volver a recurrir a ella.

En tono seguro y confiado, pidió a la joven el número de Julia Price, como si tuviera todo el derecho de hacerlo. La recepcionista le preguntó cómo se llamaba, y ahí empezó lo divertido.

—Meredith White —respondió ella de forma grandilocuente—. Soy su abuela.

—¿Meredith White? ¿Meredith White? —Fue como si a la pobre chica la hubiera alcanzado un rayo—. Por supuesto... ah... sí, enseguida, señora White. Por favor, no se retire mientras le consigo el número. No tardo nada.

Mientras esperaba, Meredith pudo escuchar una moderna música de rap y, al cabo de unos tres minutos, se oyó al otro lado de la línea una voz joven, dinámica y eficiente.

—Hola, soy Sarah Gross, la agente de Julia Price. ¿Con quién hablo?

Era evidente que no había creído a la recepcionista, y Meredith no la culpaba. Había muchos chiflados y oportunistas que querían contactar con actores y actrices para hacerles todo tipo de peticiones y llamadas desagradables. También le sorprendió que la misma agente se pusiera al teléfono, en lugar de una ayudante.

—Gracias por responder a mi llamada —dijo Meredith en un tono más natural, sintiéndose más como ella misma y no como una vieja diva—. Soy Meredith White, la abuela de Julia Price. Voy a estar unos días en la ciudad y me gustaría ponerme en contacto con ella, pero no tengo su número.

Habló de forma simple y directa, y la agente reconoció al momento que la llamada era auténtica.

—¡Cielo santo! —exclamó—. Es realmente Meredith White. Pensé que se trataba de una broma. Es todo un honor hablar con usted. Había olvidado que era la abuela de Julia, aunque la información aparece incluida en algún lugar de nuestro dosier de prensa. Le conseguiré el número enseguida. —Se retiró de la línea y volvió al cabo de unos segundos—. Si tiene algún problema para localizarla y necesita que nos pongamos en contacto con ella, hágamelo saber. Ya sabe cómo son los jóvenes de hoy en día. Solo funcionan por medio de mensajes y ni siquiera cogen el teléfono. —Meredith no había pensado en eso—. Le daré también su dirección de correo electrónico.

Meredith se lo agradeció efusivamente. Se había sentido muy bien recibida en su retorno a la escena de Hollywood, también por parte de los custodios de la incipiente carrera de Julia. Sarah Gross le había caído muy bien. Parecía una joven enérgica y comprometida con su trabajo.

Meredith llamó al número de Julia unos minutos más tarde. Después de lo que le había comentado la agente, esperaba que le saltara directamente el buzón de voz. En cambio, respondió una voz joven y sexy. Al principio pensó que se trataba de una grabación y aguardó a que sonara el bip para dejar un mensaje. Pero entonces Julia volvió a decir hola y Meredith se quedó un poco descolocada al ver que era ella quien respondía en persona.

—¿Julia? ¿Eres tú? —preguntó—. Soy tu abuela. Llevo siglos queriendo ponerme en contacto contigo.

No sabía qué otra cosa decir para empezar, pero el caso es que era la verdad.

—¿Abuela?

Solo le quedaba una, ya que Meredith sabía que la suegra de Kendall había fallecido.

—Sí, soy yo —respondió, y se sintió un poco tonta. Era una sensación muy extraña tratar de acercarse de nuevo a su nieta después de nueve años—. Últimamente he estado siguiendo tu carrera y he visto todo el material que he podido conseguir. Eres una actriz fabulosa y quería decírtelo en persona.

—¿Dónde estás? ¿En San Francisco? —preguntó Julia, que parecía entusiasmada y emocionada de estar hablando con su abuela.

—No, en Los Ángeles, por eso he querido llamarte mientras estoy aquí. —No le dijo que había sido la única razón de su viaje, pues no quería presionarla—. Esperaba que pudiéramos vernos, si no estás demasiado ocupada.

—¡Me encantaría! Pues claro que no estoy ocupada. ¿Dónde estás?

—En el hotel Beverly Hills —respondió Meredith, un tanto abrumada por la calurosa reacción de Julia.

—¿Puedo ir ahora? He pensado en llamarte muchas veces, pero mamá me decía que nunca hablabas con nadie y no quería entrometerme en tu vida.

—La verdad es que he venido solo para verte —dijo Meredith con franqueza—. Ven cuando quieras.

No podía creer lo fácil que estaba resultando todo. Parecía cosa del destino.

—Vivo en Hollywood Oeste. Pido un Uber y estoy ahí en quince minutos. Estoy muy contenta de que me hayas llamado.

—Yo también. Nos vemos ahora.

Cuando colgaron, Meredith se miró en el espejo. La melena, todavía rubia, la hacía parecer más joven, pero de pronto se sintió muy vieja. Se preguntó si debía cambiarse de ropa para ofrecer un aspecto más elegante. Llevaba unos vaqueros, un jersey de cachemira negro y unos mocasines de Hermès. No había esperado encontrarse con su nieta tan pronto. No tenía tiempo de arreglarse para representar el papel de gran dama del cine, y tampoco era lo que pretendía. Quería ser ella misma, auténtica y accesible para Julia.

Empezó a pasear con nerviosismo por el bungalow. Dispuso unos platitos con frutos secos, aperitivos y pastelillos, cortesía del hotel. Ya se había puesto pintalabios y cepillado dos veces el pelo para cuando llamaron al timbre. Meredith abrió la puerta, y allí estaba su nieta: alta, sexy, espectacularmente hermosa, con una larga melena pelirroja y sin nada de maquillaje, vestida prácticamente igual que ella, solo que Julia llevaba deportivas en lugar de mocasines. Y antes de que Meredith pudiera decir nada, Julia la estaba abrazando y ambas estaban llorando. Fue un momento mucho más emotivo de lo que ninguna de las dos se había esperado, pero se sintieron como si acabaran de verse el día anterior.

—Todavía tengo las muñecas que me regalaste. Las conservo con mucho cariño. Y quería que supieras que ahora yo también soy actriz como tú, o al menos aspiro a serlo.

—Y lo estás haciendo de maravilla. Me ha encantado tu interpretación en la segunda de las series que has hecho.

—Vamos a rodar una nueva temporada, y mi personaje cobrará más importancia.

Había tantas cosas de las que hablar... Tenían que ponerse al día después de cerca de nueve años. Meredith sacó el dosier y le enseñó todos los artículos que había recopilado sobre ella, y Julia se sintió muy conmovida. Se quedó mirando a su abuela.

—Estás igual.

—No, para nada —la corrigió Meredith—, pero gracias

de todos modos. Siento que no hayamos hablado durante todos estos años.

—Lo sé, yo también lo siento.

—Ha sido culpa mía.

Meredith se atribuía toda la responsabilidad de su distanciamiento, pero Julia sabía que aquello no era completamente cierto.

—No, no lo ha sido. O al menos no del todo. Ha sido culpa de mamá. Siempre hace que las cosas sean más difíciles de lo que son. Nada puede ser nunca claro y sencillo. Todo tiene que ser complicado, retorcido y oscuro, y hay que saltar a través de aros de fuego para intentar llegar a ella. Por eso me vine a Los Ángeles. No soportaba seguir en aquella casa. Mi madre odia que quiera convertirme en actriz, odia todo lo que tenga que ver con Hollywood. El abuelo me consiguió algunos trabajos, y se puso hecha una furia con él, aunque a él le da lo mismo y continúa haciendo lo que puede por ayudarme. Mi padre es un santo, no entiendo cómo puede aguantarla. Ella siempre piensa demasiado las cosas y le da mil vueltas a todo, por eso está tan amargada. Ella ha sido la que ha envenenado nuestra relación —confesó a su abuela.

Era más o menos lo mismo que había experimentado ella con Kendall.

—Casi nunca me devuelve las llamadas —admitió Meredith— y se pasa meses sin llamarme. Sigue enfadada por cosas que ocurrieron hace quince años o cuando no era más que una niña. Por alguna razón, después de que su hermano muriera, decidió que yo le quería más a él que a ella. Es muy difícil superar todo eso y recuperar la relación, así que me limito a dejar que me llame cuando quiera, y de vez en cuando la llamo yo y espero que la cosa vaya lo mejor posible. Pero, en medio de todo esto, te he perdido a ti —concluyó con tristeza.

—Cuando me mudé aquí, le dije que quería verte, y reaccionó como si la estuviera abandonando. Creo que bajo esa fachada de mujer fría como el hielo se oculta una persona muy celosa. Le cabrea mucho que esté viviendo aquí sola, disfrutando de mi vida. No para de decirme que soy como tú, como si eso fuera un crimen. —Luego añadió sonriendo—: Para mí es todo un cumplido. El abuelo dice que eres la actriz más grande de todos los tiempos y que fue una gran tragedia que dejaras de actuar. —Y entonces declaró—: Mi sueño es trabajar contigo en una película algún día.

Meredith tenía muy claro que eso nunca sucedería. Lo único que quería en ese momento era saberlo todo de su nieta, y, en cierto modo, la consolaba pensar que estaba teniendo la misma clase de problemas que tenía ella con Kendall.

—Tu madre me culpó por el divorcio, a pesar de que no fui yo quien rompió nuestro matrimonio, fue tu abuelo. Y también me echó la culpa por mostrarme demasiado dura con él tras la muerte de tu tío.

Resultaba muy extraño referirse de ese modo a Justin, pero así era: era el tío de Julia, aunque solo tuviera catorce años cuando murió.

—No sé —dijo Julia—. Parece que lleva enfadada toda su vida, y no entiendo cómo mi padre puede ser tan paciente con ella. Él fue quien me dejó que viniera aquí y ella se enfadó muchísimo con él. Siempre dice que odió crecer en Hollywood y que no quiere volver a saber nada más de todo este mundo.

—Es verdad que yo pasaba mucho tiempo rodando fuera, pero tu abuelo y yo nos turnábamos para que uno de los dos estuviera siempre con ella. Se ha olvidado de eso.

—Sí, tiene memoria selectiva. Ella nunca tiene la culpa de nada. Aunque también debo reconocer algo en su favor. Hará un par de años estábamos hablando de ti y le pregunté por qué no hacía un esfuerzo para retomar la relación contigo. Entonces me dijo que ya era demasiado tarde, que se había portado fatal contigo y que eso era algo que no se podía reparar.

—¡Oh, Dios mío, ¿te dijo eso?! —exclamó Meredith. Julia asintió mientras se servía un pastelillo—. Me dejas de piedra.

—Prefiere estar enfadada con el mundo y ser desgraciada antes que intentar arreglar las cosas. Sigue furiosa conmigo por haberme venido aquí a perseguir mi sueño. Lo considera la traición definitiva, que no me quedara en Nueva York, que no continuara estudiando en la universidad y saliendo con los chicos que ella quería para mí, los hijos de sus amistades. Allí me habría muerto de aburrimiento, nada de eso es para mí. Así que ahora nunca me llama. Y cuando la llamo yo, se muestra fría como un témpano.

—Al parecer también se le ha olvidado que ella hizo lo mismo. —Meredith sonrió con aire nostálgico—. Dejó la universidad después de conocer a tu padre en Florencia. Hice todo lo posible para convencerla de que siguiera estudiando, pero ella lo dejó todo y se casó. Aunque tengo que reconocer que la jugada le salió muy bien. Lo que no entiendo es por qué ahora se muestra tan dura contigo por hacer lo mismo que hizo ella. Eres una actriz con mucho talento, Julia —concluyó Meredith muy orgullosa.

—Se muestra dura con todo el mundo, abuela. Estás con ella o contra ella. Como te he dicho antes, mi padre es un santo, pero ella puede guardarte rencor durante siglos. —Meredith lo sabía de primera mano: Kendall nunca la había perdonado—. No sé por qué es tan inflexible, pero el caso es que lo es, y hace años que su forma de ser arruinó nuestra relación. El abuelo es el único que no le hace caso cuando se pone en ese plan. Tal vez él también sea un poco como ella, porque desde luego tú no lo eres, si no, no estaríamos sentadas hoy aquí.

Meredith sonrió.

—Por cierto, ¿cómo está tu abuelo?

—Está bien, trabajando como un poseso. El año pasado

tuvo algunos problemillas de salud, pero ya se encuentra bien. Creo que se aburre mucho cuando no trabaja. No puede estar parado ni cinco minutos.

—Siempre fue así —recordó Meredith.

—Y Silvana es una mujer de lo más vulgar y anodino. Él le compró una casa en Italia y ella se pasa la mayor parte del tiempo allí, comiendo pasta a todas horas y engordando sin parar —comentó Julia con malicia, y Meredith se echó a reír. Silvana apenas tenía unos años más que Kendall y era demasiado joven para abandonarse de esa manera—. Tú estás mucho mejor que ella —añadió, pese a que Meredith le sacaba más de veinte años: una diferencia de edad que nunca había podido olvidar.

—Hace mucho que no hablo con tu abuelo.

Costaba entender que Kendall hubiera perdonado a su padre por haber roto la familia para casarse con una joven que tenía casi su misma edad y en cambio nunca hubiera perdonado a su madre por lo que ella consideraba sus pecados. Pero también resultaba interesante que Kendall hubiera reconocido ante Julia que se había portado «fatal» con ella. Todo lo que su nieta le iba contando le estaba dando mucho que pensar.

Mientras hablaban, Julia se había tumbado relajadamente en el suelo de la habitación. Llevaban ya tres horas allí cuando Charles entró en el bungalow y la joven alzó la vista, sorprendida. La cara de él se iluminó al verla, y ella se levantó cuan alta era para saludarle.

—¿Estás casada, abuela? —le preguntó extrañada, ya que su madre no le había contado nada.

—No, este es mi amigo especial, Charles Chapman.

Ambos se estrecharon la mano, y Julia soltó una risita que hizo que se le agitara la melena pelirroja.

—Me encanta. ¡Tienes novio! ¡Eres tan enrollada!

Los tres se echaron a reír y Meredith se sonrojó un poco.

—Nos conocimos justo después del terremoto.

—Me alegro mucho por ti. ¡Me gustaría ir a San Francisco a visitaros!

—Puedes venir siempre que quieras. Tendrás tu propia habitación y podrás pasar allí todo el tiempo que te apetezca —dijo Meredith con generosidad—. Si quieres, también puedes traerte a algún amigo.

Julia ladeó la cabeza con gesto pensativo.

—Mamá va a pensar que estamos conspirando contra ella. Eso es lo más triste. No puede simplemente alegrarse porque nos hayamos reencontrado. Se lo tomará como una afrenta personal contra ella, pero no me importa. Pienso ir a verte.

—Siempre que quieras —repitió Meredith.

Charles se sirvió una copa de vino y los tres continuaron charlando distendidamente durante una hora más. Entonces Julia dijo que tenía que marcharse porque había quedado para cenar con unos amigos.

—¿Cuánto tiempo estarás en Los Ángeles? —le preguntó a su abuela.

—Dos días más.

Había reservado tres días por si le llevaba más tiempo contactar con ella, pero no había hecho falta. Su reencuentro había sido inmediato. Meredith ya adoraba a su nieta cuando era una niña, vivaracha y llena de ideas chispeantes, pero su relación iba a ser incluso mejor. Podrían llegar a conocerse como adultas, y Julia tenía mucho que aportar.

—¿Podemos comer mañana? Por la mañana tengo una audición y por la noche un desfile de moda, pero estaré libre para almorzar y el resto de la tarde. Para el desfile querían hacerme algo especial en el pelo, pero no pienso dejarles. Esta soy yo.

—Bien por ti —le dijo su abuela, y la abrazó y la besó cuando se despedían.

Habían quedado para comer al día siguiente en el Polo

Lounge. Cuando Julia se marchó, Meredith no podía dejar de sonreír.

—Bueno, parece que vuestro reencuentro ha sido todo un éxito. Nadie diría que no os veíais desde hacía casi diez años.

—Sí, ha ido francamente bien —convino Meredith, aunque luego se puso más seria—. Julia tiene los mismos problemas que tengo yo con su madre, prácticamente las mismas quejas. Y, por lo visto, Kendall le ha reconocido que se portó «fatal» conmigo, pero no hace nada por arreglarlo. Le dijo a Julia que era demasiado tarde, pero nunca es demasiado tarde. Y ahora intenta alienar a su hija del mismo modo que hizo conmigo. Si no va con cuidado, acabará perdiéndola. Kendall se muestra demasiado dura e inflexible, no sabe perdonar. Pone el listón muy alto para todo el mundo y nadie está nunca a la altura.

—Es muy triste —dijo Charles, y ella asintió y le besó.

—Julia es muy guapa, ¿verdad?

—Es espectacular. De hecho, se parece mucho a ti. Solo cambia la melena pelirroja, por lo demás tenéis unos rasgos muy parecidos. Podrías pasar por su madre.

—Espero que venga a verme a San Francisco, ha dicho que lo haría.

—Parece muy emocionada por haberse reencontrado contigo.

—Yo también lo estoy —dijo ella, sonriendo con los ojos brillantes.

Para eso había viajado a Los Ángeles, y todo había ido maravillosamente. Lo único que se reprochaba era no haberlo hecho antes. Se lo comentó a Charles, y él le dijo que unos años atrás Julia habría sido demasiado joven. En ese momento tenía la edad justa para retomar su relación con Meredith, y ambas tenían además una carrera profesional en común, lo cual también ayudaría a estrechar sus lazos.

Esa noche fueron a cenar a Giorgio Baldi, en Santa Mónica, y la gente la reconoció al entrar en el restaurante. Algunos se quedaban mirándola, pero estaba claro que sabían quién era. Nadie se había olvidado de ella. Y uno de los camareros más veteranos casi se echó a llorar al saludarla.

—¡Bienvenida de nuevo! ¿Ha vuelto para trabajar en el cine?

—No —respondió ella, negando con la cabeza y sonriendo—. Pero mi nieta sí —añadió muy orgullosa.

—Debería rodar otra película. ¡Sigue siendo tan hermosa!

—Coincido con él —dijo Charles mientras tomaban asiento—. Eres muy hermosa.

—Estás muy mal de la vista, pero te quiero —repuso ella, restando importancia a su cumplido.

Julia y Meredith quedaron para almorzar. Se pasaron otras tres horas hablando sin parar, y acordaron verse también al día siguiente para desayunar. Meredith regresaría a San Francisco en el vuelo de las cinco de la tarde, lo que significaba que tendrían que dejar el bungalow a las tres. En su último día en Los Ángeles, salieron a dar un paseo y luego Julia la llevó a su diminuto apartamento en Hollywood Oeste. Aquello le recordó a sus propios inicios en el mundo del cine, aunque su carrera había despegado de forma fulgurante. En aquellos tiempos las cosas eran muy distintas: alguien te «descubría», te ponía a rodar una película tras otra con grandes estrellas y se gastaba una fortuna en publicidad. Los estudios ejercían un control absoluto. Todo eso había cambiado, pero Meredith tenía claro que, con el tiempo, Julia se convertiría en una gran actriz por sí misma. Ya había emprendido su camino a paso lento pero seguro y, cuando alcanzara el estrellato, tenía el talento y la constancia necesarios para mantenerse en la cima.

Meredith salió del apartamento sintiendo una leve punzada de remordimiento y se despidió de su nieta con un largo abrazo.

—Te quiero mucho, Julia. Ven a casa cuando quieras. Por cierto, ¿tienes novio?

Era algo que se le había olvidado preguntarle, y eso que habían hablado de un montón de cosas: sus carreras, Kendall, Scott, Silvana y, sobre todo, las aspiraciones artísticas de Julia. La joven tenía grandes sueños.

—No. Salí con un chico el año pasado, pero rompimos. Era un capullo. Y ahora hay un actor que me hace un poco de gracia, pero también es bastante idiota.

—Hay muchos tipos así en este mundillo. —Meredith sonrió—. Tú solo diviértete y trabaja mucho. Y, Julia, no renuncies todavía a hacer las paces con tu madre. Ya sé que es una mujer muy difícil, pero recuerda que solo tienes una madre.

—Lo sé. Yo también te quiero mucho, abuela.

Aquellas palabras sonaron como música celestial en sus oídos. Era el tipo de relación que habría deseado tener con su hija, que nunca había tenido y que probablemente nunca tendría. Pero Meredith ya lo había aceptado. Y ahí estaba Julia, como una gran estrella reluciente en el cielo, como una bendición divina.

Meredith tomó un taxi de vuelta al hotel. El viaje a Los Ángeles había superado todas sus expectativas. Ella y Charles hablaron de ello durante el vuelo de regreso y, cuando aterrizaron en San Francisco, Julia la llamó para darle las gracias. Después de colgar, Meredith no podía dejar de sonreír. Había tenido que pasar mucho tiempo para que su nieta creciera y para poder reencontrarse con ella, pero la espera había merecido la pena.

14

Meredith le contó a Tyla todo sobre su viaje a Los Ángeles y le habló de los momentos tan maravillosos que había pasado con Julia.

—Es realmente fantástico. No puedo creer que no la hayas visto en todos estos años. Además, con lo bien que se te dan los niños... Tu hija tiene que estar loca por no dejarte verla en todo este tiempo.

—Kendall es una mujer difícil. Se acuerda de todo y no perdona nada. Ve las cosas a través de su propia lente, sin importarle si lo que ve es verdad o no. Me da mucha pena que no haya suavizado su carácter con los años. Lo siento sobre todo por Julia. Por el momento, mi nieta ha desistido de intentar reconciliarse con ella. Y Kendall nunca da su brazo a torcer, nunca admite que pueda haberse equivocado.

Le asombraba que su matrimonio hubiera durado tanto. Sin duda George debía de ser un santo, tal como había dicho Julia.

Durante días, Meredith estuvo deleitándose con los recuerdos de su visita a Los Ángeles, rememorando con una sonrisa en los labios todo lo que su nieta le había dicho. Julia la había llamado un par de veces para contarle lo que estaba haciendo y para mantener y estrechar los lazos que habían forjado. Era algo que Kendall nunca había aprendido a hacer. Tal vez algo había muerto en su interior cuando falleció su hermano. Pero Kendall tenía veintiséis años por aquel entonces, y además ya era madre, lo que debería haberla hecho más afectuosa y compasiva, con mayor capacidad para perdonar. Era como si faltara una pieza en ella, algo que la ayudara a conectar con los demás.

Meredith estuvo dándole vueltas durante varios días hasta que el fin de semana tomó una decisión. No creía que fuera a servir de mucho, pero le daba igual: tenía que intentarlo. Kendall nunca haría nada por recuperar su relación con ella; era lo que le había dicho a Julia. Meredith quería demostrarle que nunca era demasiado tarde. Un corazón roto podía recomponerse. Quedaban cicatrices, pero no tenía por qué seguir destrozado eternamente. La vida era como una colcha de retazos y fragmentos desgarrados que se volvían hermosos al entretejerlos. La belleza estaba en las lágrimas que derramabas al bordarlos y coserlos juntos. Son los llantos, las rupturas, todo lo que perdemos en el camino, lo que nos convierte en lo que somos. Eso era algo que Kendall nunca había llegado a entender.

Meredith siguió reflexionando sobre ello a lo largo del fin de semana, y el domingo por la noche le dijo a Charles:

—Voy a ir unos días a Nueva York.

—Me gustaría acompañarte, pero no voy a poder —dijo él con pesar. Se acercaban las Navidades, y el ritmo de trabajo aumentaba por esas fechas, ya que había que encontrar a los agentes apropiados para escoltar a la selecta clientela a sus destinos vacacionales—. ¿Vas por placer, para hacer algunas compras navideñas? —le preguntó.

Tenía la sensación de que había algo más serio detrás de aquel viaje, y no se equivocaba.

—Tal vez también haga algo de eso —respondió ella sonriendo, y le besó—. Te lo contaré a la vuelta.

—Qué misteriosa... —dijo Charles.

Le picaba la curiosidad, pero advirtió que ella no quería hablar del tema. Meredith reservó un billete para el martes y le dijo que regresaría el jueves o el viernes, dependiendo de cómo fuera la cosa. Incluso era posible que volviera al cabo de veinticuatro horas.

Siguió pensando en todo ello durante el vuelo rumbo al este, y también en que había prometido llevar una sorpresa a Daphne. Los niños estaban entusiasmados con las Navidades y ese año no tendrían que preocuparse porque su padre les arruinara las fiestas. Andrew se negaba a declararse culpable y continuaba encerrado en un pabellón de seguridad, donde lo estaban sometiendo a evaluación psiquiátrica.

Meredith se alojó en el Four Seasons de Manhattan y, en cuanto se instaló, llamó a su hija. Se preguntó cuántos días tardaría en poder contactar con ella, pero solo le llevó tres intentos. Kendall pareció muy sorprendida al oír la voz de su madre. No habían hablado en tres meses, desde aquella llamada tras el terremoto, lo cual no sorprendió a Meredith. Cuando le dijo que estaba en Nueva York, se produjo un largo silencio al otro lado de la línea: una respuesta muy distinta a la reacción alborozada que había tenido Julia en Los Ángeles.

—Si tienes tiempo, ¿quieres que quedemos para comer o cenar? —le preguntó en tono cauteloso.

Kendall era como un animal salvaje. No podías acercarte demasiado rápido o se sentiría acorralada. Y si eso ocurría podría atacarte, como una pantera o un leopardo. O simplemente podría alejarse y desaparecer entre la maleza.

—Creo que puedo organizarme para comer mañana —respondió con frialdad—. Tengo que comprobarlo, te envío un mensaje para confirmarlo. ¿Qué estás haciendo en Nueva York?

Sabía que su madre no había pisado la ciudad en quince años y no parecía muy contenta de que hubiera vuelto.

—Tengo algunas cosas que hacer.

Una hora más tarde, Kendall le envió un mensaje diciéndole que podían quedar para almorzar al día siguiente en el Harry Cipriani del Sherry-Netherland. Había escogido a propósito un lugar en el que habría mucho ruido y resultaría difícil hablar. Las conversaciones íntimas no eran su fuerte.

Meredith pasó una noche tranquila en el hotel, pensando en todo lo que quería decirle a su hija. Llamó a Charles para contarle que había llegado bien, y luego mandó un mensaje a Julia simplemente para saludarla. Esta le contestó al momento, enviándole todo su cariño.

Al día siguiente, hacia el mediodía, Meredith ya estaba esperando en el restaurante cuando llegó Kendall. Llevaba un vestido negro de aspecto severo, perlas y un abrigo de visón que la hacía parecer mayor. Se había convertido en la señora de alta sociedad que siempre había querido ser. Y, tal como ella había rechazado a su madre por lo que era, entonces era su hija quien la rechazaba a ella. Ironías de la vida. Meredith la abrazó y ella pareció tensa e incómoda.

Se encontraban ya a mitad del almuerzo cuando Meredith sacó a colación el motivo por el que estaba allí.

—He venido para decirte que te quiero. Que por muy difícil que nos resulte conectar, por muchos errores que sientas que cometí, tanto si lo hice como si no, sigo queriéndote. Eso es todo. Sé que estás enfadada porque culpé a tu padre de la muerte de Justin. No le odio por ello. Creo que fue una decisión muy desafortunada que le dejara salir a navegar solo, pero las cosas del destino son así. Y también sé que sigues enfadada por el divorcio, pero aquello no fue culpa mía.

—Podrías haberle dejado volver —dijo Kendall, y sus ojos refulgían aún con un brillo de fuego negro.

—Él nunca quiso volver, Kendall. Quería casarse con Silvana. Es lo que me dijo cuando me abandonó. Y después de la muerte de Justin podría haberse planteado la cuestión, pero yo nunca le habría dejado que volviera. Su relación con Silvana había sido demasiado pública. Él quería quemar todos los puentes, y es lo que hizo. Y aún sigue casado con ella, así que no debe de irle tan mal. Puede que tú quisieras que volviera conmigo, pero él nunca lo quiso.

—Tal vez si hubieras estado más tiempo en casa, él no se habría buscado a otra.

Para ella seguía siendo un tema candente después de tantos años. Meredith dudaba mucho de que lo hubiera sido tanto para Scott. Ellos dos lo habían superado hacía tiempo, pero Kendall nunca había conseguido pasar página. Cargaba con una mochila tan llena de afrentas del pasado que no había espacio en ella para el perdón o el amor. Lo que Meredith quería era ayudarla a desprenderse de todo ese lastre, por el bien de Kendall, el de Julia y el suyo.

—Quizá tengas razón. Pero su aventura con Silvana, y cómo la llevó, fue responsabilidad suya, no mía. A pesar de todo, me resistía a divorciarme, pero cuando Justin murió supe que por eso no podría perdonarlo, así que rellené los papeles del divorcio. No podía seguir con un hombre al que me veía incapaz de perdonar. Habría sido un error, e injusto para él.

—Si no hubiera tenido aquella aventura, ¿habrías seguido casada con él? —preguntó Kendall en tono incisivo.

—No lo sé. Creo que él nunca se ha arrepentido de haberse divorciado, y yo ahora me siento muy a gusto con mi vida. Pero el caso es que aquella nunca fue tu batalla. Cuando nos divorciamos, tú ya estabas casada y tenías una hija, así que no te destrozamos la vida. Y cuando eras pequeña, disfrutaste de nosotros en nuestra mejor época.

—Si quieres llamarlo así... Tú eras una gran estrella y casi nunca estabas en casa.

—Tu padre tampoco estaba. Hacíamos todo lo posible por alternar los rodajes para que uno de nosotros pudiera estar contigo. ¿Por qué me lo reprochas a mí y no a los dos? ¿Por qué solo a mí?

—Porque quería que fueras una persona distinta de la que eras —respondió con franqueza. Era la primera vez que lo reconocía—. Quería que fueras como las demás madres, no tan diferente y especial, con todo el mundo pidiéndote autógrafos allá adonde fuéramos. —Meredith asintió. Ya no podía cambiar aquello, ni siquiera podía evitarlo entonces—. Así que, para cuando renunciaste a todo y te retiraste del mundo, ya no me importó. Era demasiado tarde para mí.

—Me retiré del mundo por tu padre y por Justin, no por ti. Y no sé cómo convencerte de lo mucho que me esforcé por estar contigo en aquella época en la que trabajaba tanto, así que no lo intentaré. Si no fue suficiente para ti, me parece justo que lo sientas así. Estás en todo tu derecho.

—¿Por qué estás haciendo esto ahora? —quiso saber Kendall, todavía enfadada—. ¿Estás enferma?

Meredith se quedó conmocionada por la pregunta.

—No, no es eso. Solo quiero aclarar las cosas y aliviar las tensiones para darnos la oportunidad de volver a ser amigas o lo que tú quieras que seamos. No tienes por qué hacerlo. Podemos seguir como hasta ahora, pero yo echo de menos tener una hija y una relación verdadera contigo. Y tal vez tú eches de menos tener una madre. Quiero que nos demos esa oportunidad.

Kendall nunca lo habría hecho. Meredith sabía que era ella la que tenía que dar el paso y estaba dispuesta a intentarlo.

—Yo ya tengo a Julia y a George —replicó ella con sequedad—. No te necesito. No estuviste cuando te necesitaba de pequeña y tampoco te necesito ahora.

Sus palabras fueron crueles, pensó Meredith mirándola a los ojos, pero Kendall era así. Siempre lo había sido, incluso de niña. Tenía una vena mezquina que la hacía mostrarse fría y dura con todo el mundo, salvo con Justin.

—Supongo que lo has dejado muy claro. Pero ten cuidado, no le hagas a Julia lo mismo que me has hecho a mí, echarla de tu vida.

—Si no está a la altura de mis expectativas, no dudaré en hacerlo —repuso Kendall con frialdad.

—No estamos hablando de coches, estamos hablando de una madre y una hija. Ese vínculo es muy especial.

Le estaba ofreciendo todas las oportunidades para recuperar la relación, pero supo que su hija nunca daría su brazo a torcer. De pronto comprendió lo que Kendall le había dicho a Julia: era demasiado tarde. Pero no para Meredith. Era demasiado tarde para Kendall. Era ella la que no quería arreglar la situación. Hacía años que había cerrado la puerta a la posibilidad de reconciliarse con su madre. Meredith se quedó mirándola. No sentía frustración ni desesperación, tan solo lástima por ella. Kendall no sabía perdonar y, por tanto, era incapaz de amar. Para poder amar, tenías que saber perdonar, una cualidad de la que ella carecía. Su corazón era una roca fría como el hielo. Meredith le había tendido la mano para retomar su relación, pero podía ver que Kendall no tenía la menor intención de aceptarla. Meredith no significaba nada para ella. Se preguntó si, al morir su hermano, también habría muerto una parte de ella. O si habría muerto todo en su interior.

Ambas dejaron sus platos sin terminar, y Meredith pagó la cuenta. Comprendía contra lo que había tenido que luchar Julia, por qué había huido a Los Ángeles y por qué su padre la había animado a hacerlo. La estaba protegiendo de su propia madre. Meredith sintió una profunda lástima por los tres.

Salieron juntas del restaurante, y Meredith miró con ternura a su hija.

—No sé si has escuchado lo que te he dicho, pero te quiero, Kendall.

Había padecido tanto tras perder a Scott y a Justin que todo su sufrimiento no había hecho más que acrecentar su capacidad para amar. En cambio la de Kendall, con su falta de compasión y de clemencia, se había reducido a nada. Kendall se limitó a mirar a su madre y a negar con la cabeza.

—Lo siento, mamá. No puedo.

Acto seguido, dio media vuelta y se alejó. Kendall era una mujer amargada. Meredith se preguntó si volvería a saber de ella. Todo el contacto que habían mantenido hasta la fecha había sido forzado, y había quedado claro que Kendall no quería tener la menor relación con ella. La invadió una sensación extraña mientras caminaba de vuelta al hotel. No se arrepentía de haber ido. En cierto sentido, había sido como contemplar el cuerpo difunto por última vez antes de que cerraran el ataúd. Ya no era la persona a la que había conocido y amado. Era solo un cascarón vacío.

Al entrar en su habitación, cambió la reserva que tenía para el viernes por el último vuelo del día a San Francisco. Envió un mensaje a Charles para decirle que volvía a casa esa noche. No había pasado más que un día en Nueva York y no tenía ánimos para irse de compras. También mandó un mensaje a Julia. Decía sin más: «Te quiero. Tu abuela». Era todo lo que necesitaba saber y todo lo que necesitaba oír. Su reencuentro en Los Ángeles había servido para salvar el puente generacional que las separaba. Con Kendall resultaba imposible, ninguna de las dos podría llegar nunca hasta ella. No estaba hecha para el amor. Aquello era una tragedia para Kendall, pero no para ellas. Se tenían la una a la otra. Meredith había perdido a su hija, pero había encontrado a su nieta.

Cuando llegó a San Francisco, para su sorpresa, Charles la estaba esperando en el aeropuerto. Él pudo ver en sus ojos que algo le había pasado, pero prefirió no preguntar a menos que ella quisiera contárselo.

—Ha sido un viaje relámpago —dijo él cogiéndole el bolso, y ambos caminaron hacia la zona de recogida de equipajes.

Era tarde en San Francisco, y aún más tarde en Nueva York.

En el trayecto de vuelta a casa, Meredith le dijo:

—He ido a ver a Kendall.

—Imaginaba que sería algo así. ¿Cómo ha ido?

No quería preguntar, pero la veía tranquila y fuerte, así que confiaba en que hubiera ido bien.

—Ha ido como ella quería que fuera, y supongo que yo también. Ambas necesitábamos cerrar la herida.

Él asintió y Meredith no dijo nada más. Había comprendido que había perdido a Kendall mucho tiempo atrás, así que ya no acusaba la pérdida. Al contrario, se sentía liberada de todo el dolor que le había infligido su hija durante todos esos años.

15

A la mañana siguiente, cuando Daphne bajó a desayunar se encontró con una sorpresa. En el sitio que solía ocupar en la mesa había un osito de peluche rosa, y otro más pequeño al lado.

—¿Qué es esto? —preguntó con una gran sonrisa.

—Te prometí que te traería una sorpresa de Nueva York —le recordó Meredith—. El grande es para ti, y el pequeñito, para Martha.

—¡Le va a encantar! —exclamó Daphne, que cogió los dos ositos y los abrazó con fuerza.

Y en el sitio de Will había una gorra de los Yankees. Ambos le dieron las gracias de manera efusiva. Era lo único que había comprado en Nueva York, en el aeropuerto. No había querido decepcionar a los niños.

Meredith ya había hecho el resto de sus compras navideñas antes de salir de San Francisco.

Ella y Charles iban a celebrar las fiestas de forma anticipada. Él pasaría la Navidad con la familia de su hija en Texas. Meredith consideró que no era el momento oportuno para acompañarle: quería respetar la intimidad de una celebración tan familiar. Dentro de unos meses irían a visitarla para que Meredith pudiera conocerla. Su hijo, Jeff, acababa de ser destinado a Alemania, y también tenían pensado ir a verle más adelante. Y Charles volvería para celebrar juntos la Nochevieja. Irían a su casita en el valle de Napa.

Julia pasaría las fiestas con su padre en Aspen, esquiando. Kendall no iría. Julia le dijo a Meredith que su madre odiaba las Navidades, que no le gustaba esquiar y que tampoco le hacía gracia Aspen. Ella no le contó nada sobre su viaje a Nueva York y tampoco tenía intención de hacerlo. Era algo que quedaría entre Kendall y ella.

Antes de que Charles se marchara, Meredith dio una gran cena para el grupo del terremoto. Arthur volaría a Japón el día después de Navidad para dar un concierto, y mientras estaba fuera Peter y Ava se irían unos días al lago Tahoe. Tyla y los niños pasarían las fiestas con Meredith.

Todos brindaron para celebrar que el terremoto les hubiera unido y luego intercambiaron regalos que se notaba que habían elegido con cariño y esmero.

Meredith pasó unas fiestas maravillosas con Tyla y los niños, en un ambiente de lo más tranquilo y agradable. En Nochebuena asistieron a la misa del gallo, el día de Navidad fueron a patinar a Union Square y luego hicieron *s'mores*, los tradicionales pastelitos de galleta, malvavisco y chocolate. Meredith y Tyla prepararon el pavo juntas y ambas se felicitaron mutuamente por lo bueno que había quedado. Vieron películas navideñas con los niños y comieron palomitas.

Charles la llamó para decirle que la echaba mucho de menos y que no podía esperar para volver a verla. Fueron unas Navidades de lo más entrañables, mejores que cualquiera de las que había pasado con Jack y Debbie.

Cuando Charles regresó la mañana del 31, se fueron directos al valle de Napa y, a medianoche, brindaron con champán. Le había contado a su hija, Pattie, que estaba perdidamente enamorado de Meredith, y ella se alegró mucho por él. Irían a visitarla en los próximos meses. Charles le aseguró que le encantaría Texas, y ella le creyó. Hasta el momento, todo lo que él le había dicho había sido verdad. Y Meredith estaba emocionada por poder conocer a sus hijos.

Julia fue desde Los Ángeles la segunda semana de enero, después de volver de Aspen. Se sorprendió mucho al descubrir que Tyla y los niños estaban viviendo en la mansión, y Meredith le explicó la situación. A Julia le cayó muy bien la mujer y parecía llevarse con ella mejor de lo que nunca se había llevado con su madre. Tyla comenzaría en febrero el curso de repaso en la escuela de enfermería de la Universidad de San Francisco, y en septiembre, las clases para convertirse en enfermera facultativa.

Julia se habituó enseguida a la confortable vida hogareña de su abuela, como si fuera un enorme y mullido colchón de plumas. Jugaba con Will a lanzarse la bola de béisbol en el jardín trasero, ayudaba a Daphne a vestir a sus muñecas y disfrutaba de la compañía de Charles. Decía que le recordaba a su padre. Ambos eran encantadores y cariñosos.

Meredith estaba muy emocionada por tenerla allí. Julia se quedó un largo fin de semana y cuando se marchó prometió volver pronto, y se notaba que lo decía de corazón. Ava, Peter y Arthur también habían ido para conocerla, y aunque no estaba emparentada con aquella gente, se sintió como en familia con ellos. Le cayeron todos muy bien, y le fascinó el hecho de que su abuela hubiera creado a su alrededor un pequeño universo en el que todos se sentían protegidos y amados. Sin Jack y Debbie allí, su casa los acogía a todos como un cálido abrazo.

Y una semana después de la visita de Julia, Meredith se quedó terriblemente impactada al abrir el periódico de la mañana. Se trataba de un breve artículo en páginas interiores acerca de una pareja que había empezado a encargarse del cuidado de una conocida propiedad en Woodside, cerca de San Francisco. Ambos habían maquinado un plan para robar joyas y obras de arte, e incluso habían contratado a unos matones para maniatar al resto de los empleados. En total se habían hecho con un botín de veinte millones de dólares. Un informador había dado el soplo a la policía y los dos cabecillas estaban detenidos sin fianza. Meredith se quedó mirando los nombres que aparecían en el artículo sin poder dar crédito: eran Jack y Debbie. Estaba claro que se habían visto muy desesperados y que les había ganado la ambición, pero el plan les había salido mal y volverían a prisión, que era lo que se merecían. Esa noche le enseñó el artículo a Charles, y únicamente podía pensar en lo afortunada que era de haberlos echado de su vida y en que seguramente nunca sabría todo lo que le habían robado.

La llamada de Sarah Gross, la agente de Julia, llegó la primera semana de febrero. Se disculpó por telefonearla directamente, ya que después de mucho buscar había descubierto que Meredith no tenía agente. Ni siquiera tenía carnet del Sindicato de Actores de Cine. Ya no lo necesitaba.

—Julia me ha pedido que la llame —le explicó Sarah—. Acaba de conseguir un papel en una película y está entusiasmada. Creo que va a ser un paso muy importante en su carrera. Y quiere que le envíe el guion.

—Me encantará leerlo —contestó Meredith, muy emocionada por su nieta—. ¿Sabe quién más intervendrá en la película?

Sarah enumeró una impresionante lista de grandes estrellas.

—¿Y le han dado a Julia el papel de jovencita ingenua? —preguntó Meredith, ya que era lo más habitual para una actriz de su edad.

—Es la coprotagonista —respondió Sarah con orgullo—. Ha conseguido el papel con todas las de la ley. Estuvo fabulosa en la audición. Las clases de interpretación han dado sus frutos y ha madurado mucho como actriz.

—Ahora sí que quiero leer ese guion, envíemelo cuanto antes.

También le hacía mucha gracia que la directora fuera una actriz con la que había trabajado tiempo atrás. Se había convertido en realizadora, y una muy buena además.

—Quiero ser sincera con usted —prosiguió Sarah en tono cauteloso—. La verdad es que hay otro motivo para mi llamada. En la película también hay un papel para una mujer algo mayor. Es un personaje clave, ya que es el que vertebra toda la trama, y se necesita a una actriz con muchas tablas para sacarlo adelante. —Le dijo algunos de los grandes nombres que estaban considerando para interpretarlo, lo cual indicó a Meredith la importancia del personaje—. La actriz que lo interprete no aparecerá mucho tiempo en pantalla. Posiblemente le bastará con tres semanas de rodaje, pero sus escenas son fundamentales para el desarrollo argumental. Y Julia quiere que lo interprete usted. Tiene la edad y la imagen ideales para el papel, y sabe Dios que también tiene el talento. Soy consciente de que hace mucho que no actúa, pero Julia me ha dicho que el sueño de su vida sería trabajar con usted, al menos en una película, y creo que podría ser esta. Es un personaje digno de su categoría, un papel con una gran carga dramática. Y, como no tiene agente, estaría encantada de negociar su participación en la película. Dado su estatus de gran estrella, creo que podría conseguir que encabezara el reparto, por encima del resto de los actores y actrices. Si está interesada, podría ser un retorno al mundo del cine por todo lo alto, una reaparición estelar que sus admiradores nunca olvidarían.

Meredith estaba alucinada por la propuesta y también

porque Julia hubiera sugerido su nombre. Estaba tan estupefacta que se quedó sin habla durante un buen rato.

—Llevo mucho tiempo sin actuar —dijo al fin— y no entra en mis planes volver a hacerlo. Ni siquiera estoy segura de que pudiera recordar mis frases. Después de quince años retirada, mis facultades no son precisamente lo que eran.

—¿Me promete que al menos lo pensará?

—No lo sé... Dejé atrás todo eso hace mucho tiempo.

—Sería increíble tenerlas a Julia y a usted en la misma película.

Meredith se echó a reír.

—Julia haciendo su gran entrada, y yo, mi gran despedida.

—No tiene por qué ser una despedida. Podría seguir trabajando siempre que quisiera. Sus admiradores se volverían locos.

—No quiero volver a trabajar en el cine —respondió Meredith con firmeza—. Déjeme leer el guion para ver cómo es el personaje de Julia, solo por placer. Y cuando lo haya leído le haré saber lo que pienso, pero no deje que Julia se haga ilusiones. Dudo de que acepte el papel.

—Muchas gracias —dijo Sarah.

Unos minutos más tarde, le envió el guion por correo electrónico y Meredith lo leyó esa misma tarde. El papel de Julia era sin duda una oportunidad fantástica, y el que querían ofrecerle a ella resultaba muy interesante y constituía todo un desafío interpretativo. Era el tipo de personaje que habría disfrutado interpretando, pero Meredith ya no se veía haciendo películas, aunque se lo pidiera su nieta. Arrojó el guion sobre su escritorio, donde Charles lo vio esa misma noche.

—¿Qué es esto?

Meredith le miró con cierta tristeza.

—Una película en la que Julia va a intervenir, y yo, no. Su

personaje es realmente bueno. Después de esto, se convertirá en una gran estrella o estará camino de conseguirlo.

—¿Y qué tienes tú que ver en eso? —preguntó Charles, confuso.

—También me han ofrecido un papel —dijo con voz entrecortada—. Es muy interesante, pero ya dejé atrás todo eso. No quiero regresar al cine como una vieja gloria que intenta aferrarse patéticamente a su fama.

—No tienes que «aferrarte», tú ya eres una gran estrella. ¿Y tendrías que rodar fuera?

—Solo en Los Ángeles. El rodaje de mi parte duraría unas tres o cuatro semanas.

Esa misma tarde, cuando Julia se enteró de que Meredith tenía el guion, le envió un mensaje suplicándole que aceptara el papel.

—Creo que deberías hacerlo —le dijo él, entusiasmado con la idea.

Ella pareció vacilante.

—Les he dicho que me lo pensaría. Pero, por muy bueno que sea el papel, creo que sería mala idea. Los críticos se me echarían encima por intentar protagonizar un regreso triunfal y no me gustaría quedar en ridículo, ni siquiera por Julia.

—¿Puedo leerlo?

Ella le pasó el guion, y Charles lo leyó esa noche.

—Meredith, tienes que hacer esta película. Va a ser fantástica, con un reparto lleno de estrellas. Tu nieta estará en ella y quiero que tú también estés.

—Estás loco —dijo ella riendo, y le besó—. Pero no pienso hacerla —añadió en tono obstinado.

Él optó por dejarlo estar y no hizo ningún comentario. Meredith quería que quedara muy claro: en su interior, ya no era actriz.

Tomar la decisión le llevó tres días de largos paseos, baños calientes y acalorados debates internos valorando todas las razones por las que no debería participar en aquel proyecto. Al final fue Julia la que decantó la balanza. Si el sueño de su vida era aparecer en una película junto a su abuela, ¿quién era ella para negárselo? Al cuarto día, envió un mensaje a Sarah Gross: «Haré la película. Primera cabeza de cartel o mi nombre abriendo los créditos en solitario, nada de aparecer como un cameo». No iba a hacer un simple cameo después de quince años. Aún no estaba muerta. Charles se rio cuando se lo dijo. Y Meredith también aceptó que Sarah Gross la representara. Le caía bien aquella mujer, y sería más sencillo que buscarse un nuevo agente, después de que el suyo hubiera fallecido años atrás.

Los productores se pusieron como locos cuando Sarah les comunicó que Meredith White había aceptado el papel y la trataron como si fuera la reina que vuelve a su corte. Sin duda se trataba de un personaje hecho a su medida. Charles le dijo que estaba orgulloso de ella por haber tenido el valor de dar aquel paso. Y Julia se puso a gritar de júbilo cuando se lo contó. En cuanto Meredith tomó la decisión, también se entusiasmó con el proyecto. Le daría algo con lo que ilusionarse en los meses siguientes. Su parte se rodaría en Los Ángeles en junio, y la película se estrenaría a finales de año como uno de los grandes acontecimientos cinematográficos de los últimos tiempos. Pero lo mejor de todo es que iba a hacer realidad el sueño de Julia de trabajar juntas. Daphne tenía razón: en el fondo, era una bruja buena.

Meredith contrató a un famoso preparador de actores para que la ayudara a trabajar el papel durante los tres meses previos al inicio del rodaje. Quería volver a afinar sus facultades interpretativas y a explorar todos los matices del personaje.

Al final, cuando empezaron a rodar, ella y la directora se mostraron tan compenetradas en la forma en que ambas veían al personaje que Meredith tuvo la sensación de haber ofrecido una de las mejores interpretaciones de su carrera. Acabó de filmar su parte en tres semanas, y también compartió tres días de rodaje con Julia. Sentada en un lado del plató, se emocionó mucho al ver cómo su nieta crecía y maduraba como actriz. Era uno de los proyectos más gratificantes en los que Meredith había participado nunca y también estaba muy orgullosa de su actuación.

En julio, cuando acabó el rodaje, Charles y ella viajaron a Europa durante tres semanas y visitaron a su hijo Jeff en Alemania. A su regreso, fueron a ver a Pattie y a su familia a Texas. Eran todos encantadores.

Y en agosto pasaron todo el tiempo que pudieron en el valle de Napa. Fue un verano maravilloso.

El juicio de Andrew se había fijado para septiembre, once meses después de su primera detención. Habían unido las dos causas contra él, y Andrew había contratado para su defensa a un prestigioso abogado, muy conocido por su habilidad para sembrar dudas entre los miembros del jurado.

Andrew había sido considerado apto para ser enjuiciado, y Tyla temía que llegara el fatídico momento. El caso se convertiría en un circo mediático y todos eran conscientes de que Andrew mentiría con descaro en sus declaraciones.

La selección del jurado empezaría después del Día del Trabajo, a principios de septiembre. El fiscal del distrito seguía ofreciendo un trato a Andrew si aceptaba declararse culpable. La condena se reduciría a dos años de prisión, pero a cambio perdería la licencia para siempre, y no estaba dispuesto a pasar por eso. De momento se hallaba suspendida, y solo la perdería de manera definitiva si era condenado. Hasta entonces Andrew se había mostrado muy arrogante en todas sus comparecencias, aunque, si finalmente iba a juicio y lo declaraban culpable, podía llegar a cumplir hasta ocho años de prisión, una vez que se sumaran todos los cargos. Era una jugada tremendamente arriesgada, y a Charles le sorprendía que su abogado le permitiera correr ese riesgo. Era un cliente difícil con un caso muy complicado: golpear a su mujer hasta casi matarla y aterrorizar de forma constante a sus hijos no ayudaría a despertar las simpatías del jurado.

A lo largo del mes de agosto, Tyla se había reunido en numerosas ocasiones con la ayudante del fiscal asignada al caso. Era la testigo estrella y tendría que pasar por el doloroso trance de subir al estrado. La angustia y la preocupación habían hecho que perdiera casi cinco kilos durante el verano. Meredith estaría a su lado en el juicio. Arthur, Peter y Ava también le habían prometido asistir para ofrecerle su apoyo.

Tyla apenas dormía por las noches. En junio, el abogado de Andrew había conseguido por fin que lo pusieran en libertad. Había presentado las escrituras de la casa para avalar la fianza de quinientos mil dólares. Había podido hacerlo porque estaban a su nombre y él se encargaba del pago de la hipoteca, y además Tyla aún no había presentado los papeles del divorcio. Pensaba tramitarlo después de que se celebrara el juicio. Su abogado le había dicho que conseguiría un mejor trato si condenaban a Andrew, así que había decidido esperar. Y, entretanto, seguía en efecto la orden judicial por la que Tyla percibía una pensión mensual para su mantenimiento y el de los niños, extraída de los sustanciosos ahorros acumulados por Andrew, aunque las costas legales del proceso estaban esquilmando de un modo considerable sus cuentas.

Con la licencia para practicar la medicina suspendida, no podía tratar a pacientes y no tenía nada que hacer. Desde que lo habían puesto en libertad, le habían concedido cuatro visitas para ver a sus hijos bajo supervisión, pero él se había negado a asistir y había pedido a Tyla que no los enviara. A finales de agosto Andrew llevaba diez meses sin ver a los niños y culpaba de ello a su madre.

Dos días antes de que empezara el proceso de selección del jurado, Tyla estaba desayunando con Meredith y Charles en la cocina. Will y Daphne habían comenzado las clases el día anterior. Tyla, de una palidez enfermiza, daba sorbos a su café y leía el periódico cuando de pronto le sonó el móvil. Vio que se trataba de Angela Luna, la ayudante del fiscal, y respondió con expresión angustiada. La inminencia del juicio llevaba meses consumiéndola. Solo quería que la pesadilla acabara cuanto antes.

La ayudante del fiscal le preguntó si podía ir a verla.

—¿Ahora? Estamos desayunando.

—Ya estoy en un Uber, a apenas cinco manzanas de donde vive.

A Tyla no le caía especialmente bien aquella mujer. Angela Luna estaba furiosa por el trato que el fiscal le había ofrecido a Andrew, garantizándole solo dos años de prisión, pero su jefe quería cerrar el caso lo antes posible. Ella quería llevarlo a juicio, que lo condenaran y que le cayeran veinte años. Era como un perro de presa, pero también era una mujer con el corazón y la cabeza en su sitio.

Tyla les dijo a Meredith y a Charles que la ayudante del fiscal iba de camino.

—¿Quieres que nos marchemos? —se apresuró a preguntarle Meredith, pero Tyla negó con la cabeza.

—No hay nada sobre el caso que no sepáis.

En ese momento sonó el timbre. Charles fue a abrir y acompañó a Angela hasta la cocina. Le ofreció una taza de café que ella declinó. La mujer se sentó muy seria enfrente de Tyla y soltó lo que había ido a decirle:

—Todo ha acabado, señora Johnson. Quería venir para contárselo en persona.

Tyla se quedó mirándola como si estuviera viendo un fantasma.

—¿Qué quiere decir «acabado»? ¿Han sobreseído el caso? ¿O es que Andrew ha aceptado el trato?

—Ninguna de las dos cosas —declaró la ayudante del fiscal en tono solemne—. Desde hace dos horas, el trato ya no está encima de la mesa. Al parecer, desde que fue puesto en libertad en junio, el doctor Johnson ha estado viéndose con una mujer, una maestra de escuela del condado de Marin. Estuvo viviendo con ella, pero hace dos semanas ella le pidió que se fuera de su casa porque había estado bebiendo en exceso y la había amenazado. El lunes pasado le pegó y le puso un ojo morado. En esta ocasión el doctor Johnson manifestó sus amenazas por escrito, en correos electrónicos y mensajes de texto, e incluso escribió la palabra «puta» en la fachada lateral de su casa. Estaba convencido de que ella le engañaba. Anoche entró por la fuerza en su casa y la golpeó hasta dejarla inconsciente. La descubrió un vecino que fue a ver cómo estaba y la encontró en estado crítico. La llevaron al Hospital General de Marin. La mujer ha fallecido hace dos horas. A él lo han detenido y ha acabado confesando. Había huellas suyas por todas partes y, debido a que consta la existencia de amenazas, se enfrenta a un cargo de homicidio en primer grado y pueden caerle hasta veinticinco años en una prisión de máxima seguridad. El fiscal acaba de ofrecerle un trato para que cumpla doce años, diez por el asesinato de la maestra y dos por su caso, aparte de la retirada definitiva de la licencia para ejercer la medicina. El doctor Johnson lo ha aceptado. El peso de la justicia no caerá sobre él como se merece, pero al menos ya no podrá volver a hacerle daño y permanecerá encerrado en prisión durante los próximos doce años. Y usted no tendrá que pasar por el trance del juicio.

Cuando acabó de hablar, Tyla estaba conmocionada, totalmente aturdida. Meredith y Charles también se hallaban demasiado impactados para hablar.

—¿La ha matado? —preguntó Tyla al fin—. ¿Cómo voy a contarles a los niños que su padre ha hecho algo así?

—Podría haber sido usted, señora Johnson. Lo que hizo anoche fue algo espantoso, pero también podría haber venido aquí y haberla matado a usted, o podría haberlo hecho el pasado octubre. Ese hombre debe estar entre rejas. Ahora se encuentra bajo custodia, pero dentro de unos días lo enviarán a prisión.

Meredith se sentó junto a Tyla y le pasó un brazo por los hombros. Daba la impresión de que seguía sin entender aún lo que había ocurrido: Andrew había matado a una mujer. Tal vez estuviera realmente loco. No tenía ni idea de cómo se lo explicaría a los niños, pero sabía que sus hijos también tenían miedo a su padre. Y, gracias a Dios, no los había matado a ellos.

Angela se puso en pie, y Tyla le dio las gracias. Le dijo que seguiría en contacto con ella para informarla sobre el desarrollo de los acontecimientos. Lo que quedaba claro era que los dos casos se habían cerrado con la declaración de culpabilidad de Andrew. La ayudante del fiscal estaba satisfecha con la pena de doce años y esperaba que Tyla también lo estuviera. No era la condena que se merecía, pero al menos le evitaría la agonía del juicio. Y todavía tenía que divorciarse de él. Su abogado le había aconsejado que reclamara todos los ahorros que le quedaran y también la casa, y estaba convencido de que lo conseguirían. Eso al menos le aseguraría cierta estabilidad económica para ella y los niños.

Después de que Angela se marchara, se hizo el silencio en la cocina. Los tres se quedaron mirándose unos a otros. Meredith no podía dejar de recordar cómo Andrew la había agarrado por el cuello y le había estampado la cabeza contra la pared, y el lamentable estado en que había dejado a Tyla cuando estuvo a punto de matarla. Sentía mucha pena por la maestra de Marin, pero se sentía agradecida por que su amiga se hubiera salvado.

—¿Quieres subir arriba y echarte un rato? —le preguntó a Tyla.

—No. Me siento muy aliviada de no tener que testificar en el juicio, de que Andrew no se vaya a librar de la cárcel y de que permanezca encerrado mucho tiempo.

Al cabo de doce años, Daphne tendría diecinueve, y Will, veintitrés. Iban a tener la oportunidad de crecer en paz, y Andrew ya no volvería a maltratar a Tyla.

Los tres estaban profundamente impactados por lo sucedido. Era una historia terrible, para Tyla, para los niños y, sobre todo, para la mujer que había perdido la vida. Pero había acabado todo. Ya no volverían a verle. Tyla, Will y Daphne estarían traumatizados por lo que habían tenido que sufrir durante tantos años, pero podrían empezar de nuevo y sus heridas comenzarían a sanar. Ellos tres habían sobrevivido, a diferencia de la maestra de escuela. Y se habían liberado para siempre de él. Era lo que Tyla siempre había anhelado, y para ella era justicia más que suficiente.

16

Los productores enviaron un avión privado a San Francisco para recoger a Meredith y Charles. Era un G500, y contaba con servicio de peluquería y maquillaje a bordo. Meredith se había llevado un vestido de noche negro de Dior y zapatos de tacón, y se vestiría en el avión para ir directamente del aeropuerto al estreno mundial de la película. Charles ya llevaba puesto el esmoquin. Las estrellas desfilarían por la alfombra roja y a la mañana siguiente habría una rueda de prensa. Julia acudiría con un actor amigo suyo. Su padre volaría desde Nueva York, pero Kendall se había excusado alegando que tenía gripe. Julia aseguraba que su madre nunca había tenido la menor intención de asistir, y tal vez fuera mejor así. En vista de lo que pensaba de Hollywood, habría sido como la bruja mala de un cuento de hadas. Julia era la princesa del cuento. Y Meredith estaba muy orgullosa de ella.

La peinaron y la maquillaron durante el corto trayecto. Le recogieron la melena rubia en un moño elegante y el vestido resultaba muy favorecedor. Con los tacones se veía casi tan alta como Charles. Un Rolls-Royce negro con chófer les esperaba en la pista de aterrizaje para conducirlos al teatro donde tendría lugar la *première*. A Meredith le recordó los viejos tiempos.

—Estás preciosa —le susurró Charles en el coche.

Habían enviado sus maletas al bungalow del hotel Beverly Hills, donde pasarían la noche antes de regresar en el mismo avión por la mañana, después de un desayuno de prensa al que Meredith asistiría junto a su nieta. Los medios se habían centrado mucho en el aspecto multigeneracional de la película, y esa era la razón por la que había aceptado asistir.

A su llegada al teatro, Meredith desfiló por la alfombra roja del brazo de Charles, deteniéndose para posar para los fotógrafos. Habría como unos doscientos, y los flashes resultaban cegadores, pero Meredith no dejó de sonreír en ningún momento. Era como un *déjà vu* largo tiempo olvidado. Cuando se le aclaró la visión, vio a Julia acercándose hacia ella. Llevaba la melena pelirroja recogida en un alto moño sujeto con un pasador de diamantes, su espectacular cuerpo estaba enfundado en un vestido de satén blanco de Chanel de alta costura, e iba acompañada de un apuesto joven. Los cuatro posaron juntos para más fotografías, y luego ellas dos solas. Finalmente, sin parar de saludar y sonreír para la prensa y los admiradores, entraron en el teatro, donde les esperaban más fotógrafos.

Cuando por fin tomaron asiento en la sala, Charles le susurró:

—¿Esto siempre es así?

—Cuando se trata de una película tan importante como esta, sí.

Charles estaba disfrutando mucho. Meredith tenía un aspecto deslumbrante. Sin duda había nacido para ser una gran estrella. Formaba parte de la aristocracia cinematográfica, y Julia, entonces, también.

Charles había visto un pase previo de la película junto a Meredith, pero le encantó volver a verla. Cuando acabó la proyección, salieron de nuevo al vestíbulo, donde les esperaban más admiradores y fotógrafos empujándose unos a otros para conseguir las mejores imágenes. Meredith volvió a posar con gracia y elegancia junto a Julia y su acompañante.

Se abrieron paso lentamente hacia la salida para asistir a la cena y la fiesta de celebración, cuando un hombre se detuvo delante de ella. Junto a él había una mujer corpulenta de aspecto descuidado y con el pelo mal teñido, cuyas abundantes carnes amenazaban con desbordar el vestido. El hombre miraba a Meredith como si la conociera. Durante un instante ella no le reconoció, pero entonces cayó en la cuenta: era su exmarido, Scott Price, y ella era su esposa, Silvana. No había visto a Scott desde el funeral de su hijo, y allí estaban los dos de nuevo, frente a frente. Charles adivinó al instante quién era por la expresión de Meredith y casi se le escapó la risa al ver a Silvana. Hablando de apostar por el caballo equivocado... Meredith lucía tan esbelta, elegante y hermosa como siempre, mientras que Silvana parecía una camarera vulgar con un vestido prestado, que se aferraba a su cuerpo como si fuera la segunda piel de otra persona. Scott no parecía prestarle la menor atención.

—Estás maravillosa en la película —felicitó a Meredith—. Siempre lo estás. En cuanto leí el guion, supe que ese papel estaba hecho para ti. Me alegro de que lo aceptaras.

—Julia es nuestra estrella —contestó ella, restando como siempre importancia a los halagos, y luego le devolvió el cumplido—. He visto tus últimas dos películas. Son magníficas, material de Oscar.

Y lo decía sinceramente. Pero le resultaba muy extraño volver a ver a Scott, mirar a los ojos al hombre que le había roto el corazón al abandonarla por otra mujer, que había puesto en peligro la vida de su hijo con consecuencias fatales, y cuyo recuerdo la había atormentado durante catorce años. Y allí estaba, frente a ella, charlando de forma intrascendente como si fueran amigos. Sin embargo, al hablar con él, Meredith comprendió que Scott ya no significaba nada para ella, ni como amante ni como amigo. Eran meros conocidos que apenas se trataban ya. Ya no podía hacerle daño ni causarle dolor. No tenía ningún poder sobre ella. Él alargó una mano para tocarle el brazo con delicadeza y ella se apartó de manera instintiva, y entonces la multitud volvió a separarles y Scott desapareció.

—¿Estás bien? —le susurró Charles mientras se veían arrastrados por la marea humana que inundaba el vestíbulo.

—Estoy bien. Es como si nunca nos hubiéramos conocido. —Le había amado durante mucho tiempo. Después de eso, en su corazón, solo era el hombre que había matado a su hijo. Ya no era nada para ella—. Ahora somos unos desconocidos.

Charles asintió y la cogió con fuerza del brazo para recordarle que siempre estaría allí para ella en todo lo que necesitara y que nunca dejaría que nadie más le hiciera daño.

Fue una velada muy larga. La fiesta se prolongó hasta bien avanzada la noche y disfrutaron de una comida muy elaborada y exquisita. La prensa se quedó más tiempo de lo habitual, ya que sin duda era una gran noticia para el mundo del espectáculo el hecho de que Meredith White hubiera salido de su reclusión para protagonizar junto a su nieta una película en la que, además, ambas estaban fabulosas. Meredith tenía un aspecto deslumbrante. Se la veía incluso más hermosa que antes.

Curiosamente, nadie parecía recordar que alguna vez hubiera estado casada con Scott. A él los años le habían pasado factura, no había envejecido bien. Nadie quería imágenes suyas con Silvana. Lo fotografiaron a él solo. Se marcharon de la fiesta muy pronto, sin despedirse siquiera de Julia. Meredith se sentía como si esa noche hubiera roto otro hechizo. Scott ya no significaba nada para ella. Era bueno saberlo.

Meredith y Charles habían llegado a las seis de la tarde para desfilar por la alfombra roja, y era más de la una de la mañana cuando abandonaron la fiesta, todavía abarrotada de invitados y prensa. Aquel era un gran acontecimiento cinematográfico, un hito en la historia de Hollywood. Meredith aseguraba que aquella reaparición sería la única y solo lo había hecho por su nieta, pero todos querían saber si rodaría más películas, si aquello había significado su regreso al mundo del cine.

Cuando volvían al hotel en el coche, Charles le hizo la misma pregunta.

—No lo sé —contestó ella en voz baja, sentada majestuosamente en el amplio asiento del Rolls-Royce, y se estrechó contra él—. No estoy segura de que eso importe. Ya tengo todo lo que quiero. Tengo a Julia... Te tengo a ti... Tengo amigos...

Consideraba a Will y a Daphne sus nietos adoptivos. Tyla había vendido la casa que el tribunal le había concedido de pleno derecho y se acababa de mudar a un apartamento propio a escasas manzanas. Ella y los niños disfrutaban de estabilidad económica y se sentían a salvo por fin. Andrew estaba en el lugar donde debía estar, en la prisión de San Quintín. Peter y Ava iban a casarse. Todos asistirían al concierto que Arthur ofrecería pronto en el Carnegie Hall de Nueva York. Las dos personas que más daño le habían hecho, Scott y Kendall, habían perdido todo su poder sobre ella. Y era feliz con Charles. Costaba imaginar algo mejor.

—No estoy segura de que necesite rodar otra película. He disfrutado mucho con esta.

Pero eso era algo que tampoco la asustaba. Si encontraba otra película que le apeteciera hacer, la haría. Se sentía capaz de hacer lo que quisiera, y resultaba asombroso pensar que todo había empezado con un terremoto.